LA BÊTE NOIRE

Collection dirigée par Glenn Tavennec

L'AUTEUR

Nadine Monfils est belge. Romancière et dramaturge, elle a publié près de quatre-vingt ouvrages, récompensés par de nombreux prix. Elle a écrit et réalisé un long métrage, *Madame Édouard.*

NADINE MONFILS

NOM D'UNE PIPE !

Les folles enquêtes de Magritte et Georgette

LA BÊTE NOIRE

Robert Laffont

ISSN : 2431-6385
ISBN : 978-2-221-25020-4
Éditions Robert Laffont – 92, avenue de France – 75013 Paris
Dépôt légal : mai 2021

« Chaque image de Magritte
est un point de vue qui donne sur le
mystère ; le mystère ne donne
que sur lui-même. »

Bernard Noël

« On ne réussit qu'une seule chose,
on réussit ses rêves. »

Jacques Brel[1]

1. © Fondation Jacques Brel.

À Philippe Di Folco (rencontré dans notre bistrot montmartrois La Midinette), grâce à qui j'ai connu mon éditeur.

À mon ami Alain Berenboom, sans qui cette série n'eût pas été possible, et à ma petite sœur belge Anne Gruwez.

Enfin, à mon ami Bernard Noël, si cher à mon cœur, qui m'a guidée sur le chemin des chapeaux boule.

1.

Qui avait bien pu déposer cette lettre dans son sac ? Assise à la terrasse du Roy d'Espagne, où elle était serveuse, Madeleine était songeuse. Elle profitait de son heure de pause pour prendre l'air. Ne se lassait pas d'admirer la Grand-Place de Bruxelles avec ses maisons de toutes les corporations. Une légende raconte qu'après s'être rendu compte que la tour de l'hôtel de ville ne se trouvait pas au milieu de l'édifice, l'architecte s'était jeté du sommet du beffroi[1]. Madeleine croyait aux légendes. Elle aimait ces histoires propices à vous sortir du quotidien, de cette routine ennuyeuse qui lui rongeait la vie à petites dents, sale souris qui l'avait attrapée dans son piège avec un sourire. Celui de son mari, employé de bureau, réglé comme une horloge à laquelle, au bout de quelques années de mariage, elle avait eu envie d'arracher les aiguilles.

Pour la énième fois, elle ouvrit la fine enveloppe bleue. Pas souvent qu'elle avait l'occasion de rêver ! Entre son boulot et le ménage à la maison, les étoiles restaient sous

1. Si les parties de l'hôtel de ville sont asymétriques, c'est voulu. Toute la construction de la Grand-Place est fondée sur des symboles alchimiques. Et les statues sur les toits indiquent les parcs maçonniques.

le paillasson. Jamais son mari ne lui avait écrit de mots doux. Il était gentil, certes, mais pas romantique pour un sou. D'ailleurs chaque fois qu'il voyait une scène d'amour à la télé, ça le faisait rire. D'un rire nerveux. Madeleine l'avait épousé parce qu'il était plutôt beau gosse quand il avait vingt ans. Même s'il s'était un peu épaissi, il avait gardé un certain charme, ou plutôt une certaine prestance. Il aimait les costumes bien coupés et était resté élégant. Pourtant, elle avait l'impression d'être devenue transparente au fil du temps. Le prince charmant attentionné s'était transformé en crapaud sans jamais avoir emmené sa belle dans un carrosse. Juste une fois à la mer du Nord dans une bagnole qui toussait. Ils y avaient passé un week-end. Elle à la plage, lui au bistrot. La mer qu'on voit se vautrer le long des golfes clairs.

Donc, Madeleine savourait cette surprise délicieuse, petits mots bleus qui lui rappelaient les saintes vierges en guimauve qu'elle savourait gamine, les laissant fondre sur sa langue. Quelle aubaine ! Elle se mettait à rêver pour la première fois depuis longtemps. Qui avait bien pu lui écrire ces mots qui ne cessaient de danser dans sa tête, diablotins malicieux à la langue saupoudrée de venin ? Car elle savait que le jeu était dangereux. Or elle aimait ça, un peu de piment enfin, dans la pâleur de ses nuits.

Elle arborait un sourire mystérieux et ses collègues s'en étaient aperçus. Ils la charriaient par des « Oh, elle est amoureuse ! ». Madeleine restait silencieuse. Un secret, ça vous donne du charme et vous rend belle.

Elle s'était mise à observer les clients habituels et même les serveurs, se demandant lequel d'entre eux avait bien pu tomber amoureux d'elle. Car ce ne pouvait être que l'un d'eux pour avoir déposé cette lettre dans son sac. Ou… ? Mais qui d'autre ? Peut-être un des passagers du tram 33, qu'elle prenait tous les jours pour aller travailler ? Ou alors son mari… Non ! Impossible, ce gros patachon ne pensait qu'à son confort. Aussitôt rentré du boulot, il ouvrait le frigo, se prenait une bonne bière, pieds sous la table, et attendait d'être servi devant la télé qui beuglait. Ils n'avaient plus couché ensemble depuis des lustres. Et Madeleine, ça l'arrangeait bien. Plus envie de sentir ses pattes molles sur son corps.

Depuis qu'elle avait reçu cette lettre quelques jours plus tôt, elle avait recommencé à être coquette, comme au temps où elle avait encore des rêves de midinette et qu'elle colorait ses journées en vichy.

Cela fait un moment que je t'observe, mais je crains de rester avec mes je t'aime car tu es mariée. Pourtant j'aimerais tant t'emmener loin, en Amérique ou ailleurs. Tu es tellement jolie, tu es toute ma vie.

P.-S. : Un jour, nous nous rencontrerons si tu le souhaites.

Madeleine lut et relut ces plumes d'ange tombées du paradis. Certes, elle ne vivait pas en enfer, non, c'était pire. Elle croupissait dans un endroit où le feu était éteint.

Même les fleurs de sa petite robe étaient fanées…

2.

Un soleil de feuilles mortes caressait les rues de Bruxelles. René Magritte pensa au cimetière hanté par les fantômes dans lequel il aimait aller jouer gamin, avec cette petite fille qui n'avait jamais quitté sa mémoire. Les deux enfants s'amusaient à pousser les portes rouillées pour visiter les caveaux. Un jour, en remontant des ténèbres, René avait aperçu un artiste en pleine lumière qui peignait, dans une allée très pittoresque, des colonnes de pierres brisées étalées sur des tapis de feuilles mordorées. Les larmes sèches des arbres pleurant le printemps disparu, pareilles à ces petites vieilles qui remuent les photos des morts dans leur boîte à biscuits. C'est là, dans ce cimetière désaffecté de Soignies, que Magritte avait eu la révélation que l'art de peindre devait être vaguement magique, et que le peintre était doué de pouvoirs supérieurs.

Aujourd'hui encore, il lui arrivait de voir les petits souliers rouges de la fille du cimetière sur un nuage. Il aimait cette ville, avec ses trams qui à chaque arrêt émettaient un son de clochette, et ses rues pavées, ses parcs où traînait une douceur de vivre, ses vieux cafés au comptoir garni de chopes de bière où fusait l'accent bruxellois, savoureux comme une gaufre au sucre.

Engoncé dans son costume foncé d'homme tranquille, les épaules carrées rejetées légèrement en arrière,

Magritte croisa le notaire qui marchait d'un bon pas vers son étude et il le salua en touchant son chapeau boule[1]. C'était bien suffisant. Au mieux, il gratifiait les dames d'un «Bonjour madame, quel temps ! ». Il n'appréciait guère les papotages et les ronds de jambe. Les seuls avec qui il se lâchait, c'étaient ceux qui faisaient partie de sa bande de copains artistes : Paul Colinet, Marcel Lecomte, Paul Nougé, le compositeur André Souris, Camille Goemans et son complice, Louis Scutenaire, dit Scut[2]. Avec eux, il redevenait le potache qu'il avait été à l'école. Mais pas que… Le dimanche, la bande – sous le nom de «société du mystère» – se réunissait, et René leur parlait de ses idées, de ces images qui surgissaient en lui, dont il faisait parfois des tableaux. Et ils lui suggéraient des titres dont il tenait souvent compte. Pas toujours…

René Magritte allait les rejoindre dans leur estaminet habituel, La Fleur en Papier Doré[3], pas loin de la Grand-Place de Bruxelles, facilement reconnaissable à ses branchages en fer forgé ornant la façade. Devenu le repère des surréalistes, cet endroit avait un charme fou, avec la bouilloire oubliée sur le vieux poêle Godin, ses tables en chêne patiné par ceux qui y ont laissé leurs rêves de poivrots tels des ballons rouges dont on ne lâche jamais la ficelle ; ses tableaux, ses collages, ses aphorismes et ses objets insolites parsemés çà et là dans un joyeux

1. Chapeau boule : chapeau melon en France. D'où l'expression que certains Français peuvent «avoir le melon».

2. Scutenaire est mort vingt ans jour pour jour après le décès de son ami Magritte, en regardant un film qui lui rendait hommage à la télé ! Il se trouve, «par hasard» encore, dans la même parcelle du cimetière de Schaerbeek. À noter que le gardien de l'époque qualifiait Magritte de «peinturlureur». Comme quoi on est peu de chose…

3. La Fleur en Papier Doré est une institution (chez les Belges, on classe certains bistrots «monuments historiques» !). Cet endroit fabuleux existe toujours, au 55, rue des Alexiens, à deux pas de la Grand-Place. Et si vous regardez bien, vous allez peut-être trouver un chapeau boule accroché au portemanteau.

bric-à-brac. Ce palais de la zwanze, ou foutaise verbeuse, était tenu par Gérard Van Bruane – Geert en flamand –, aussi farceur, anarchiste, poète et brocanteur. On ne pouvait guère se tromper sur ce sacré personnage, pris en photo avec une épée et une bassine sur la tête ! Ce cabinet de curiosités élimé, rempli de « brols » ou de bazar, pareil à une vieille robe de nuit de prostituée à l'âge de la retraite, rappelait la maison des grands-mères. Et ça sentait bon le cœur sur la main, les souvenirs, et la *zinnebier* – la bête bière quoi ! – au coin du comptoir. Des petits lampadaires diffusaient une lumière de bougie ocre, éclairant çà et là des pensées du genre : « Tout homme a droit à vingt-quatre heures de liberté par jour. »

René se promenait rarement avec son chapeau boule, il préférait ceux de feutre mou, sauf de temps en temps, quand un photographe venait, il le mettait. Ou pour s'amuser, comme aujourd'hui. Il était d'humeur joyeuse parce qu'il allait passer du bon temps avec ses camarades. Une partie d'échecs, quelques bières bien mousseuses, et cette idée qu'il avait hâte de partager et qui lui était venue, image imprévisible surgissant non pas dans ses rêves mais dans ses moments de conscience éveillée, lorsqu'il se réveillait au milieu de la nuit ou au petit matin. Sans doute pour cela qu'il aimait faire la grasse matinée. René n'avait jamais été matinal. Alors quand on dit que « l'avenir appartient à ceux qui se lèvent tôt », eh ben ce sont des carabistouilles.

Les copains étaient déjà au poste, bien entamés par l'innocente ivresse des marins perdus. Mais les idées claires manquent de poésie.

Magritte suspendit son chapeau boule à la patère et prit place sur une chaise épaisse que t'as pas intérêt à te retrouver dans une bagarre de bistrot et de la recevoir sur le crâne. Il avait envie d'une Trappiste, rien de tel qu'une bière d'abbaye pour communier avec les moines ! Anticlérical, René leur accordait sa bénédiction en pied-de-nez pour la saveur incomparable de ce divin breuvage.

Il attendit d'être servi par Geert, en train de rigoler avec un client, avant de parler de son idée à ses amis.

— Hé, Geert le brocanteur, j'ai soif ! claironna-t-il.

Magritte n'était pas un grand buveur, mais n'avait rien contre une bonne bière à l'occasion. Puis, pour les Belges, la bière, c'est pas de l'alcool.

Pas besoin de demander ce qu'il voulait, le patron connaissait ses ouailles et il lui apporta une Leffe.

Les autres le regardaient, attendant le moment où il allait leur livrer l'objet de ses élucubrations. Ils le connaissaient et pouvaient dire dès qu'il avait franchi la porte si quelque chose se tramait dans son bocal à pinceaux ou pas. Magritte était à lui tout seul une boîte de Pandore. Ça bouillonnait là-dedans !

— Cet après-midi, en plein soleil, j'ai vu une jeune femme qui attendait le tram en compagnie de son corps.

— Tu veux dire que tu avais trop bu et que tu as vu double, se moqua Colinet.

— Non, non, s'insurgea Magritte, je l'ai vraiment vue.

— Elle avait peut-être une sœur jumelle ?

— Non, c'était comme si elle était à côté de son fantôme.

— Voilà qu'il a des visions maint'nant ! s'amusa Scut.

— Elle avait de longs cheveux blonds et une robe à fleurs. Elle était tellement belle !

— T'as été lui parler ?

— Non peut-être ! J'ai pas pu résister. Elle m'a regardé avec ses grands yeux verts et…

— Et elle t'a dit quoi ?

— Rien. Le tram est arrivé.

— Pas de bol, hein, fit Marcel Mariën.

— Si, répondit Magritte. Comme ça elle garde tout son mystère.

3.

Pendant que son homme était au café, Georgette Magritte faisait le ménage et rangeait ses petites loques dans leur maison de la rue des Mimosas, à Schaerbeek. Autrement dit, elle pliait ses vêtements d'hiver pour les mettre dans l'armoire du grenier. Le printemps pointait son nez et ça sentait les cloches de Pâques. Comme la femme de ménage venait le jeudi, même rituel depuis près de vingt ans, il fallait que tout soit nickel. Parce que vu son âge, pas loin du plongeon de la retraite, Carmen estimait qu'elle en avait assez fait et qu'elle avait bien mérité de souffler un peu. Sa mission était devenue celle d'inspectrice des travaux finis. Elle était montée en grade. Dès qu'elle se pointait, elle examinait les lieux, passait un doigt sur les meubles et réprimandait sévèrement Georgette si la moindre poussière venait ternir son vernis à ongles. Par chance, elle ne se baissait pas pour regarder en dessous. Trop fatigant, et ça donne des courbatures. Une fois l'examen terminé, elle se vautrait dans le canapé et allumait la télé en attendant sa jatte de café à l'heure du goûter, avec un spéculoos, obligé !

Mme Magritte n'était pas sa seule cliente. Donc, elle avait de quoi raconter. Et ça jasait… C'était pour Georgette le moment savoureux où elle en apprenait de belles sur ses voisins et même sur ceux d'un peu plus loin, car Carmen ratissait large.

Georgette était friande de faits divers croustillants, comme son René, passionné depuis tout gamin par les détectives américains, Nat Pinkerton et Nick Carter, au point d'avoir écrit des romans policiers dans sa jeunesse sous le nom de Renghis[1] détective. Il était aussi fasciné par Zigomar et Fantômas. Son idole était Edgar Allan Poe, dont il dévorait les histoires mystérieuses.

Du coup, Georgette attendait le jeudi avec impatience. Et elle se délectait des cancans de Carmen, qui les enveloppait d'un langage fleuri, sans oublier les épines pour que ça ne manque pas de piquant. Elle aimait surtout écorcher les bourgeois, petite vengeance d'une vie à leur service, à courber l'échine et à se faire parfois humilier, parce que chez ces gens-là, on écrase les pauvres et on regarde avec mépris leurs habits du dimanche comme s'ils sortaient des poubelles. Bref, l'heure de la revanche avait sonné pour Carmen.

— J'ai plus l'âge de me laisser emmerder, claironnait-elle tel un credo.

Ce jour-là donc, Georgette rangeait ses petites laines au grenier quand elle tomba sur une photo restée au fond d'un tiroir. C'était celle du « cinéma bleu[2] », où elle avait rencontré René… Elle avait douze ans, lui quinze. Comment une simple photo peut nous faire remonter le temps, faire ressurgir des détails enfouis et nous rendre la saveur de nos premières amours, restituant nos émotions intactes… Georgette se revit, tenant la main de René, petite fille émerveillée par ce drôle de luron insoumis dont elle ne soupçonnait pas qu'il allait un jour devenir son mari, l'amour de sa vie et un peintre de renommée mondiale ! Il avait gardé ce « visage tourmenté, non point

1. Renghis, contraction de ses prénoms René et Ghislain.
2. Le carrousel du cinéma bleu avait été racheté par Jean Richard et installé dans son parc d'attractions à Ermenonville, en France.

celui d'un ascète ou d'un romantique, mais celui d'un Chinois, vieux, mélancolique et malicieux des potiches, avec aussi quelque chose du dragon des contes», comme l'avait si justement écrit leur ami Scutenaire.

D'un coup, toutes les images de ce cinéma bleu, qu'on appelait aussi le «carrousel-salon», avec cette tête de cheval au-dessus de l'entrée, défilèrent dans la mémoire de Georgette tel un film qui se rembobine. À l'intérieur, tout autour du carrousel, des compartiments étaient aménagés avec des sièges garnis de velours. Pendant que les enfants allaient s'amuser, les parents les surveillaient en buvant un verre tandis que les jeunes gens y emmenaient leur fiancée. Même si l'attraction était coûteuse, elle rencontrait un vif succès. Georgette se revit avec René, sur les chevaux de bois qui montaient et descendaient au milieu d'un grand plancher en chêne ciré. Elle le regardait dans les miroirs ornant les panneaux. Déjà, à cette époque-là, elle l'admirait. Il avait toujours exercé sur elle une sorte d'attraction de l'ordre de la magie, comme ce fut le cas plus tard avec ses tableaux.

Georgette était particulièrement belle avec ses yeux presque transparents qui vous donnaient envie de plonger dans l'océan. Magritte s'y était englouti dès son premier regard. Pour toujours. Peut-être étaient-ce les yeux de Georgette qui lui avaient donné ce goût du mystère, de ces histoires intrigantes où chacun voulait trouver une réponse. Or lui-même n'en avait pas. Et s'il en avait, il la laissait tout au fond des eaux glauques de son subconscient, là où se cachent les douleurs les plus terribles. Celles qu'on ne peut nommer avec des mots.

Dans le silence du grenier, Georgette entendit la musique lancinante de l'orgue mécanique du cinéma bleu, avec un musicien qui jouait du piston. Elle revit les gens qui se lançaient des serpentins ou des confettis et retrouva l'odeur si particulière de ce carrousel animé à la vapeur par un machiniste qui y enfournait des briquettes.

René et son regard malicieux, toujours sur le point de faire une blague. Sans doute pour masquer sa peur d'être trop romantique…

Quand elle eut fini son rangement, Georgette descendit dans le salon où René aimait peindre. Il aurait pu aménager le grenier en atelier, mais ce n'était pas dans ses préoccupations. L'impression d'aller « au bureau », comme une contrainte. Pas du tout son genre ! Donc, il avait installé son chevalet et son matériel de peinture entre la cheminée et la fenêtre, près de la table, entouré des pendules qui plaisaient bien à Georgette. Fallait qu'il soit dans la vie. Et si quelqu'un frappait à la porte, il allait ouvrir avec le sourire. Il n'était pas de ces artistes qu'on a peur de déranger parce qu'on les sort de leur bulle, de leur sacro-sainte inspiration qui va changer le monde. Au contraire, tous les imprévus du quotidien nourrissaient son imagination. C'étaient des friandises.

L'attention de Georgette fut attirée par un dessin, celui d'une jeune femme aux longs cheveux blonds qui attendait le tram. À côté d'elle, une femme identique, dans la même robe à fleurs.

À part pour un ami avocat qui lui avait commandé le portrait de sa fille, Magritte avait toujours eu sa femme pour principal modèle.

Georgette ressentit une pointe de jalousie, l'envie de chiffonner les fleurs de ces robes printanières et d'en faire des couronnes mortuaires.

Trop futée pour se laisser aller à ces gestes puérils, elle alla s'asseoir dans le canapé avec Jackie, leur petit loulou de Poméranie, et se consola en caressant son pelage blanc. C'était sa confidente, l'enfant qu'elle n'avait jamais pu avoir avec René.

4.

Magritte avait pris le tram 33 pour rentrer chez lui et il espérait secrètement revoir la femme fleurie. Il se demandait d'où venaient ses visions. Était-ce son imagination qui frétillait lorsque tout était mis en place pour l'éveiller, comme ce moment de grâce où il l'avait aperçue, cette violette sauvage, au bon endroit, baignée d'une lumière poudreuse qui la rendait un peu diaphane et irréelle, dans sa petite robe printanière qu'un vent léger faisait onduler ? Ou était-ce un mirage ? Et si cette fille n'existait que dans sa tête ? Il espérait la revoir. Histoire d'avoir une sorte de certitude qu'il n'était pas fou. La voyance et toutes ces choses, il s'en méfiait. Après tout, n'aimait-il pas par-dessus tout les questions sans réponses ? Garder le mystère, l'image floue d'un moment d'égarement…

Il avait éprouvé quelque chose d'étrange devant cette créature. Il la sentait emprisonnée dans sa vie. L'avait-elle choisie ? Parfois, pensait-il, on prend des mauvais chemins, on suit des mirages, et on croit qu'il est impossible de s'en dépêtrer. Or la liberté n'est qu'une vue de l'esprit. Les vrais barreaux sont à l'intérieur de nous, c'est nous qui les construisons ou qui laissons les autres fermer la cage. Que faisait-il d'autre en peignant ses personnages que de les libérer de leur morne existence pour les projeter dans un univers de songes ? Là, pas besoin de se justifier auprès des jaloux qui n'ont pas trouvé la clef… C'était une des raisons pour lesquelles il exécrait qu'on lui demande ce qu'il avait voulu exprimer. Ou pire encore, qu'on s'amuse à psychanalyser ses toiles. Quelle horreur ! Lui, dont l'objectif était de faire sauter les certitudes, abhorrait la psychologie qui tentait de s'insinuer dans les pensées et les émotions pour essayer d'expliquer un mystère.

Un seul mystère : le monde !

Il était convaincu que l'art, le vrai, n'a besoin d'aucune explication. Il se suffit à lui-même. Ceux qui entourent une œuvre de mots comblent le vide qu'elle cache en cherchant à faire illusion. Seuls les esprits creux sont dupes.

Est-ce que, voyant la jeune femme double, il n'avait pas saisi la nature de son problème : échapper à elle-même ?

Il éprouvait aussi une forme d'amour platonique pour les personnages qui prenaient vie sur sa toile. Existe-t-il un amour plus fort que celui qui ne peut être assouvi ? Parce qu'il ne peut jamais être déçu.

Magritte aimait l'idée que cette femme reste inatteignable.

Si elle avait porté une autre robe, l'aurait-il remarquée ? Probablement pas. Et il sut soudain ce qui avait allumé la flamme de son imagination. Un souvenir enfoui au plus profond de son enfance, dans ce vieux coffre à jouets qu'il n'ouvrait jamais, lui qui détestait le passé et le futur. N'appréciait que le présent.

Il revit sa mère, Régina, dans sa robe à fleurs presque identique à celle de cette femme aux longs cheveux blonds. Des fleurs qu'il aimait froisser en faisant des bêtises, avec ses frères, Paul et Léopold. Surtout Paul… Ils s'amusaient à faire exploser des pétards dans les crottes de chien en criant « Zigomar, peau d'anguille ! » ou à jeter de la levure dans les toilettes pour les faire déborder, ou encore à se cacher dans les encoignures de portes, déguisés en fantômes, pour effrayer les passants… Le pire pour sa mère, c'est quand il parodiait les messes, tel un forcené sur les marches de leur maison, sous le regard choqué des promeneurs, en se signant tout en faisant des grimaces. À Châtelet, près de Charleroi, où les frères Magritte avaient passé leur enfance, on les appelait les *tchaukîes*, en wallon, les « possédés du diable ». Pour Régina, fervente catholique, contrairement à son mécréant de mari, c'était chaque fois un coup de poignard. Un sacrilège. Mais si elle n'avait aucune autorité sur ses fils insoumis, elle les aimait et leur pardonnait. Pourtant, le coup de grâce fut quand leur père les obligea à cracher sur la croix de leur mère…

Plus tard, Magritte se rendit compte qu'elle ne souriait jamais, sur aucune des photos. Et il les enferma à double tour dans son subconscient. Puis la petite robe à fleurs avait réveillé ses souvenirs enterrés. Triste printemps.

Un jour, Régina s'en était allée pour ne plus jamais revenir…

5.

Un petit soleil comme un bonbon au miel, tout rond dans le ciel, donna envie à Madeleine de se promener dans son jardin. Là où son mari ne mettait jamais les pieds. Scotché à sa télé pendant ses loisirs. On était lundi, jour de fermeture du Roy d'Espagne. Le cheval empaillé au pied des escaliers de la célèbre brasserie allait pouvoir se reposer…

Le mari de Madeleine, représentant en commerce, était parti au boulot. Quelle chance ! Une journée de liberté. Un cadeau du ciel. Madeleine savourait ces moments de silence et de paix. L'odeur des fleurs, le chant des oiseaux. Mais elle se sentait seule. Très seule. Son travail lui laissait peu de temps pour se faire des amies et quand elle rentrait tard le soir, elle s'écroulait sur son lit, près de ce balourd qui ronflait la bouche ouverte. Madeleine pensa à la chanson d'Arletty : « La femme est faite pour l'homme, comme le pommier pour la pomme… » Tu parles ! Quand t'as mangé le meilleur, il ne te reste que le trognon.

Depuis qu'elle avait reçu cette mystérieuse lettre, Madeleine avait commencé à reprendre goût à la vie et à espérer que la citrouille se transforme en carrosse. Sauf que ça n'existait que dans les contes de fées.

Qu'importe ! Elle avait appris la lettre par cœur, à force de la lire et de la relire. Elle la gardait bien au fond de son sac, comme un trésor inestimable, car ce qui nous fait rêver n'a pas de prix.

Comment était l'auteur de ce mot d'amour ? Beau, forcément, pour écrire une chose pareille. Grand, mince, une démarche nonchalante, celle d'un homme qui voyage au pays des sens, porte en lui le parfum des *Mille et Une Nuits*, et réinvente la tendresse du monde.

Qu'est-ce qui avait pu l'attirer chez elle, petite serveuse sans chichis, les cheveux tirés en queue de cheval – souhait du patron pour des raisons de propreté –, le teint pâle et les yeux perdus dans une mélancolie qui vous efface du regard des autres ? Madeleine était de ces poussières insignifiantes qu'on bouscule sans demander pardon, comme si elle n'existait pas.

À l'école, quand elle était absente, il fallait un moment avant que le prof s'en aperçoive. Une élève lui avait dit un jour : « Tu ressembles à une plante qui ne fleurit jamais. » Et pour cause, Madeleine n'avait pas pu avoir d'enfant. Cela aurait-il changé quelque chose ? À écouter ses collègues, les mômes sont des tue-l'amour et après vas-y pour jeter ton alliance dans les buissons ardents. N'empêche, elle aurait eu quelqu'un à aimer. Et peut-être son petit l'aurait-il aimée en retour ? Après toutes ces années de sécheresse, elle se sentait vide et inutile. Et voilà qu'un simple petit mot bleu avait réveillé la Belle au bois dormant. Un baiser d'encre.

Elle se leva de son fauteuil en rotin et alla, comme chaque fois qu'elle était dans son jardin, s'occuper du parterre fleuri qui faisait sa fierté et que son mari n'avait même pas remarqué. Chaque dimanche de printemps, Madeleine garnissait le grand vase sur le buffet. Jamais il ne lui avait dit « Tiens, c'est joli ! ». Roger passait à côté sans un mot. En fait, il détestait les fleurs depuis leur premier anniversaire de mariage, où il l'avait attendue avec un bouquet. Elle avait oublié et était rentrée tard.

Il n'avait jamais su où elle avait passé la nuit. Et il avait jeté les amaryllis dans la poubelle.

Cette nuit-là, Madeleine était restée à pleurer sur un banc de la gare du Midi, en imaginant qu'elle montait dans n'importe quel train pour ailleurs, loin de ce mariage qui lui avait déchiqueté les ailes aux barbelés de l'ennui. Elle ressemblait alors aux petites filles des tableaux de Paul Delvaux, perdues dans les grandes gares vides, attendant des trains qui ne menaient nulle part. Quand on est triste, quel que soit le pays où l'on s'enfuit, on emporte dans notre valise tous les chagrins qu'on n'a pas réussi à étouffer.

Madeleine avait trouvé le bouquet de fleurs écrasé dans la poubelle le lendemain matin. Elle s'en était beaucoup voulu et n'était plus jamais allée dans les gares rêver à d'impossibles voyages. Elle avait appris à fermer les yeux sur sa mélancolie. Après tout, elle n'était pas à plaindre. Elle avait un mari, un boulot, une maison avec jardin. Comme disait une de ses collègues : « Vaut mieux épouser la sécurité. L'amour est un jeu de dupes dont personne ne sort gagnant. Et puisque, souvent, la plupart des hommes meurent avant leur épouse, il te restera suffisamment de pognon pour mener la belle vie et aller rigoler sur la tombe de ton vieux crétin. » Or vu l'existence de pacha qu'il menait, Roger était bien parti pour les noces de platine !

Tout en arrachant les mauvaises herbes qui avaient envahi ses parterres, Madeleine remuait bien des choses dans sa petite tête. Soudain, elle la vit ! Cachée sous les anémones. Une autre enveloppe bleue…

Elle la saisit délicatement, avec plus de précautions que si c'eût été des ailes de papillon. Et elle alla se rasseoir dans son fauteuil, juste pour la contempler longuement avant de l'ouvrir. Faire durer le plaisir, comme quand, gamine, elle recevait un bonbon qu'elle glissait dans la poche de son manteau avant de le manger.

Jusqu'au moment où elle n'y tint plus.

6.

Magritte poussa la barrière blanche de la clôture séparant son jardin carré de la rue et essaya de chasser ce souvenir terrible qui venait parfois le hanter malgré tous ses efforts pour l'oublier. Celui de sa mère, maltraitée par son mari, infidèle, qui la laissait sans le sou et claquait tout avec ses maîtresses, dépassée par l'insoumission de ses garçons, et devenue neurasthénique. Régina avait disparu en pleine nuit sans réveiller personne, vêtue de sa chemise en toile et de ses bas de laine noire. Quand ils avaient constaté l'absence de leur maman, ses fils étaient partis à sa recherche avec leur petit chien Titi, qui avait suivi sa trace jusqu'au muret donnant sur la Sambre, au bout du jardin. Le corps de Régina Bertinchamps fut retrouvé quinze jours plus tard dans les eaux rendues écarlates par la proximité des usines métallurgiques. Sa chemise de nuit recouvrait son visage. On ne parla pas de suicide, mais d'un accès de fièvre chaude... Elle avait quarante ans.

La mort de sa mère n'avait pas assagi Magritte, bien au contraire !

Une bonne odeur de pot-au-feu balaya ses idées noires. C'était la spécialité de Georgette, avec des oignons de leur potager. Il n'avait jamais osé lui avouer que le champion était son père à qui, plus jeune, il chipait les plats pour nourrir les modèles qui posaient pour lui. René n'eut pas le temps d'enlever son chapeau. Leur chienne Jackie lui sauta dessus et lui fit la fête pire que s'il était parti pendant une semaine. C'était chaque fois la même chose. Un accueil de roi ! Magritte faisait un triomphe auprès de son clébard. Amour fou, admiration inconditionnelle, bref rien de tel qu'un animal pour vous faire croire que vous êtes le meilleur, quoi que vous fassiez. Mieux qu'un psy !

— C'est moi ! lança-t-il d'un ton joyeux en mettant ses patins.

Magritte détestait la poussière sur le sol et sur ses vêtements. Sans doute parce qu'il avait des problèmes de gorge récurrents ?

— Qui veux-tu que ce soit ? Le pape ? T'as dix minutes de retard. Je m'suis dit *Allez, ça veut encore une fois réussir qu'il a raté son tram !*

D'habitude, Georgette ne lui faisait jamais de reproches. S'il ne rentrait pas à l'heure, ce qui lui arrivait rarement, elle l'attendait pour manger et réchauffait le plat sans rouspéter. Elle avait dû être contrariée par quelque chose...

— Désolé, mon p'tit bibi.

Mot doux dont il usait dans les moments de tendresse ou quand il avait quelque chose à se faire pardonner. Il s'assit à sa place habituelle, dos au buffet qu'il avait fabriqué lui-même, ainsi que tous les meubles de la maison. Il adorait ça, décorer et peindre chaque objet.

Le décor était hétéroclite, les créations de Magritte – il y avait très peu de tableaux de lui sur les murs – côtoyant les souvenirs kitsch que Georgette affectionnait, comme un baromètre d'Ostende orné de coquillages, souvenir de la mer, ou un coq doré acheté en Wallonie. À chaque voyage, elle rapportait une merdouille. René, ça ne le dérangeait pas. Il aimait sa femme.

Tirant une tronche de patate cramée, elle arriva avec la casserole, qu'elle déposa au milieu de la table, et elle remplit l'assiette de son mari. Être servi le premier, même lorsqu'il était invité chez des amis, faisait partie des petites manies de René. Un truc d'enfant gâté. Pourtant il ne l'avait pas été tant que ça, avec un père qui oscillait entre fortunes et faillites, incapable de gérer quoi que ce soit et qui claquait son argent dans les jupons et en jouant aux courses.

Georgette s'assit et mangea en silence. Pas son habitude.

— Ça va, mon p'tit poulet ? demanda René, inquiet.

— Mmm…

— Allez, je vois bien que tu es contrariée, qu'est-ce qu'il y a ?

— C'est qui cette mocheté avec sa robe à fleurs ? En plus, tu l'as dessinée en double…

Magritte ne put s'empêcher de sourire.

— D'abord, elle n'est pas moche, elle est très jolie, précisa-t-il, sachant qu'il allait la faire grimper aux rideaux.

— Elle a un grand nez.

— Allez, p'tit chou, sois pas jalouse, tu sais que je n'aime que toi.

— Garde tes choux de Bruxelles et mange-les tout seul avec des lardons, lâcha Georgette. Tu vas la peindre ?

— Je ne sais pas encore.

— Jusqu'à présent, j'ai toujours été ton seul modèle. Tu disais qu'aucune autre femme ne t'inspirait autant.

— C'est vrai, mais je te rappelle que j'ai aussi peint Anne-Marie Crowet, la fille de mon ami avocat.

— Pas pareil, c'était une commande.

— Tu as raison, admit René.

— Alors, c'est qui, cette crotte fleurie ?

— Arrête, je ne suis même pas sûr qu'elle existe ! J'ai eu une sorte de vision.

— Ben tiens ! Avant ou après être allé au café ?

— Je n'ai bu qu'une bière. Et tu sais bien que je ne bois jamais d'alcool. Toute façon, c'était avant. Sans doute à cause du soleil, ou je ne sais pas… Allez, t'en fais pas, mon p'tit poulet, tu ne vas pas être jalouse d'un fantôme, hein ?

Magritte était pourtant bien placé, étant donné ce qu'il avait vécu avec sa mère, pour savoir que certains fantômes sont plus obsédants que les vivants.

7.

La vue de son jardin coloré remplissait toujours Madeleine de bonheur. Pour un moment. Jusqu'à ce que la réalité la rattrape. Là, elle avait toute la journée pour rêver. Comme on déballe une friandise délicieuse, elle savoura cet instant magique. Frissonna au craquement léger du papier qu'elle venait de sortir de l'enveloppe bleue. Avant de lire la lettre, elle huma son odeur sucrée, indéfinissable. Ça sentait bon !

Tu es tellement belle ! Tellement tout ça. Je voudrais te dire je t'aime et t'offrir du rêve. T'emmener au cinéma Caméo, rue du Fossé-aux-Loups.

Viens ce soir à 20 heures. Je t'attendrai avec un bouquet de lilas.

Madeleine relut chaque mot, les laissant fondre sur sa langue, pareils à ces hosties qu'on distribuait les dimanches de messe. Vu son enfance, la petite fille ne croyait pas en Dieu, mais priait les anges. Pendant toutes ces années, le manque d'amour l'avait rendue transparente et voilà que quelqu'un l'avait enfin remarquée ! Les chérubins avaient-ils entendu ses prières ?

Chaque fois qu'elle se sentait triste ou seule, ce qui lui arrivait souvent, Madeleine brûlait une bougie en pensant à son ange gardien et elle lui demandait de la protéger, de faire en sorte que quelque chose change sa vie et la rende plus belle. Ce moment était arrivé !

En attendant le soir, Madeleine fut incapable de faire quoi que ce soit, ni de se concentrer en lisant un livre. Elle resta assise dans son fauteuil à contempler ses fleurs. Et à penser à cette rencontre, à la façon dont elle allait se dérouler, à ce qu'elle allait mettre comme robe, comme petit chapeau... Glisser un rouge à lèvres dans son sac à main et se maquiller dans le tram. Surtout ne pas sortir trop pimpante pour ne pas éveiller les soupçons de son mari, qui rentrerait à l'heure où elle allait partir.

Pour éviter de lui donner des explications, elle s'en irait plus tôt et se promènerait dans les environs de la rue du Fossé-aux-Loups. Elle aimait flâner place des Martyrs, îlot de silence avec ses statues en marbre de Carrare, pas loin du tumulte de la rue Neuve.

Madeleine tentait d'imaginer l'homme qui lui avait écrit ces lettres. Romantique, certes, puisqu'il allait l'attendre avec un bouquet. Elle décida d'enfiler sa robe à fleurs, celle qu'elle portait le jour où elle avait trouvé sa première lettre dans son sac. Elle l'avait séduit avec son petit côté printanier. Il fallait qu'elle le garde.

Soudain, un nuage assombrit son euphorie. S'il avait glissé la lettre dans le parterre de son jardin, c'est qu'il l'avait suivie jusque chez elle. Et si elle ne le trouvait pas à son goût ? Si elle refusait ses avances ? Il pourrait très bien se venger... N'était-ce pas prématuré et imprudent de se rendre à un rendez-vous avec un inconnu, seulement après avoir reçu deux lettres ? Mais elle avait tellement besoin de s'évader, besoin d'un conte des *Mille et Une Nuits*, d'une petite étincelle dans son ciel gris...

Un autre nuage noir effaça son sourire. Et si c'était une ruse de son mari pour la tester et savoir si elle était capable de le tromper ? Roger n'était pas embêtant, cependant, ces derniers temps, il lui avait posé des questions du genre « Où tu vas ? » alors que, d'ordinaire, il s'en fichait. Était-ce l'âge qui le rendait frileux à l'idée de se retrouver seul ? Il est vrai que Madeleine s'occupait de tout, les repas, le ménage, le repassage… Une vraie fée du logis ! Sauf que sa baguette magique, le Roger, il pouvait jouer avec en solitaire. Il y a longtemps qu'elle ne faisait plus d'étincelles. Et si elle restait avec lui, c'est parce qu'il lui offrait un train de vie plutôt agréable, surtout depuis qu'il avait obtenu une augmentation.

Madeleine quitta la maison vers 18 heures, pour être certaine de ne pas croiser son époux. Elle avait fini par se persuader qu'il n'était pas capable d'écrire de telles lettres. La poésie et lui, c'était comme une princesse avec des culottes en molleton. Et puis, il n'était pas assez tordu pour imaginer un tel scénario. Pourtant, ne dit-on pas que les gens qu'on connaît le moins sont ceux avec qui on vit parce qu'on finit par ne plus les voir ? C'est pareil pour ces habitants d'un quartier à qui on demande où est la rue d'à côté et qui ne la connaissent pas, alors qu'ils habitent là depuis des années.

Madeleine entendit une petite voix lui chuchoter : « Ne gâche pas les bons moments avec des suppositions. » Et, après avoir laissé un mot laconique à son mari, prétextant que son patron l'avait réquisitionnée pour la soirée à cause des nombreux touristes, elle s'en alla le cœur plein d'étoiles vers les mystères de la nuit.

8.

Comme chaque matin, après son petit déjeuner constitué d'une jatte de café et d'une tartine de cramique, René sortait sa chienne « pour faire pipisse ». Les gamins du quartier l'appelaient « Monsieur Toutou ». La balade de Jackie terminée, Magritte rentrait pour peindre dans sa salle à manger aux murs bleus, coincé entre la table, la porte et le poêle, près de la fenêtre, où il suait au moindre rayon de soleil et n'y voyait pas très clair quand il n'y en avait pas. Il avait choisi d'utiliser les combles pour y laisser les « déchets de sa vie », ses souvenirs qu'il détestait remuer. En général, il s'installait devant son chevalet vers 11 heures, mais il n'était pas du genre très discipliné. Il peignait en costume et, méticuleux, ne faisait jamais de tache, ni par terre, ni sur lui. C'est le peintre italien Giorgio De Chirico qui lui avait révélé sa voie avec *Chant d'amour*. Un choc ! Magritte avait été bouleversé par l'association de choses qui, *a priori*, n'avaient aucun lien entre elles. Pour lui, il s'agissait d'une « nouvelle vision où le spectateur retrouvait son isolement et entendait le silence du monde ». Par la suite, ses tableaux naquirent souvent d'un objet pris comme question et il se préoccupa exclusivement de ce qu'il fallait peindre et non plus de comment peindre. Magritte était un enfant surdoué, indomptable, subversif, provocant, révolutionnaire et farouche défenseur de la liberté de pensée. Il aimait jouer avec le mystère, tel Fantômas, le héros de son enfance, l'épaissir encore pour s'amuser de la bonne blague qu'il faisait à ceux qui se creusaient la cafetière pour tenter de résoudre l'énigme. Et à ceux qui lui demandaient ce qu'il avait voulu exprimer, il répondait : « Je n'ai rien voulu dire d'autre que ce que vous voyez. » Et vlan ! Débrouille-toi avec ça…

Sur la desserte à côté de son chevalet étaient posés ses pinceaux et son matériel de peinture. Jackie, qu'il appelait affectueusement Loulou, roupillait près de lui dans son panier. Et Georgette vaquait à ses occupations dans la maison ou au jardin, quand elle n'allait pas aider sa sœur Léontine à La Maison Berger, une boutique spécialisée en fournitures pour artistes qu'elles avaient créée. Ce travail à mi-temps mettait un peu de beurre dans le pinard. Ce n'est pas la peinture de Magritte qui rapportait beaucoup d'argent ! Georgette ne rouspétait pas. Elle aimait et encourageait son mari. Elle croyait en lui.

Inutile d'avoir une blouse blanche, de longs cheveux d'artiste peintre ou d'adopter ces attitudes de méditation profonde que même le roi n'avait pas le droit de perturber sous peine de colère spectaculaire, non, René était un homme tout simple qui peignait là où il mangeait. Le vrai talent n'a pas besoin de tous ces chichis. Ce qui faisait dire à sa Georgette : « Le surréalisme, on l'a ou on ne l'aura jamais. »

Féru d'histoires de détective, nourri dès son plus jeune âge à Nick Carter, l'« homme aux nerfs d'acier », Magritte raisonnait comme il peignait et, au lieu de chercher une piste au-delà des indices, il se bornait à regarder ce qu'il avait sous les yeux et que les autres ne voyaient pas, trop occupés à extrapoler. Il aimait fouiller là où personne n'allait, « faire ce qui ne se fait pas ». Un peu comme dans *La Lettre volée*, d'Edgar Allan Poe. Depuis le début, la lettre était bien en évidence…

Magritte remarqua que le tableau habituellement sur la cheminée, *Le Maître d'école* – un homme énigmatique avec un manteau sombre et un chapeau boule, de dos face à un paysage lunaire –, avait été remplacé par *Les Amants*. Souvent, Georgette utilisait ses tableaux pour lui laisser des messages. Celui-ci était clair. Les amants au visage recouvert d'un drap s'embrassaient sans se voir. L'amour est aveugle… Ou on peut aimer l'autre même avec ses secrets ? Certains y voyaient un rappel du suicide de sa mère, dont le visage avait été recouvert par sa robe de nuit.

Soudain, il entendit crier sa femme depuis la cuisine.

— René ! Viens vite voir !

— Qu'est-ce qui se passe ?

Il fonça vers Georgette, suivi par la chienne, qui ne le lâchait pas d'une patte.

— Regarde ! fit-elle en lui tendant le journal.

En première page, en gros titre :

Une jeune femme retrouvée poignardée
impasse du Cheval,
non loin de la rue du Fossé-aux-Loups.

Et, dessous, la photo de la femme qu'il avait dessinée, avec sa robe à fleurs.

9.

Magritte n'en revenait pas ! Il n'avait donc pas eu de vision. Cette femme existait bel et bien. Et il ne la reverrait jamais, du moins pas vivante.

L'image d'elle à côté de son corps qui lui était apparue avait désormais une tout autre signification. Comme un avertissement qu'elle allait quitter son enveloppe corporelle... Peut-être aurait-il dû la prévenir, lui dire de faire attention ? Jeanne, la gouvernante qui s'occupait de ses frères et lui à la mort de leur mère, leur avait expliqué que les pensées tricotent les choses. Que quand on a des idées noires, on les provoque dans la réalité. Elle avait dû tellement souhaiter devenir la femme de leur père veuf qu'il avait fini par l'épouser ! Il faut dire qu'elle était belle et avait de l'allure avec ses chapeaux cloche, son grand manteau noir en poils de singe et ses hauts talons. Côté vertu, en revanche, elle n'avait pas le cul dans un bénitier...

René n'aurait pas pu empêcher le meurtre de cette pauvre fille. Georgette répétait souvent que quoi que tu fasses, quand ton heure est là, elle est là.

Magritte avait toujours aimé jouer au détective, et cette fois, ce serait pour de vrai. N'était-ce pas un signe, un appel au secours ? Cette affaire était comme le point de départ d'une nouvelle mission. En dehors de la peinture, il allait désormais mener des enquêtes. Après tout, Fantômas avait plusieurs visages, lui aussi. Et Magritte ne se cachait-il pas derrière l'allure de petit-bourgeois pépère de René, engoncé dans ses costumes cintrés, avec ses cravates à carreaux ou à pois ? Il tenait cette élégance de son père, un peu plus extravagant avec ses fracs à pans.

Pour la première fois depuis longtemps, Magritte alluma la pipe fétiche qu'il gardait tel un trophée et à laquelle il n'avait plus touché depuis une éternité car cela le rendait malade. Il l'avait achetée à La Maison américaine, place du Marché à Châtelet. Elle ne le quittait jamais et, de temps en temps, il la mettait à la bouche juste pour se donner un genre, à l'image du détective Nick Carter. En réalité, il ne fumait que des Luxor à bout doré.

Or ce moment était exceptionnel. Il devait l'immortaliser. Il allait enfin réaliser un de ses rêves de gosse. Et devenir le vengeur masqué de celle que le hasard avait mis sur son chemin.

Georgette, avec son bon sens, lui serait d'une aide précieuse. Sans oublier Loulou, qu'il savait dotée d'un flair de chien policier. Dès qu'il s'amusait à planquer un de ses jouets, même au-dessus d'une armoire, la chienne le repérait sous le regard ébahi de ses mémaîtres. Et se voyait offrir un nonos en guise de récompense. Pas gagas de leur clébard, les Magritte[1]…

René appela son pote Joseph, dit Jefke, qui travaillait à l'Amigo, le commissariat près de la Grand-Place de Bruxelles. Jefke lui racontait souvent des histoires passionnantes et René essayait d'en dénouer l'intrigue. Il avait déjà pu réellement l'aider, avec son esprit si particulier. Là, il avait décidé de ne plus être seulement spectateur et de devenir acteur. C'est-à-dire détective.

1. Au point que Paul Simon en avait fait une chanson, *René And Georgette Magritte With Their Dog After The War.*

— Jefke, c'est René. Ça va bien, dis ?

— Oué, oué, *menneke*… Un petit meurtre pour nous sortir de la routine. T'as vu dans les journaux ?

— Quelle affaire ! Faut que je te voie. J'ai un truc dingue à te raconter.

— D'accord. Retrouvons-nous à 17 heures à la taverne du Globe, place Royale.

— Ça marche ! Dis, cette fille qui a été poignardée, comment elle s'appelait ?

— Madeleine Dutilleul. La pauvre, les fleurs de sa robe, c'était plus des marguerites mais des coquelicots tellement elle a perdu de sang.

Magritte pensa à sa mère, dont la robe de nuit écrue était devenue rouge dans les eaux ferrugineuses de la Sambre.

10.

Jefke était déjà devant une grosse chope de bière quand Magritte entra dans la taverne.

— Et une Vieux Temps pour mon ami, s'écria Jefke aussitôt qu'il eut franchi la porte.

— T'as une baise de Georgette. Lui ai dit qu'on se voyait.

— Toujours aussi jolie ?

— J'en suis éperdument amoureux, avoua Magritte.

René et Jefke se connaissaient depuis longtemps. Alain Van Loo, le papa de Jefke, était un avocat réputé et un grand écrivain. Magritte était fan de ses livres et avait eu quelquefois recours à ses services pour se dépatouiller des emmerdeurs. Dans le milieu, on surnommait « Monsieur Optimiste » cet avocat toujours souriant et doté d'un humour à toute épreuve. Quant à la maman de Jefke, après avoir été professeur de morale, elle s'était mise à écrire des contes pour petites filles perverses ! Issu de ce curieux mélange, Jefke était donc un flic atypique, évidemment. Et bon vivant, comme la plupart des Belges. Rondouillard, pas très grand, le pif couleur fraise des bois, il ressemblait un peu à l'agent 22 dans *Quick et Flupke*, les personnages d'Hergé. Contrairement à René, qui avait un fort accent wallon, Jefke était un pur *brusseleir*.

— *Awell*, fallait encore bien que ça arrive, ce bazar. On était bien tranquilles, juste quelques vols, et voilà que cette *meï* se fait poignarder dans l'impasse du Cheval. Qu'est-ce qu'elle avait besoin de sortir si tard aussi, celle-là ! Une femme mariée en plus, viens pas une fois me dire, hein, *menneke*…

— Tu ne serais pas un peu rétrograde, toi ? De nos jours, les femmes ont bien le droit d'aller où bon leur semble.

— Hé ben voilà le résultat ! Elle a ramassé un coup de poignard. L'aurait mieux fait de rester avec son mari.

— Ah parce qu'elle était mariée ? fit Magritte, qui comptait bien lui tirer les vers du nez.

— Oué ! Elle s'appelait Madeleine Dutilleul. On a trouvé ses papiers dans sa sacoche. Avec un ticket de cinéma. Le Caméo, rue du Fossé-aux-Loups, pas loin du lieu du crime.

— Tu es allé interroger la caissière ?

— Non peut-être ! Elle se souvient de Madeleine parce qu'elle faisait les cent pas devant le ciné et qu'elle dévisageait tout le monde. « Elle était bizarre », qu'elle a dit. Finalement, elle a acheté un ticket et elle est entrée toute seule.

— Et ensuite ? Elle l'a vue ressortir avec quelqu'un ? demanda René.

— Non, la caissière était déjà partie. Y avait plus de séance après.

— Et elle n'a vu entrer personne en retard ?

— Non. J'ai demandé.

— Parle-moi du meurtre, de ce que tu sais, fit René.

— T'es en train de nous pondre un roman policier ? le questionna Jefke, qui savait que son ami en avait écrit quelques-uns sous pseudo dans sa jeunesse.

— Exact, mentit René. Je t'avoue que cette affaire me passionne…

— Pourquoi celle-ci ? Y en a plein d'autres dans les journaux. Suffit que t'achètes *Détectives*…

— Écoute… Tu ne vas pas me croire, mais j'ai eu une vision et j'ai vu cette femme à côté de son corps.

— T'as rêvé, quoi !

Jefke n'était pas du genre compliqué. Plutôt pragmatique. Sans doute avait-il dû se protéger de sa mère, trop farfelue, qui tirait aussi les cartes et lisait dans les coquilles de moules. Magritte ne le contraria pas.

— Oui, c'est ça. Un rêve.

— N'empêche que c'est bizarre quand même ce *stûût*. T'es sûr que tu l'avais jamais croisée, cette *meï* ?

— Oui. C'est ce qui me pousse à creuser son histoire.

— Bon. Je vais te dire tout ce que je sais, lui promit Jefke, tout content à l'idée de participer à un chef-d'œuvre de la littérature, alors que son ingrate de mère ne l'avait jamais sollicité à ce sujet et, pire, lui interdisait de lire ses livres – « pas de ton âge » était son argument.

Elle le croyait toujours puceau, mais Jefke avait connu bien des femmes et pas des tombées dans le caniveau, non non, des emplumées de la haute qui s'ennuyaient sec avec leur mari. Quant à son père, il lui demandait son avis, mais une fois le livre publié. Donc, plus rien à changer. Là, avec René, c'était différent ! Il allait mettre la main à la pâte.

— Allez, raconte alors ! s'impatienta Magritte.

— Elle avait quarante ans, s'appelait donc Madeleine comme les biscuits, mais moi j'préfère les spéculoos, et elle a été poignardée en plein cœur. Son argent était toujours dans son portefeuille. Donc, le motif n'est pas le vol. Le plus étrange, c'est qu'on a trouvé un bouquet de lilas sous sa robe.

— Effectivement, c'est curieux !

Voilà une énigme qui ressemblait à ses tableaux. Des éléments dans le désordre. Pourquoi ce bouquet de fleurs était-il sous sa robe et pas posé dessus ? Qu'est-ce que l'assassin avait voulu dire ?

Féru d'échecs – il avait d'ailleurs un jeu posé en permanence sur la table de son salon –, Magritte aimait les défis. Et celui-ci en était un.

— La police a interrogé le mari, je suppose.

— Oué. Il était chez lui. Il a regardé la télé en attendant que sa femme revienne. Elle lui avait laissé un mot pour le prévenir qu'elle devait faire un extra le soir à cause des touristes qui avaient débarqué. Elle bossait comme serveuse au Roy d'Espagne.

— Tiens, tiens, on devrait aller faire un tour là-bas…

— Bonne idée, c'est l'occasion de boire une Trappiste, hein, *menneke*.

— C'est dur, le métier de policier, se moqua René.

— Oué, sauf quand y a des *zivereirs* qui viennent flanquer le bazar chez nous autres.

René Magritte vida son verre et donna rendez-vous à son copain pour le lendemain soir, même heure, à la brasserie de la Grand-Place. Georgette l'attendait pour le souper et rien ne lui aurait fait manquer ça : elle avait préparé des boulettes sauce tomate avec des frites.

11.

Ça sentait bon la graisse de bœuf dès qu'on entrait. Dans la maison, les portes étaient toujours ouvertes. Georgette était claustrophobe[1] ! Le toutou vint accueillir son maître en se léchant les babines. Sa dadame avait dû lui faire goûter les boulettes ! Pas étonnant qu'elle devienne grassouillette, celle-là... En plus elle raffolait des frites ! Normal, c'était une chienne belge.

René accrocha son chapeau à la patère, comme d'habitude, et mit ses patins. Les rituels l'avaient toujours rassuré, lui qui pourtant n'aimait pas la routine. Sans doute avait-il suffisamment de délicieux délires lorsqu'il peignait ou pensait à ce qu'il allait réaliser. Quand on demandait à Picasso combien de temps il avait passé pour faire tel tableau, il répondait invariablement : « Une vie. » Et c'était la meilleure des réponses, car un artiste ne peut créer s'il n'est pas hanté jour et nuit par son art. Des obsédés ; voilà ce que c'est !

1. Georgette était vraiment claustrophobe. Était-ce pour cette raison qu'inconsciemment Magritte peignait des portes ouvertes laissant passer des nuages – comme *La Victoire* – ou des trouées donnant sur des paysages insolites, que l'on retrouve dans le *Portrait de Germaine Nellens* ?

Magritte n'avait-il pas été obsédé par *L'Empire des lumières*, qui le poursuivit jusqu'à sa mort ?

Il était pareil quand il s'accrochait à une énigme à résoudre. Il ne la lâchait pas jusqu'à ce qu'il trouve la solution. Rien à voir avec le mystère qu'il distillait dans ses peintures.

Dès qu'elle avait entendu le bruit de la porte d'entrée, Georgette avait rempli l'assiette de son mari. La seule qui avait l'immense privilège de manger avant lui était Loulou.

— Comme ça, disait Magritte, on est tranquilles. Elle ne viendra pas nous embêter à table.

Tu parles ! Loulou guettait les miettes et la main de son maître qui traînait parfois près de son museau. Papa avait craqué depuis belle lurette.

— Alors, le questionna Georgette, impatiente, tu as été voir Jefke ? Il t'a dit quoi ?

René raconta.

— Un bouquet de lilas sous ses jupes ! répéta-t-elle, songeuse. Il a pas mis ça par hasard. Il a voulu laisser un message. Quelle couleur ? Blancs ou mauves ?

— J'ai pas demandé.

— M'enfin, René !

— Quelle importance ?

— Chaque détail est important, sais-tu. Certains assassins sont des artistes qui s'expriment autrement parce qu'ils ne sont pas doués pour l'art. Ici, on a affaire à quelqu'un qui aime la poésie. C'est pas un tueur banal qui élimine pour se venger ou voler. D'ailleurs, je suis sûre qu'on ne lui a rien pris à cette femme. J'ai raison ?

— Tout à fait, mon p'tit bibi.

— Tu m'as dit qu'elle était allée au cinéma. Voir quoi ?

— Je ne sais pas… T'as de ces questions ! On s'en fiche, du nom du film.

— Pas du tout ! D'après ce que tu m'as raconté, elle semblait attendre quelqu'un qui n'est pas venu. Donc, un type a dû lui donner rendez-vous au ciné et crois-moi qu'il n'a pas choisi le film par hasard. Ensuite, il s'est probablement pointé à la sortie, s'est confondu en excuses et l'a entraînée vers l'impasse du Cheval, un peu plus loin. Peut-être même qu'il l'a emmenée de force en lui collant discrètement un revolver entre les côtes. Et le mari, t'es sûr qu'il n'était pas au courant qu'elle lui racontait des craques ?

— Apparemment non.

— Faut que tu fouilles, René. Et surtout que tu fasses attention à chaque détail. C'est ce qu'on fait quand on regarde ta peinture. Tu nous incites à porter un regard neuf sur ce qui nous entoure. Quand tu peins, tu vas explorer là où les autres ne vont pas. Eh bien, quand tu mènes une enquête, c'est pareil. Intéresse-toi à ce qui n'intéresse pas la police. À ces petits détails prétendument anodins… Crois-moi, ce tueur n'a rien laissé au hasard.

— Bien, docteur Watson !

— Mange tes boulettes, René, elles vont refroidir.

12.

Le lendemain, après avoir été faire faire pipisse à sa chienne, ce que Magritte appelait aussi « partir en expédition », il se dirigea vers son chevalet. Il comptait terminer son tableau avec cette tête de femme sculptée dans la pierre. Elle avait les yeux fermés et une rose posée à côté de son visage. L'image d'un grelot lui était venue ce matin, pendant sa grasse matinée.

Il eut un choc en la voyant… Une longue tache de sang ornait sa joue ! Il ne se souvenait pas de l'avoir ajoutée.

— Georgette ! Viens une fois voir ! s'écria-t-il, déboussolé.

Sa femme accourut en pantoufles à pompons. Elle le regarda puis s'approcha du tableau.

— Ben quoi ? Qu'est-ce qu'il y a ?

— La tache de sang, elle est venue toute seule ?

— J'ai fait un cauchemar cette nuit. J'ai rêvé d'une femme assassinée. Et comme je suis somnambule, c'est fort possible que ce soit moi. T'es fâché ? minauda Georgette.

— Non, pas du tout. Au contraire ! Je trouve que c'est surprenant. Mais Madeleine Dutilleul avait du sang sur son corsage, puisqu'elle a été poignardée en plein cœur.

— C'est pas Madeleine. C'est une autre…

— Quoi ?

— Oui… Je crains qu'il y ait bientôt un autre meurtre, René.

Magritte ne croyait pas à ces choses surnaturelles. Pour lui, tout cela venait du subconscient. Pourtant, il devait bien s'avouer que sa femme avait déjà eu des rêves prémonitoires. Qu'importe ! Il espérait qu'elle se trompe.

— Comment il s'appelle, ce tableau ? demanda-t-elle.

— *La Mémoire.*

— Ah ! Je suppose que c'est à cause des eaux noires derrière… Tu as pensé à ta mère qu'on a retrouvée dans…

— On ne parle pas de ces choses-là, assena René.

Chaque fois qu'elle avait voulu aborder le sujet, il se fermait. Elle n'insista pas.

Il fut bien incapable de terminer son tableau ce jour-là et il décida d'aller faire une partie d'échecs avec ses amis, au Greenwich. Habitude dont il cherchait à se débarrasser. En vain ! « Je n'irai plus, je n'irai plus ! » clamait-il. Et il ajoutait : « J'irai demain. »

Le soir, il alla retrouver Jefke, qui l'attendait au Roy d'Espagne. La brasserie était bondée. Et évidemment le policier était attablé devant une chope bien moussue.

— Je t'ai apporté quelque chose, lui annonça Jefke en lui tendant une enveloppe. Ce sont des photos, et j'ai aussi photocopié une lettre que la victime avait dans la pochette de sa sacoche. J'ai pas pu t'apporter les originaux, ce sont des pièces à conviction, elles sont au labo. Petit détail, la lettre était dans une enveloppe bleue qui portait juste l'inscription *Pour Madeleine*, et elle sentait bon. J'sais pas quoi, parce que je ne suis pas expert en parfums de femmes…

— Merci ! T'es toujours célibataire ?

Le policier esquissa un sourire énigmatique.

— Ah, ah ! Il y a anguille sous cloche !

— On va dire que j'ai une touche. Mais chut ! Ça doit rester secret. On en est aux balbutiements. C'est une fille très respectable. Pas du genre à brûler les étapes. Ce sont les meilleures… Regarde, toi et Georgette ! Vous êtes restés des années sans vous revoir et vous êtes toujours ensemble.

— Ouais, bon elle avait douze ans quand on a été séparés… Et tes parents sont au courant ? se moqua René, vu l'âge de son ami, resté célibataire chez papa-maman depuis toujours. Comment se portent-ils ?

— Tant qu'ils s'engueulent, c'est qu'ils vont bien.

— Pas facile, deux écrivains en couple…

— Non. Ma mère a trouvé un truc pour se calmer les nerfs. Elle s'est mise au crochet et elle m'a fait un pull, regarde !

Jefke enleva sa veste et René dut se retenir de rire. Il avait une manche plus courte que l'autre.

— Elle avait pas assez de laine. Elle dit qu'elle lance une mode asymétrique, que tout le monde demain voudra le même… N'importe quoi !

— Du moment que c'est fait avec amour, conclut René. Bon, j'examinerai tranquillement le contenu de ton enveloppe à la maison. En attendant, je vais aller voir le patron pour savoir s'il se souvient de quelque chose la nuit du crime. Georgette dit que tous les détails sont importants.

Le patron était derrière sa caisse. Non, il ne se souvenait de rien. Ah si ! Le mari de Madeleine avait appelé pour lui parler… Le patron avait dit qu'elle n'était pas de service ce soir-là et le mari avait raccroché. Il semblait furieux.

— Donc, conclut Magritte en trinquant avec Jefke, il savait qu'elle lui avait menti. Et s'il avait quitté son domicile pour aller la rejoindre et la tuer ?

— Comment aurait-il su où elle était ?

— Bonne question, admit René. Dis… tu crois qu'il s'agit d'un crime passionnel ?

— Ça m'en a tout l'air. Elle se trimballait une lettre d'amour, sans doute celle du tueur, et le mode opératoire

– coup de couteau dans le cœur et bouquet de lilas – donne plutôt à croire que c'est une histoire de jalousie.

— Et si son mari avait orchestré tout ça pour la piéger ou la mettre à l'épreuve ? S'il est à l'origine de cette mise en scène, ça expliquerait qu'il savait où elle était..., suggéra René. Il a très bien pu appeler à son boulot pour qu'on l'élimine de la liste des suspects.

— C'est vrai. D'autant qu'il n'a pas d'alibi solide. Il affirme qu'il était chez lui, sauf qu'il n'a pas de témoin. Vu le profil du gaillard, genre beauf dans son canapé quand il rentre du bureau, m'étonnerait qu'il soit l'auteur d'une si belle lettre et qu'il ait une âme romantique au point de l'attendre avec un bouquet de fleurs, même si c'est pour lui écraser sous les jupes !

— Faut pas se fier aux apparences, murmura Magritte.

Il recommanda deux autres verres. Le garçon qui les servit se pencha vers lui et murmura qu'il avait peut-être une info intéressante concernant Madeleine.

— Je vous ai entendu parler au patron. Ça fait un moment que j'ai remarqué un client un peu louche. J'dis pas que c'est lui l'assassin, hein ! Mais il est pas tout net. Et depuis la mort de Madeleine, y vient plus. Il était toujours assis dans le coin sombre là-bas en face du cheval. Il venait tous les soirs à la même heure et quand Madeleine avait fini son service, il s'en allait. J'ai pensé qu'il l'avait peut-être suivie...

— Il ressemblait à quoi ? demanda Jefke.

— J'en sais rien. J'ai pas vu son visage. Il avait un manteau à capuche, genre duffel-coat, qu'il n'enlevait jamais.

— Vous savez si elle avait un amant ?

— Ah, ah ! Avec le caractère qu'elle avait, ça m'étonnerait ! L'était pas causante et pas très aimable non plus, d'ailleurs. Toujours d'humeur maussade. Vous savez, on ne l'aimait pas beaucoup, ici. Pourtant, faut reconnaître qu'elle bossait bien.

— Et elle ne vous a pas paru un peu plus souriante la veille de sa disparition ? le questionna Magritte.

— Maintenant que vous le dites… Si, elle avait l'air de bonne humeur. Ça m'a frappé parce qu'elle tirait toujours la tronche. C'est pas top pour les clients, hein !

— T'as raison René, conclut Jefke en vidant sa Trappiste, faut pas se fier aux apparences…

13.

Rosa ne tenait plus en place. Elle, la vieille fille de trente ans dont on se moquait parce qu'elle n'avait toujours pas de fiancé – du moins officiel –, venait d'avoir un rendez-vous amoureux avec un inconnu. Quelle aubaine ! Ah, ça, ses copines allaient toutes être vertes de jalousie. Pourtant, elle ne les enviait pas, avec leur mari devenu un coussin de fauteuil et leurs moutards qui geignaient tout le temps. Non, elle, ce qu'elle souhaitait depuis toujours, c'était une vraie histoire d'amour. Elle avait bien eu quelques aventures et entretenait une relation avec une « roue de secours », comme elle l'appelait, mais trouvait les hommes trop grossiers et rustres. Rosa aimait les romantiques et n'en avait jamais rencontré à son goût. Ils finissaient toujours par déraper. Un pied dans les étoiles, l'autre dans la merde. Aussitôt que vous aviez cédé à leurs avances, ils cessaient de vouloir vous séduire et vous deveniez leur chose. Et ça, pas question ! Rosa était une femme indépendante et personne ne lui avait jamais mis la bague au doigt. Pas dignes d'elle. Or là, c'était différent. Elle se sentait redevenir une petite fille... perdait ses défenses face à ce cadeau tombé du ciel !

Qui était ce prince charmant qui lui avait envoyé cette magnifique lettre ? Comment connaissait-il son adresse ? Il avait dû la suivre, puisqu'il l'avait simplement glissée dans sa boîte aux lettres. Par chance, sa sœur n'y avait pas accès… Elle imaginait son prétendant d'une beauté à couper le souffle. Forcément !

Seulement, Rosa ne vivait pas seule. Elle partageait avec sa sœur, Élise, la maison héritée d'un vieil oncle qu'elle n'avait jamais vu. Une demeure sombre et trop grande, située en face des étangs d'Ixelles, où on aurait bien imaginé quelques poètes rêveurs contemplant les canards. Élise était célibataire, elle aussi. Pas pour les mêmes raisons, pourtant : son mari s'était tué en voiture, complètement bourré. Pas d'enfants. Un chat qui bouffait les oiseaux du jardin et que Rosa avait en horreur. Elle avait bien essayé de lui faire avaler des boulettes de viande truffées de mort-aux-rats… Bernique ! L'animal n'en voulait pas. Ce crétin avait du flair. En plus, il prenait un malin plaisir à venir déposer un merle ou une grive sur son paillasson…

La nuit, quand elle se réveillait, Rosa réfléchissait aux moyens de le zigouiller, ce sale matou. Sa sœur l'adorait. C'était tout ce qui lui restait de son défunt ivrogne. Et comme elle buvait autant que lui… Sauf qu'elle ne conduisait pas.

Les deux sœurs se détestaient. Mais aucune d'elles n'avait les moyens de payer un loyer. Rosa était modiste rue Haute et Élise travaillait à la poste. Elles n'avaient pas été élevées ensemble. Était-ce la raison de cette haine ?

Heureusement, la maison laissée par l'oncle Charles était assez grande pour qu'elles aient chacune leur appartement et leur sortie indépendante. La seule chose qu'elles partageaient était le jardin. Tout en longueur, comme c'était le cas pour la plupart des vieilles bâtisses bruxelloises. Un arbre, une petite pièce d'eau glauque jamais entretenue et une pelouse, sujet de disputes et de reproches pour qui devait la tondre. Rosa avait mis des graines pour les oiseaux, dont elle raffolait. Pour sa sœur, ils étaient des nuisances qui piaillent et chient partout.

Assise sur son lit, Rosa relut la lettre.

Je voudrais recouvrir ton cœur de laine, pour qu'il soit toujours chaud. Te donner un baiser dans une clairière et danser le tango avec toi entre les songes d'une nuit sans épines.

Il n'y avait ni nom ni adresse où elle aurait pu répondre. Juste le parfum entêtant de l'enveloppe bleue.

14.

René avait lu et relu la lettre envoyée à Madeleine.

Cela fait un moment que je t'observe, mais je crains de rester avec mes je t'aime car tu es mariée. Pourtant j'aimerais tant t'emmener loin, en Amérique ou ailleurs. Tu es tellement jolie, tu es toute ma vie.

P.-S. : Un jour, nous nous rencontrerons si tu le souhaites.

Il en déduisit plusieurs choses : qu'ils ne s'étaient jamais rencontrés mais qu'il s'était renseigné sur elle. Il savait qu'elle était mariée. Et visiblement il s'en moquait éperdument, puisqu'il voulait l'emmener en Amérique ou ailleurs. *Cela fait un moment que je t'observe.* Il avait dû se planquer pour la regarder et peut-être même l'avait-il suivie jusque chez elle. Était-ce ce mystérieux personnage à capuche qui se terrait dans un coin sombre du Roy d'Espagne ?

Pas d'adresse sur l'enveloppe, avait dit Jefke. Donc, l'amoureux transi avait dû la glisser dans son sac, et elle y était restée. Ou il l'avait déposée quelque part où il était sûr qu'elle allait la voir, et elle l'avait gardée sur elle. En toute logique, il avait dû lui en écrire une autre avec l'endroit et l'heure de leur rendez-vous. Le ticket de cinéma trouvé dans le sac de Madeleine en était la preuve. Jefke l'avait aussi photocopié. Il avait pensé à tous les détails pour son ami, trop fier de participer à son roman policier. René n'avait pas osé lui dire qu'il avait juste l'intention de réaliser un de ses rêves d'adolescent : devenir détective privé, ce qui n'était pas incompatible avec la peinture, bien au contraire ! Pour Magritte, « le rêve offre à notre corps et à notre esprit la liberté dont ils ont un impératif besoin ». Il était convaincu que l'imaginaire est en lien étroit avec la réalité et que tous deux constituent des clefs l'un pour l'autre, comme les racines qui alimentent la sève de l'arbre.

Dans le sac de Madeleine, il y avait aussi le programme. Toute la semaine était consacrée à une rétrospective de Fritz Lang et ce soir-là, on jouait *M le maudit*.

Où était cette lettre ? Bizarre qu'elle ne l'ait pas emportée avec elle. Dans sa précipitation à le rejoindre, peut-être l'avait-elle oubliée chez elle ? Et si son mari l'avait trouvée, il aurait très bien pu la suivre...

René Magritte avait attentivement regardé les photos. Éclairée par la lueur d'un réverbère, Madeleine étendue sur le sol avec sa petite robe à fleurs, un bouquet de lilas mauves sur le ventre. Et le cœur qui saigne, assorti à ses lèvres rouges, bien maquillées. Ses longs cheveux blonds étalés sur le sol, comme un soleil qui se serait perdu dans le silence de la nuit.

Il fit part de ses observations à Georgette, qui lui précisa :

— Les lilas mauves, c'est le symbole de l'amour naissant, des premiers pas vers les chemins tortueux de la passion... Les blancs, c'est l'innocence et la pureté.

— L'assassin n'a peut-être pas pensé à ça quand il lui a acheté son bouquet, rétorqua Magritte. Tu vas chercher la petite bête...

— Au contraire, je crois que tout est pensé. Sinon, pourquoi aurait-il glissé les lilas sous sa robe ? Et le nom du film, c'était quoi ?

— *M le maudit.*

— Ben tiens ! Tu crois que c'est pas mûrement réfléchi ? M comme Madeleine… et Peter Lorre est un tueur, lui aussi.

— Oui, mais un pédophile. Madeleine avait une quarantaine d'années. Plus une gamine !

— Peu importe, c'est une histoire d'assassin. En plus le réalisateur, Fritz Lang, avait été accusé d'avoir tué sa femme lorsqu'elle l'avait découvert en salle de montage avec sa maîtresse, la romancière et scénariste Théa von Harbou. À partir de là, Lang est devenu parano et notait dans un carnet tout ce qu'il faisait, dans les moindres détails. Il avait toujours son revolver sur lui… Pas pour rien qu'on le surnommait « le Maître des ténèbres ».

— On a dit que son épouse s'était suicidée, rétorqua René, qui admirait les films de Fritz Lang.

— L'histoire est restée très trouble, expliqua Georgette, qui lisait beaucoup et s'intéressait particulièrement aux romances croustillantes et surtout criminelles. Tu sais si elle avait un *M* dessiné dans sa main ? Tu te souviens de l'affiche du film ?

— Non peut-être ! On était allés le voir ensemble au cinéma bleu… Là, mon p'tit poulet, tu pousses trop loin. Je dirais même que tu t'égares.

— N'empêche, ça vaudrait la peine de savoir…

— D'accord, je vais me renseigner.

— Il dit quoi, Jefke ?

— Que c'est un crime de jalousie.

Georgette se contenta de sourire. Parfois, il vaut mieux se taire et laisser le temps soulever le voile de la vérité.

15.

Ce sale chat venait de déposer une grive sur son paillasson, la préférée de Rosa, avec sa mignonne tête blanche. Celle qui guettait toujours son arrivée quand elle venait donner des graines. Un matin, elle était venue en couple avec son fiancé, comme Rosa l'appelait. Puis, ils avaient fait des petits. La jeune femme s'était attachée à cette famille. C'était un peu la sienne.

Rosa prit délicatement le corps déchiqueté de l'oiseau et l'embrassa. Elle ne put se retenir de pleurer. Le jour de l'enterrement de sa mère, elle n'avait pas versé une larme.

Elle emballa le corps de la petite grive dans un papier de soie et alla l'enterrer dans le jardin, au pied de l'arbre. Soudain, elle entendit un piaillement triste et vit le compagnon de la pauvre grive perché dans l'arbre. Il regardait Rosa. Quand elle eut enterré sa bien-aimée, il s'envola et passa devant elle comme pour lui dire une dernière fois merci. Elle ne le reverrait sans doute jamais. Elle se trompait. Il allait revenir chaque nuit se poser à l'endroit où était enterrée sa compagne. Car la plupart des oiseaux n'ont qu'un seul amour dans leur vie et si on le leur arrache, ils restent seuls.

C'est à cet amour-là que Rosa rêvait.

Aujourd'hui, elle était trop triste pour rêver à quoi que ce soit. On peut avoir bien plus de chagrin quand disparaît un animal auquel on tient qu'à la mort de certains êtres humains. Rosa était inconsolable. Après avoir encore sangloté, la tête enfouie dans son oreiller, elle sentit une vague de colère la submerger. Cette fois, ce chat de malheur allait le payer ! Sa patience n'avait que trop duré. C'était pas le premier oiseau qu'il chopait. Pourtant il était gavé de pâtées et autres, car sa sœur ne lésinait pas sur la nourriture. Rien n'était trop bien pour son matou, qu'elle chouchoutait pire qu'un bébé, au point de lui avoir acheté des bottes en caoutchouc pour l'hiver afin qu'il n'ait pas froid aux pattes ! On rêve ! À la grande satisfaction de Rosa, il les avait déchiquetées. Comme les piafs.

Élise n'aimait pas les gens. Encore moins les enfants. N'aimait qu'elle-même et son chat. Quinze ans qu'elle tentait d'en faire une poupée de salon, en vain ! C'était un démon, et elle continuait à se voiler la face et à l'idéaliser. Oui, l'amour rend aveugle. Et sourd aussi. Avait-elle jamais autant aimé quelqu'un que son chat ? Rosa en doutait. Acariâtre et haineuse, Élise ne montrait une once d'humanité que quand elle parlait de son doudou à poils noirs. Le même que celui qui pourrait se balader dans les anciennes gravures de Gustave Doré illustrant *L'Enfer*, de Dante.

Cette fois, c'était fini.

Rosa adorait les animaux, et dans son enfance solitaire elle en avait fait ses confidents. Peine perdue, ce chat était pareil à ces chasseurs qui tuent par plaisir et non pour survivre. C'était plus fort que lui, il avait besoin de tuer. Et quand certains objectent : « C'est sa nature, faut pas lui en vouloir », alors pourquoi en vouloir aux *serial killers* ou aux pédophiles, dont c'est la nature ? *Quelle est la différence ?* pensait-elle.

Là, non content de s'être attaqué à son oiseau préféré, il avait brisé le cœur de son compagnon et de ses petits. Qui sommes-nous pour penser que les animaux n'ont pas de sentiments ? Rosa se rappela cette malheureuse éléphante restée enchaînée toute sa vie, jusqu'au jour où quelqu'un l'avait libérée. La pauvre bête avait versé de grosses larmes et était venue se blottir contre celle qui l'avait sauvée.

Rosa guettait l'arrivée de la lune. Elle savait que l'affreux doudou attendait que sa maîtresse soit endormie pour quitter le lit conjugal et aller jouer un remake de *La Nuit du chasseur*. *Love* était ce qu'éprouvait sa sœur pour lui ; *Hate*, ce que ressentait Rosa. N'était-ce pas aussi le reflet de leurs sentiments l'une envers l'autre ?

Souvent, les animaux de compagnie ne sont que des catalyseurs, des morceaux de miroir…

Cette nuit-là fut la dernière du chat.

Le lendemain matin, Rosa fut réveillée par un cri. Élise venait de trouver son doudou au pied de l'arbre – là où était enterrée la grive –, le corps transpercé par un couteau de boucher, celui avec lequel Rosa découpait son rôti.

Elle aurait pu zigouiller le matou et le planquer dans la poubelle du voisin pour faire croire à sa disparition, mais elle avait préféré assumer ses actes, l'offrir en cadeau de vengeance sur la tombe de son oiseau et surtout faire comprendre à sa sœur combien elle la haïssait.

16.

Georgette avait préparé des carbonades flamandes. Bien que wallon, René appréciait cette recette ; mélange salé-sucré avec la sauce aux pruneaux. Jackie s'en lécha les babines ! Cette « pauv'chienne », princesse de René et Georgette, avait droit de goûter à tous les plats en plus de sa pâtée.

Ce qui avait changé dans le couple, c'est que leurs discussions avaient pris une tournure de suspense. Jackie l'avait bien remarqué, ça ! On aurait dit qu'ils complotaient.

— Cet après-midi, expliqua René, je vais aller voir le mari de Madeleine Dutilleul et essayer de lui soutirer des renseignements sur la nuit du crime. Je vois tout de suite quand quelqu'un ment.

Le mensonge ne dérangeait pas Magritte, car sans lui le monde serait sans intrigues. Pourtant, contrairement à ce que pouvaient penser certaines personnes en voyant sa peinture, notamment *Ceci n'est pas une pipe*[1], Magritte, lui, n'était pas un menteur. « La fameuse pipe, disait-il, me l'a-t-on assez reprochée ! Et pourtant pouvez-vous bourrer ma pipe ? Non, n'est-ce pas, elle n'est qu'une

1. *Ceci n'est pas une pipe. La trahison des images.*

représentation. Donc, si j'avais écrit sous mon tableau *Ceci est une pipe*, j'aurais menti ! »

Il pensait aussi que les gens sont souvent le reflet de l'image qu'ils veulent donner d'eux-mêmes : un faux-semblant, bref, une sorte de trompe-l'œil. Et qu'il faut creuser, faire fi de ses sentiments pour déceler ce qu'ils cachent. Parfois à leur insu. Et que de temps à autre on découvre une couche de supercheries camouflant d'autres secrets. Un peu à l'image des poupées russes...

Roger Dutilleul habitait dans ces petites maisons « clef sur porte » à Anderlecht, pas loin des abattoirs. Même s'il mangeait parfois de la viande, René n'appréciait guère cet endroit qui lui évoquait un cimetière cruel. Il imaginait que, la nuit, les habitants entendaient des cris de détresse, ceux des fantômes de ces bêtes souvent tuées sans ménagement.

La maison de Madeleine avait un jardinet, ce qui la rendait plus agréable que les autres. Magritte avait préparé son discours...

Il n'était pas certain de trouver Roger Dutilleul, ne l'ayant pas prévenu de sa visite. Son téléphone était sûrement dans le bottin. Mais il préférait le prendre par surprise.

Il sonna à la porte blanche. Attendit un moment avant de sonner à nouveau. Rien. Il regarda autour de lui ; pas de voiture garée devant. Roger devait encore être au boulot. Le côté voyou de René refit surface et il n'eut aucun scrupule à contourner la bâtisse pour aller voir derrière si par hasard une fenêtre n'était pas restée ouverte. Combien de fois, gamin, ne s'était-il pas glissé chez ses voisins pour y flanquer le bazar, du genre coller la porte du frigo avec de la glu ou pisser dans la manne à linge ? Il n'était pas « Scorpion » pour rien !

Une des fenêtres était mal fermée et il n'eut qu'à la pousser. Encore souple, il l'enjamba. Voilà qui lui rappelait de bons souvenirs... les bêtises sont ce que l'on regrette le moins quand elles ont la saveur des Pieds Nickelés.

L'intérieur était bien rangé. Magritte se mit dans la peau du mari. Comme chez lui, c'était l'épouse qui devait tenir le ménage. Or il venait de perdre la sienne et tout était nickel… À sa place, René n'aurait pas eu le cœur à ça. Il aurait tout laissé en plan. Enfin, chacun réagit différemment face au malheur. Cependant, quelque chose clochait et il n'aurait pu dire quoi. Rien ne traînait dans l'évier, la vaisselle était faite. Il ouvrit les armoires. Rien de spécial. Le frigo était rempli de bières. René hésita à en piquer une pour la boire à la santé de Madeleine, cependant il s'abstint. Il était en mission… Dans le salon, il trouva les pantoufles de Roger à côté du canapé, l'une à côté de l'autre, attendant les pieds de leur propriétaire. Sans doute mangeait-il là en regardant les matchs de foot ou le Tour de France. Vu son profil, pas du genre à se taper des émissions intello.

René grimpa à l'étage, direction la chambre à coucher des amoureux. Chez lui, tout était au rez-de-chaussée, plus pratique.

Un affreux couvre-lit en satin rose corset recouvrait le tombeau conjugal. Parce que franchement, ça ne sentait pas les galipettes !

Magritte fouilla dans les affaires de Madeleine et ne trouva que des fanfreluches et des attrape-couillons – ainsi appelait-il les artifices dont usent les femmes pour séduire. Sa Georgette n'avait pas besoin de ça ! Il ouvrit une boîte à bijoux et s'émerveilla devant la petite danseuse qui surgit en tournoyant sur une musique de Mozart. Il avait gardé ce côté gosse, friand des surprises. À l'intérieur, un médaillon en or, en forme de cœur, avec un *M* gravé dessus. Machinalement, René le fourra dans sa poche. Pas pour le voler ou le revendre, ni même l'offrir à sa femme ; non, simplement son instinct lui dictait de le faire. Ce cœur pouvait lui avoir été offert par son amant ou par son mari. Les tueurs emportent toujours un objet ayant appartenu à leur victime.

René vivait avec cette Madeleine qu'il n'avait pas connue mais qui lui était apparue comme un message dans la lumière poudreuse. Il l'avait vue à côté de son corps et se sentait en dette envers elle. Il fallait qu'il trouve son assassin. Et il éprouva le besoin de posséder quelque chose lui ayant appartenu, ne fût-ce que pour garder un lien avec elle dans l'au-delà, s'il en existe un.

Il leva le nez et aperçut une boîte à chapeau au-dessus de l'armoire. Il grimpa sur le lit et réussit à l'attraper. Sous le chapeau cloche, un peu semblable à ceux que portait Georgette, il trouva ce qu'il cherchait ! Une enveloppe bleue…

Il n'eut pas le temps de la lire, le bruit d'ouverture de la porte d'entrée en bas le fit sursauter.

17.

Élise était dans une colère noire ! Sa salope de sœur avait osé tuer son chat ! Elle tambourina à la porte de Rosa, qui resta close. Se mit à hurler des injures, à la traiter de criminelle, de sale pute, de pourriture… Elle allait payer cher. Élise lui promit de lui faire subir le même sort qu'à son « bébé d'amour ».

Assise sur son lit, Rosa attendit qu'elle s'en aille. Ouf ! Cette idiote avait fini par se décourager. Sauf qu'elle connaissait sa sœur et savait qu'elle ne lâcherait pas le morceau. Faudrait qu'elle fasse gaffe. Élise était capable de l'attendre dans les escaliers, de la pousser puis de la poignarder. Depuis qu'elles s'étaient retrouvées, il y a quelques années, Élise avait toujours été cruelle et jalouse d'elle. Rosa se souvenait de son premier flirt… Élise était allée jusqu'à imiter son écriture pour envoyer à cet homme des lettres humiliantes, et leur histoire d'amour n'avait pas eu le temps d'éclore.

Dès lors, Rosa n'avait plus jamais rien confié à Élise. Mais sa sœur s'était débrouillée pour fouiller dans ses secrets. Cela provenait-il du fait que Rosa était plus jolie qu'elle, qui était grassouillette ? Or, qu'y pouvait Rosa ?

Elle resta cloîtrée dans sa chambre jusqu'au lendemain. Ça tombait bien, c'était son jour de congé. Elle se leva de bonne heure et sortit à pas de souris. Sa sœur roupillait toujours, elle l'entendait ronfler jusque dans le corridor. Elle avait dû prendre des cachets pour dormir. Comment aurait-elle pu attirer un homme dans son lit avec ce ronflement intempestif ? Sans compter son caractère de cochon...

Rosa ne travaillait que l'après-midi. Elle en profita donc pour se balader au marché aux puces des Marolles, un endroit qu'elle adorait. Y régnait cette odeur particulière des vieux vêtements restés longtemps au grenier, l'accent bruxellois, « Awell, *madameke*, comment ça va une fois dis ? », la marchande de caricoles, le café Chez Willy et, à la fin du marché, toutes ces caisses remplies de photos, vestiges de vies entières qui partaient à la poubelle. Rosa n'avait pas de souvenirs... Ou avait-elle préféré les occulter ?

Lily, son amie qui travaillait avec elle à l'atelier de chapeaux, était toute fébrile et se rua sur elle dès qu'elle la vit franchir le seuil de la boutique.

— Quelqu'un a glissé ceci pour toi sous la porte ! Heureusement que le patron est parti dîner...

Elle lui tendit une enveloppe bleue – identique à celle que Rosa avait déjà reçue – avec écrit dessus en lettres déliées : *Pour Rosa.*

Lily ne décollait pas, curieuse de savoir ce que contenait cette belle enveloppe parfumée.

— Ton nouvel amoureux qui t'écrit ?

— Je ne sais pas, fit Rosa, s'amusant à laisser planer un certain mystère.

— Allez... Ouvre-la et dis-moi ! Personne ne m'a jamais envoyé de lettre d'amour. Tu as de la chance, ma petite Rosa.

— C'est vrai, admit-elle.

Elle attendit d'avoir ôté son manteau et d'être assise derrière sa machine à coudre pour l'ouvrir.

J'aimerais t'emmener promener et regarder s'envoler les corbeaux avec nos rêves. Retrouvons-nous ce soir à 20 heures, sous les arcades du Cinquantenaire. J'aurai un bouquet de roses pour ma Rosa.

— Alors ? s'impatienta Lily.

— Il me donne rendez-vous ce soir sous les arcades du Cinquantenaire.

— Ohhh ! N'est-ce pas un peu prématuré après seulement deux lettres ?

— Sûrement pas ! Il écrit si bien ! J'ai hâte de le rencontrer. Tu en connais beaucoup, des poètes, de nos jours ?

— Non, avoua Lily, qui trouvait la plupart des hommes assez rustres. Et comment s'appelle-t-il ?

— Je ne sais pas.

— Il n'a pas signé ?

— Non.

— C'est étrange. À ta place, je me méfierais quand même…

— Lily, tu es une rabat-joie. Les rêves ne nous emportent que s'ils sont chargés de mystères.

18.

Magritte réussit à s'échapper par la fenêtre en se laissant glisser le long de la gouttière pour atterrir dans le jardin. Ça lui rappelait sa jeunesse, quand il faisait pareil chez ses parents pour aller trousser les lavandières qui lavaient leur linge dans la cour.

Le mari de Madeleine ouvrit son frigo et en extirpa une bière. Il était revenu changer de chemise. Ses tournées pour racoler des clients et essayer de leur vendre du café le faisaient suer, au sens propre comme au figuré. Lui, il trouvait le café infect. Une petite bière allait le requinquer... Demain, y avait un match avec l'équipe d'Anderlecht. Donc pantoufles, Orval et pyjama, plouf dans le canapé, et c'est le paradis.

Plutôt que de rentrer chez lui, René se ravisa et alla sonner à la porte de devant. *Gonflé, quand même !* pensa-t-il en souriant. *Je me suis introduit chez toi, j'ai piqué une lettre adressée à ta femme et un de ses bijoux, puis je viens te rendre visite, bonjour monsieur !*

Le Roger lui ouvrit, pas vraiment content.

Magritte se présenta en tant que journaliste de *La Lanterne*. L'autre ne se méfia pas et le laissa entrer. Devait être du genre à aimer qu'on parle de lui.

Il s'excusa pour le bazar. René n'en vit point – à part une bouteille de bière sur la table. Roger Dutilleul lui en proposa une, qu'il refusa : « Non merci, pas quand je suis en mission. »

René Magritte était à fond dans son rôle, ça sentait l'Oscar du meilleur acteur.

Il prit place dans le fauteuil en face du canapé, sur lequel le nom de Roger devait être gravé en lettres invisibles depuis des lustres. La preuve, on y voyait la forme de son postérieur.

Roger Dutilleul prévint son visiteur qu'il était fatigué. Magritte l'assura qu'il n'en avait pas pour longtemps. Roger joua le mari éploré, cette pauvre Madeleine, quel drame ! Si jeune et bla bla bla…

Magritte l'écouta en silence et quand Roger eut fini son cinéma, il lui dit :

— Cher monsieur, je suis journaliste, pas Oui-Oui dans sa petite auto jaune… Quand nous investiguons sur un sujet, nous enquêtons d'abord afin d'avoir tous les éléments nous permettant d'écrire un article au plus près de la vérité. Je ne bosse pas pour ces torchons à sensation. Donc nous savons que votre épouse, Madeleine Dutilleul, ne travaillait pas le soir de son assassinat et que vous étiez au courant, puisque vous avez appelé le patron du Roy d'Espagne…

René Magritte laissa un blanc, content de son effet. Le Roger s'était racrapoté dans son canapé, dans l'espoir sans doute que les gros bras en cuir allaient le sauver. Il passa la main dans ses cheveux poivre et sel pour se donner une contenance. Il n'en menait pas large.

— Cela ne fait pas de moi un suspect, objecta-t-il.

— Je ne suis pas de la police, nonobstant c'est sûr que cela ne joue pas en votre faveur, à mon avis. Sauf si vous avez un alibi solide à l'heure du crime.

— Je l'ai déjà dit aux flics, j'étais chez moi, je regardais la télé.

— Quelqu'un peut en témoigner ? Un voisin ou un ami ? demanda Magritte, qui avait sorti un petit carnet noir et un crayon pour prendre des notes, ça fait plus sérieux.

— Non…

— Hé ben, vous voilà suspect.

— J'aimais ma femme. Je ne l'aurais jamais tuée.

— C'est ce que disent tous les assassins. Quand vous avez appris qu'elle vous mentait et peut-être qu'elle vous trompait, vous avez très bien pu avoir un accès de colère et dans ces cas-là, on est parfois capable de tout !

— Je ne savais pas où elle était.

— Vraiment ? fit Magritte. Elle n'a pas laissé un indice ou quelque chose qui aurait pu vous indiquer un lieu de rendez-vous ?

— Non, répondit Roger sans le regarder.

Lorsque quelqu'un vous ment, en général, il fuit votre regard. Et souvent, il se met à tripoter ce qu'il a sous la main. Le mari de Madeleine attrapa sa bière et but un coup.

— Arrêtez de me raconter des bobards, je vous répète que je ne suis pas policier et je n'écrirai pas ce que vous me confiez dans le journal. Je ne suis pas ici pour faire le boulot des poulets, mais pour raconter une histoire à mes lecteurs. Et pour qu'elle soit touchante et intéressante, il faut que je sache la vérité. Elle restera entre nous, je vous le promets.

— Je connais aussi les journalistes ! Dès qu'ils peuvent s'emparer de détails croustillants, ils en font leurs choux gras.

— Vous avez ma parole, promit Magritte.

— Je ne l'ai pas suivie.

— Vous vous entendiez bien ?

— Comme tous les couples après quinze ans de mariage.

Non, pas comme tous les couples ! Georgette et lui, c'était du solide. Et s'il n'était pas un ange, son cœur lui appartenait, c'était l'essentiel. René balaya la pièce du regard et aperçut une photo des tourtereaux posée sur le buffet. Il se leva de son fauteuil et alla l'observer de plus près.

— C'était pour nos dix ans de mariage, expliqua Roger.

Madeleine était jolie, souriante, et ses longs cheveux blonds encadraient son visage enfantin. Au cou, elle portait un cœur en or.

— Beau bijou ! constata René

— Je lui ai offert pour nos noces d'étain, avec l'initiale de son prénom gravée dessus. Elle ne le quittait jamais. C'est bien la preuve qu'elle m'aimait.

Ah oui ? Alors pourquoi l'avait-elle enlevé pour aller à son rendez-vous ?

19.

— M'enfin, René ! Regarde une fois ton beau costume ! Ou t'es allé traîner ? lui demanda Georgette en époussetant sa veste.

— J'ai fait un peu d'escalade pour garder la forme. Tu me reproches souvent de ne pas pratiquer de sport, et ben voilà.

— T'aurais pu mettre un vieux pantalon...

— Pas pensé.

— Allez viens me raconter, fit Georgette, qui n'était pas dupe.

Elle lui prépara une tasse de café et ils s'assirent autour de la table de cuisine, leur lieu de complot et de ragots.

René lui narra son escapade chez Roger Dutilleul et extirpa la lettre de sa poche. Pour le bijou, il hésita. Il craignait que sa femme le traite de voleur.

— J'ai pas eu le temps de la lire, expliqua-t-il. Le gars est arrivé et j'ai filé par la fenêtre comme un pet sur une tringle à rideau.

— Elle sent bon ! s'exclama Georgette en humant la feuille. Et regarde quelle belle écriture ! C'est pas un grossier merle qui aurait fait ça. Ici, on a affaire à quelqu'un de délicat, de raffiné...

Pas du tout le profil de Roger Dutilleul, pensa René.

Georgette lui tendit la lettre et ils la lurent ensemble, côte à côte, trop mignons ces deux-là…

Tu es tellement belle ! Tellement tout ça. Je voudrais te dire je t'aime et t'offrir du rêve. T'emmener au cinéma Caméo, rue du Fossé-aux-Loups.

Viens ce soir à 20 heures. Je t'attendrai avec un bouquet de lilas.

— Un poète ! s'extasia Georgette.

Magritte ressentit une pointe de jalousie. Certes, elle lui avait souvent dit qu'elle aimait sa peinture, mais jamais qu'il était poète. La poésie ne se traduit-elle que par les mots ? N'est-elle pas aussi dans les images ?

Fine mouche, elle sentit ce petit je-ne-sais-quoi qui avait assombri le regard de son mari et elle l'embrassa. Même après toutes ces années, elle arrivait encore à le troubler. Pour lui, Georgette resterait toujours cette petite fille de douze ans qui l'avait tant charmé avec son regard clair et son si joli visage, et à qui il tenait la main sur le chemin de l'école.

— René, c'est une pièce à conviction. Tu devrais la donner à ton ami Jefke.

— Surtout pas ! Si je fais ça, il va me demander où je l'ai trouvée. Et je vais lui dire que je l'ai volée chez Madeleine. Tu vois le bazar ? C'est un truc à aller en prison.

— Oui, tu as raison. On va résoudre cette affaire nous-mêmes. Va une fois chercher la photocopie de l'autre lettre pour qu'on compare si c'est bien le même qui l'a écrite.

— Elle était aussi dans une enveloppe bleue, donc y a des chances.

— Toutes les preuves doivent être vérifiées.

— Bien, madame Watson.

René alla quérir la lettre dans le tiroir de sa table de nuit. Les deux écritures étaient identiques et Georgette fut formelle, elles provenaient bien du même auteur.

— Cette façon de délier les majuscules a quelque chose de très féminin, fit-elle remarquer. Et si l'assassin était une femme ?

— En tout cas, c'est quelqu'un qui aime le bleu…

20.

Rosa mit son plus beau bibi, celui qu'elle avait créé pour « faire son chic », comme elle disait. Elle ne l'avait pas encore porté. Pas eu l'occasion. Là, c'était le moment de le sortir ! Tout l'après-midi, pendant qu'elle exécutait les commandes des clientes, ornant les moules des chapeaux sur lesquels elle avait cousu des plumes ou des fleurs, Rosa ne pensait qu'à son rendez-vous amoureux. À quoi ressemblait-il ? Il ne pouvait qu'être beau et jeune. Bon… s'il était plus âgé, pas grave. Vu qu'il était poète, elle ne pouvait l'imaginer dépourvu de charme.

— Tu sais, lui dit sa copine Lily comme si elle devinait ses pensées, même s'il est un peu vieux, c'est pas plus mal, du moment qu'il est riche !

C'est pas l'argent qui intéressait Rosa, c'étaient la romance, l'aventure, le tourbillon de la vie. Elle voulait quelqu'un qui la fasse valser sur les nuages et qui l'emmène en voyage. Pas besoin d'aller loin, dans ces pays paradisiaques, pour goûter aux saveurs d'un ailleurs parfumé et teinté de rose. Les enfers ne s'oublient pas avec la distance, mais avec la magie d'une passion amoureuse. Et parfois, le paradis se trouve au bout de la rue.

Avant de s'envoler vers ses rêves, Rosa confia son cœur en or à Lily. Elle ne voulait pas porter le bijou de la « rustine », son vieil amant. Au début, elle avait cru qu'il comblerait un vide, or au final il n'avait fait que le creuser. Certes, il était toujours tiré à quatre épingles et son élégance attirait les regards. Puis, il l'emmenait au restaurant et lui offrait des cadeaux, pourtant elle s'ennuyait avec lui. Il ne l'amusait plus. L'effet de surprise était passé et il se répétait, avec ses blagues lourdingues. Leur relation tournait en rond. Elle avait bien tenté de le questionner sur sa vie, mais elle s'était rendu compte qu'il lui racontait des carabistouilles et elle ne l'avait plus jamais interrogé. Il se contredisait ; une fois il lui avait avoué être divorcé et sans enfants, la fois suivante il avait parlé de sa fille… Quant à son boulot, ça variait entre homme d'affaires et agent immobilier. Un vrai mytho qui s'était pris au piège de ses propres mensonges. Faute de grives… Rosa l'avait gardé en roue de secours.

Elle était mignonne avec son manteau violet et son chapeau sur lequel était perché un petit piaf en plumes.

— C'est pas un peu trop ? demanda-t-elle à Lily.

— Pas du tout ! Mets toutes les chances de ton côté, ma belle, tu es à croquer. Fais quand même gaffe et ne confonds pas le prince charmant avec le loup… Le sourire peut être un piège et cacher des dents pointues.

Rosa en voulut à sa copine d'être un éteignoir. Elle rêvait d'y croire plus que tout, à cette histoire, et trouver l'homme qui allait la sauver et la sortir de cette maison dans laquelle elle vivait avec son horrible sœur, tapie au rez-de-chaussée, telle une araignée venimeuse qui attendait de la mordre pour dévorer son cadavre.

Quand elle arriva sous les arcades du Cinquantenaire, elle frissonna. De jour, si l'on passait dessous en voiture, l'endroit était majestueux. De nuit, en revanche, à la lueur de la lune, il paraissait glauque.

Elle se serra dans son manteau, cherchant dans ce geste un peu de réconfort. Dans les contes de fées, les anges se cachent parfois dans des grottes lugubres. Et il faut traverser les ténèbres pour trouver la lumière.

C'est là qu'elle aperçut son ombre, un bouquet de roses à la main. Il faisait sombre et elle ne distinguait pas son visage. Les fleurs la rassurèrent. Elle répéta : « Au fond des grottes lugubres se cachent parfois des anges. »

Dans les contes de fées…

21.

— René ! Pendant que tu étais dans la salle de bains, Jefke a sonné. Il y a eu un autre meurtre cette nuit et il t'attend cet après-midi chez Netje, au café Bij den Bich, près du palais de justice.

— Un autre meurtre ?

— Tu vois, je le sentais…

— C'est tout ce qu'il t'a dit ?

— Il était pressé. Il devait aller voir la juge. Il te racontera. J'ai hâte ! Va chercher la gazette en allant promener Jackie. Ils en parlent peut-être.

Magritte enfila ses vêtements et comptait prendre son déjeuner avant de sortir, mais Georgette l'attendait devant la porte avec le toutou en laisse.

— Tu mangeras ta tartine après. Je laisse le café sur le poêle. Allez, dépêche-toi !

Ah, ces femmes ! À Bruxelles, on dit que ce sont des « curieuses *neus* », avides de fourrer leur nez partout. René était pareil et il brûlait d'en savoir plus.

La chienne devait sentir l'impatience de son mémaître, car elle prit un malin plaisir à traîner la patte et à pisser contre chaque poteau. Magritte finit par la porter dans ses bras pour aller plus vite à l'aubette à journaux. En gros titre sur la gazette il lut :

Meurtre sous les arcades
du Cinquantenaire !

Une jeune femme du nom de Rosa Verbeek a été trouvée poignardée sous les arcades. C'est le second meurtre en une semaine. La police mène l'enquête. À l'heure actuelle, on ne peut encore savoir si les deux affaires sont liées. Le bourgmestre de Bruxelles incite cependant les citoyens, et surtout les citoyennes, à rester prudents.

Sous l'article, une photo d'identité de Rosa.

Jefke allait sûrement lui en apprendre plus.

De retour à la maison, Magritte se précipita dans la cuisine. Il avait faim ! Comme prévu, Georgette lui arracha la gazette des mains et se mit à lire à voix haute.

— Je l'savais, je l'savais ! jubila-t-elle. Et il ne va pas s'arrêter là, tu peux me croire.

— J'espère que tu te trompes.

— Je voudrais bien, néanmoins mon intuition est infaillible. Ah, je brûle de savoir ce que Jefke va te raconter.

— En attendant, je vais peindre. Ça va me calmer, annonça Magritte.

— J'ai vu que tu étais toujours occupé avec cette tête de femme sur laquelle j'ai ajouté une trace de sang.

— *La Mémoire*… Oui… Je cherche.

Il faisait souvent des variations selon un même thème. Il en avait une avec un grelot, une autre avec un verre et une pomme, une avec une feuille… sur des fonds différents. Ce qui surprenait, avec la tache de sang peinte par Georgette, c'était ce contraste entre le sang et la tête de statue en pierre. Magritte pensa à ce poème de Robert Desnos, poète qu'il appréciait beaucoup, qui comme lui fut exclu du mouvement surréaliste par Breton et qui avait diffusé sur Radio-Paris « La complainte de Fantômas », dont Magritte n'avait manqué aucun épisode.

Une fourmi de dix-huit mètres
Avec un chapeau sur la tête
Ça n'existe pas, ça n'existe pas
Une fourmi traînant un char
Plein de pingouins et de canards
Ça n'existe pas, ça n'existe pas
Une fourmi parlant français
Parlant latin et javanais
Ça n'existe pas, ça n'existe pas
Et pourquoi pas[1] *?*

René Magritte fit quelques retouches à la rose posée à côté du visage de cette femme silencieuse. Il la fana un peu plus et assombrit davantage le ciel derrière elle.

1. In *Chantefables, Chantefleurs.*

22.

Magritte contourna le monumental palais de justice, dans lequel certains clochards avaient élu domicile sans que personne s'en aperçoive tellement il était plein de méandres et de coins sombres. La justice projetait son ombre imposante sur les pavés surplombant le quartier des Marolles, en contrebas. Derrière cette chape de pierre gris foncé surmontée d'une espèce de couronne qui ressemblait à celle d'un roi, la rue des Prêtres. Et, au coin, le kaberdoech Bij den Bich, une institution tenue par Netje, soixante-neuf ans, qui n'hésitait pas à dire : « J'ai été mariée deux fois. Une fois avec mon mari, une deuxième fois avec mon bistrot. »

Le troquet valait le déplacement ! La déco était d'époque. Selon sa patronne, « pas besoin de la changer, les clients viennent pour moi et s'en fichent de ce qu'il y a sur les murs. Puis ça leur rappelle la salle à manger de leur grand-mère, c'est rassurant. »

René affectionnait ces endroits où tout est permis ; contrairement au confessionnal, où tu dois expier tes péchés, ici tu peux tout dire sans jamais être jugé, ça fait rigoler tout le monde et on t'offre une bière. Il trouvait que ces bistrots méritaient d'être classés d'utilité publique, car ils étaient un refuge pour les sans-abri, qui pouvaient passer la journée devant le même verre sans qu'on les flanque dehors. En plus, Netje leur offrait une tartine. Il y a plus d'humanité dans les bistrots que dans les églises, pensait Magritte.

Jefke était assis près du poêle. Les poulets, c'est frileux...

— Je suis dingue de cette femme, dit-il en regardant Netje. Elle sourit tout le temps. En plus sa bière est la moins chère et la meilleure des Marolles. On est toujours les bienvenus, ici. Même les pigeons qui habitent à l'étage ne paient pas un sou de loyer.

— Pareil que mon ami Jefke, lança René à la patronne. Alors, quelles sont les nouvelles ? demanda-t-il, impatient.

— Un cadavre sous les arcades du Cinquantenaire. Rosa Verbeek, trente-huit ans, célibataire et plutôt jolie. Quel gâchis ! Elle était modiste rue Haute. D'ailleurs, elle portait un joli chapeau avec un petit oiseau. Le plus bizarre, c'est qu'elle avait un bouquet de roses posé sur son corsage, et un corbeau mort près de sa tête... Assassinée d'un coup de couteau, pareil que pour Madeleine, et mise en scène macabre aussi... On a vraisemblablement affaire au même tueur.

— Ça me paraît évident, conclut Magritte, troublé par les roses et pensant à celle qu'il avait dessinée à côté du visage en pierre taché de sang.

Le corbeau l'intriguait. Quel message avait voulu laisser le tueur ? Des fleurs, encore... Un bouquet de lilas sous la robe de Madeleine et des roses sur le cadavre de Rosa.

Il faudrait que Georgette lui explique la signification des roses.

Netje apporta d'office deux bières, même si Jefke n'avait pas fini la sienne – elle connaissait l'énergumène.

— T'es prévoyante, s'amusa-t-il en lui donnant une tape amicale sur les fesses.

Netje ne s'offusquait jamais de ces familiarités, qu'elle prenait pour des marques d'amitié. Ses clients étaient surtout ses amis et elle leur donnait des conseils pleins de bon sens lorsqu'ils lui confiaient leurs peines de cœur. Elle disait souvent : « J'ai pas l'impression de travailler, ici. Et le jour où on m'empêche de servir une bière, je me laisse mourir. »

Daniel Van Avermaete, le patron du resto Le Stekker-la-Patte, un peu plus haut, poussa la porte en grognant. Il avait reçu sa feuille d'impôts et avait besoin d'un petit remontant.

— Mets-moi une kloech, chouke.

Daniel était un homme imposant et jovial qui avait toujours des bonnes blagues bruxelloises à raconter. Là, il n'était pas d'humeur.

Magritte aimait bien emmener Georgette au Stekker, réputé pour ses bloempanch, boudin noir-compote, servis sur une planche. Et en prime : décor ancien, style bistrot, où on se sentait comme chez soi. En dehors de ses activités au restaurant, Daniel était aussi producteur de films et René avait beaucoup de plaisir à bavarder avec lui de leur passion commune.

— Mets un verre à Jefke et à René pour moi, annonça-t-il, et tant que t'y es, abreuve tout le monde, c'est toujours ça que le fisc n'aura pas.

On trinqua à la vie et à toutes les conneries qui vont avec.

Louis le communiste, avec une étoile du Kremlin sur son béret trouvé aux Puces, se mit à chanter la chanson fétiche des Bruxellois en grimpant sur sa chaise :

— « Manneken Pis
Petit gars de Bruxelles
Manneken Pis
Mignon porte-bonheur
Manneken Pis
Arrose les plus belles
Manneken Pis
Arrose tous les cœurs
Quand il fait Pss... Pss... »

Et tout le monde de reprendre en chœur :

— « Pss… Pss… »

Louis était aux anges. Il se croyait à l'Olympia.

— Tu vois, menneke, fit Netje en parlant à Magritte, ici pas besoin d'aller au théâtre. Y a toujours un maftaboel et le spectacle est assuré.

— En plus c'est moins cher, ajouta Jefke en vidant sa bière. Allez, mets une fois une tournée pour moi.

Après ce tour de chant, le policier tendit une enveloppe à son ami René. Elle contenait la photocopie de la lettre trouvée au fond du sac de Rosa, dans une enveloppe bleue parfumée, ainsi que son adresse. Preuve qu'on avait bien affaire au même assassin. Magritte la lut :

J'aimerais t'emmener promener et regarder s'envoler les corbeaux avec nos rêves. Retrouvons-nous ce soir à 20 heures, sous les arcades du Cinquantenaire. J'aurai un bouquet de roses pour ma Rosa.

D'où le corbeau retrouvé près de la victime. Mais pourquoi cet oiseau précisément ? Cela avait-il une importance ? Georgette lui avait assuré que l'assassin n'était pas du genre à laisser quoi que ce soit au hasard. Elle allait l'éclairer.

— Tu auras les photos du cadavre demain. Je les déposerai dans ta boîte en passant. Et si tu as besoin de renseignements complémentaires pour ton roman policier, tu peux appeler ma copine Anneke, elle est juge au palais[1] et c'est elle qui s'occupe de cette affaire. Tu as déjà dû la croiser. Après son boulot, elle part « en maraude » s'occuper des sans-abri et leur apporter à

1. Clin d'œil à Anne Gruwez, une juge incroyable et d'une grande humanité. Héroïne du documentaire *Ni juge ni soumise*, de Jean Libon et Yves Hinant. Magritte 2019 du meilleur documentaire et César 2019 du meilleur film documentaire ; auteur de *Tais-toi !*, éditions Racine, 2020.

manger avec sa deuch. Elle a toujours un parapluie rose et elle vit avec… son rat souvent perché sur son épaule. Une super-*meï*, qui a le cœur sur la main.

— À propos de super-nana, où ça en est, ton histoire d'amour, toi ?

— Point mort, *fieu*, déplora Jefke. Elle repousse toujours mes avances.

— Faut être patient…

— Ouais… Je vais quand même pas mettre mon *tich* au frigo ! Allez, santé !

23.

Georgette attendait René avec impatience et leur chienne aussi, pour des raisons différentes. Chaque fois que René partait sans sa Loulou, avant de rentrer, il glissait toujours une surprise dans sa poche. Là, c'était un spéculoos que Netje servait avec le café – boisson plutôt rare dans son bistrot, où la bière remplaçait le petit déjeuner.

— Alors ? demanda Georgette en aidant son homme à se débarrasser de son manteau.

— J'ai besoin de tes lumières, mon p'tit poulet.

Et il la suivit dans la cuisine, où planait une bonne odeur de scaroles cuites avec de la crème fraîche. Magritte en raffolait ! Ils s'assirent autour de la table en formica.

René relata à sa femme ce que lui avait confié Jefke et lui montra la lettre.

— Même écriture et même enveloppe que celle que tu as piquée chez Madeleine, conclut-elle. Et d'après ce que tu me racontes, il s'est aussi amusé à faire une mise en scène. Ou plutôt à laisser un message. On dirait un rébus ! Lilas et *M le maudit* pour Madeleine ; roses et corbeau pour Rosa…

— Ça signifie quoi, selon toi ?

— La rose est associée à Aphrodite, la déesse de l'Amour. On raconte qu'un rosier a poussé au cœur de la mare de sang d'Adonis, son amant assassiné.

— Et le corbeau ?

— C'est un oiseau de mauvais augure, qui apporte le malheur et symbolise la mort.

— Moi, j'aime bien les corbeaux. Les gens sont bêtes de croire à tout ça.

— Je suis d'accord, mais tu me demandes et j'éclaire ta lanterne. Bon, résumons-nous. Chez Madeleine, on retrouve l'amour : les lilas. Et la mort : *M le maudit*. Pareil chez Rosa. Tu sais comment on appelle les arcades du Cinquantenaire ?

— Non, avoua René.

— Les « arcades des mains coupées »... C'était pour dénoncer le financement des travaux provenant de l'argent du caoutchouc au Congo, où on exploitait le peuple jusqu'à l'esclavage. Ça a fait scandale à l'époque.

— Comment tu sais ça ?

— L'ai lu dans une revue sur Bruxelles quand j'étais chez le coiffeur. Mimiche a toujours un paquet de vieux magazines qu'il déniche aux Puces. Et elle faisait quoi, cette pauvre Rosa ?

— Elle était modiste rue Haute.

— Tu devrais aller faire un tour par là.

C'était bien dans les intentions de Magritte, qui, après avoir mangé ses scaroles accompagnées de pommes de terre et d'un oiseau sans tête, exquise roulade de viande farcie, remit son manteau et son chapeau.

Dehors, il faisait frisquet. Il prit le tram, un peu plus bas que chez lui, direction les Marolles. Il se sentait bien dans ce quartier populaire ! Tout l'enchantait, la gouaille des habitants, l'odeur des caricoles et les musiciens qui souvent jouaient faux au coin des rues. Il avait repéré un vieux Gitan aux cheveux teints en blond qui grattait une contrebasse cabossée à deux cordes. Il portait des bagouses en or à chaque doigt.

La boutique à chapeaux était très ancienne et sa devanture rappelait un peu les magasins anglais qu'il avait vus dans les films.

Il poussa la porte, qui émit un tintement désuet et charmant. Attendit un petit moment devant le comptoir et vit apparaître une jolie jeune fille au corsage garni d'épingles à boules de toutes les couleurs. Elle avait l'air triste.

— Bonjour ! Que puis-je faire pour vous ?

— Je ne suis pas venu pour acheter un chapeau, dit Magritte. Pas aujourd'hui, du moins…

— Le patron n'est pas encore arrivé. Il est au commissariat. Je suppose que vous avez lu les journaux. Ils vont m'interroger moi aussi.

— Oui… Je suis détective. J'enquête sur le premier meurtre qui a défrayé la chronique, et on pense que les deux affaires sont liées.

La charmante demoiselle devint toute pâle et Magritte crut qu'elle allait tomber dans les pommes.

— Vous… vous croyez ? balbutia-t-elle. Ça voudrait dire qu'un assassin rôde et pourrait s'en prendre à d'autres femmes ?

— Je le crains, quoique pour l'instant rien ne le prouve. N'empêche qu'il vaut mieux être prudente.

— Qu'est-ce qui vous fait penser qu'il s'agit du même assassin ?

— La mort des deux victimes a été mise en scène et elles ont reçu des lettres d'amour assez poétiques, dans des enveloppes bleues parfumées. Vous étiez amie avec Rosa ?

— Oui… Je l'aimais beaucoup et… je n'arrive pas à imaginer ce qui arrive. C'est comme si c'était pas vrai, vous comprenez ?

— Que savez-vous qui pourrait m'aider à retrouver l'assassin ?

— Elle vivait avec sa sœur Élise. Et le jour où elle a été assassinée… elles se sont disputées. Elles ne s'entendaient pas et se querellaient souvent, mais là c'était plus violent. Rosa ne m'a pas dit ce qui s'était passé. Elle était surtout excitée par son rendez-vous amoureux. Elle n'avait que ça à la bouche ! Pourtant, cet homme, elle ne l'avait jamais rencontré. Je l'avais prévenue… je lui avais dit de se méfier ! C'est vrai, hein ? On ne s'embarque pas comme ça avec des gens qu'on ne connaît pas. Mais elle était sur un petit nuage et personne n'aurait pu la faire redescendre sur terre. Même qu'elle m'a dit : « Lily, tu es une rabat-joie. » Ben conclusion, la voilà au ciel maint'nant.

— Donc, elle n'était pas mariée et n'avait pas d'enfants, résuma Magritte.

— Exact. Par contre elle avait un amant. Enfin, un régulier qui lui servait surtout de distraction.

— Ah ! Que savez-vous de lui ?

— Plein de choses. Il était client de la boutique et achetait souvent des chapeaux. Au début, je pensais qu'il en faisait collection. Puis, je me suis vite rendu compte qu'il venait pour Rosa. Il l'emmenait au restaurant, parfois au cinéma. C'est pas un intellectuel ; il voulait faire genre… Il avait de l'allure, sauf que c'était de la poudre aux yeux. Du style à croire que l'argent suffit à capturer les filles. Rosa avait succombé à son apparence bourgeoise, qui l'avait sans doute rassurée, surtout qu'il la gâtait. Et d'après le peu que je sais, parce qu'elle n'aimait pas parler de son enfance, elle avait manqué de tendresse et de beaucoup de choses. Puis, vous savez, les femmes aiment les petites attentions… Et le pompon, c'est qu'il est marié ! Je lui ai conseillé de lâcher ce type, à Rosa. Seulement ça lui changeait les idées de sortir un peu, et c'est pas avec ce qu'on gagne ici qu'on peut se payer des restos. Faut reconnaître qu'il ne lésinait pas sur les cadeaux.

— Comme quoi ? demanda René.

— Oh, des fleurs ou des bijoux. À ce propos, avant d'aller à son rendez-vous, elle m'a demandé de garder celui qu'elle portait toujours à son cou. Elle trouvait sans doute indécent d'aller fréquenter un autre avec le médaillon offert par son prétendant.

— Vous l'avez là ? Je peux le voir ?

— Oui, oui, il est dans mon sac, attendez...

Elle disparut dans l'arrière-boutique et revint quelques secondes plus tard, un cœur en or au creux de la main... avec un *R* gravé dessus. Exactement le même bijou que celui de Madeleine !

— Vous pouvez me le confier ?

Elle parut contrariée. Elle voulait sans doute garder un souvenir de son amie.

— Je vous le rendrai, promit René pour la convaincre.

— D'accord, fit-elle en lui tendant le pendentif.

— Vous connaissez son nom, à ce monsieur ?

— Oui, il s'appelle Roger. Attendez... Mon patron note tous les noms sur les factures et il est venu acheter un chapeau avant-hier.

Lily ouvrit un gros cahier brun. Magritte avait évidemment compris de qui il s'agissait, cependant il voulait en être sûr.

— Roger Dutilleul.

Sur ces entrefaites, le patron entra. Un grand gaillard peu amène, le crâne clairsemé de cheveux frisottants qui faisaient penser à des ressorts de stylos-billes.

— Il se passe quoi ici, Lily ?

Elle rougit. Visiblement, son patron la mettait mal à l'aise.

— Monsieur est détective. Il enquête sur la mort de Rosa...

— Je reviens du commissariat. Laissez la police faire son travail, on n'a pas besoin d'amateurs ici. J'ai déjà répondu à toutes les questions.

— Je soupçonne M. Dutilleul, lâcha Magritte.

Ce qui fit l'effet d'une bombe ! Regard noir du boss envers son employée, qui en avait visiblement trop dit.

— Sachez, cher monsieur, que mon client est un honnête homme et qu'il a un alibi pour le soir du meurtre. Il était allé rendre visite à sa mère. Je le sais, vu qu'il y va tous les jeudis, et que le jour de l'assassinat de Rosa est précisément un jeudi. Maintenant, à moins que vous ayez besoin d'un chapeau, au revoir, fit-il en ouvrant la porte.

René se retrouva sur le trottoir, comme un malpropre.

C'est sûr qu'il n'irait jamais acheter ses chapeaux boule chez cet ostrogoth.

24.

Magritte décida d'aller rendre une petite visite à la sœur de Rosa. Son adresse était sur l'enveloppe bleue que Jefke lui avait photocopiée avec la lettre qu'elle contenait. C'était pas très loin en tram. Il appréciait ce moyen de transport à ciel ouvert, la sonnerie à chaque arrêt. Ça l'amusait d'observer les gens. En face de lui était assise une madame avec son chien, un *zinneke* qui lui ressemblait. Il arborait une espèce de toupet gris et elle aussi. Le toutou avait le museau écrasé comme s'il s'était pris une porte. Elle aussi. René avait souvent remarqué que les chiens ressemblent à leur maître. *Montre-moi ton chien, je te dirai qui tu es.* Quant aux chats, même s'il en avait eu, il se sentait moins d'affinités avec eux.

Toute leur vie, Georgette et lui avaient eu la même race de chiens, des loulous de Poméranie, mais ils avaient varié les couleurs : une fois noir, une fois blanc. Le seul inconvénient, c'est que quand René allait promener Jackie, au début, il se faisait arrêter par des mémères à chienchiens qui en profitaient pour lui débiter des banalités. Et il exécrait ces bavardages en boîte, tous les mêmes, « Oh, qu'il est mignon ! Le mien, il saute sur mon canapé, on n'a que du plaisir avec nos bêtes, hein monsieur, et qui aime les bêtes aime les gens » et tralala… Ben non. Lui, la plupart des gens l'insupportaient. Il aimait sa femme et ses amis, point. Devant son mutisme, les mémères avaient fini par ne plus lui adresser la parole et dans le quartier on le traitait d'ours mal léché. Tant mieux, il avait la paix.

Magritte eut un choc en découvrant la maison de Rosa. Elle lui rappelait celle qu'il avait peinte dans *L'Empire des lumières*[1]. Ce tableau le hantait et il ne cessait d'y travailler, multipliant les versions, inversant le ciel de jour et la maison blottie dans la nuit. Il cherchait à unir le jour et la nuit en une seule image, une vision qui lui avait été inspirée par Lewis Carroll :

Le soleil sur la mer brillait, il brillait de toutes ses forces.
Il faisait de son mieux pour rendre les flots étincelants et calmes.
Et c'était très bizarre, voyez-vous, parce que c'était au milieu de la nuit[2].

La demeure devant lui était exactement pareille à celle de son tableau ! Avec de grands arbres noirs semblant poignarder le ciel. Il n'était pas tard, pourtant la maison paraissait plongée dans une sorte de halo sombre à cause des arbres géants qui projetaient leur ombre dantesque sur la façade. Était-ce pour cela que les fenêtres du haut étaient éclairées alors qu'on était en milieu d'après-midi ? En revanche, les volets des quatre fenêtres du bas étaient fermés. Au milieu du jardin désert trônait un réverbère, allumé lui aussi. Les lieux se reflétaient dans le miroir des eaux anthracite des étangs d'Ixelles. Magritte fut vraiment troublé par cette réplique exacte de son tableau.

Pourquoi était-il surpris, lui qui jouait sans cesse avec l'inattendu ? Lui qui disait souvent : « Il n'y a qu'un seul

1. *L'Empire des lumières* a inspiré une scène du film *L'Exorciste*, de William Friedkin.

2. Extrait d'un poème de Lewis Carroll, *Le Morse et le Charpentier*, dans *De l'autre côté du miroir*.

domaine, celui du mystère dans lequel nous vivons à tout moment, quelle que soit l'ignorance que l'on peut en avoir. » C'était précisément des moments comme celui-ci qui lui plaisaient. Quand la réalité rejoignait ses « rêves », sa vision des choses, et faisait de sa peinture une véritable énigme.

S'il avait su ce qui s'était passé dans cette maison lugubre, il aurait intitulé son tableau *L'Empire des ténèbres*.

La sœur de Rosa ne vint pas lui ouvrir tout de suite. Il vit son ombre se balader à l'étage, entendit ses pas dans l'escalier. Bruit de porte qui s'entrouvre, bloquée par une chaîne. Il fallait montrer patte blanche avant de pouvoir pénétrer dans le château de l'araignée. Magritte réfléchit à ce qu'il allait dire…

La bestiole tout de noir vêtue – portait-elle déjà le deuil ? – apparut. René la soupçonnait d'abhorrer les couleurs, le bonheur, et tout ce qui touche au plaisir. Il se fit passer pour un journaliste. Détective, elle allait se méfier. Un gentil journaliste un peu benêt qui était là pour écrire un article la mettant en valeur et plein de complaisance à son égard, la pauvre qui avait vécu avec une sœur infecte…

Elle finit par le laisser entrer et lui fit traverser l'immense vestibule en se serrant dans un châle miteux. Visiblement, la coquetterie, c'était pas son truc.

Elle l'invita à s'asseoir dans un fauteuil élimé couleur caca d'oie. Tout ici respirait le vieux, le rance, la moisissure… et la pisse de chat. Un vrai paradis !

— Un verre d'eau ? Je n'ai rien d'autre à vous offrir, je n'attendais personne à part la police, mais on ne sert pas à boire à ces gens-là.

Tu m'étonnes ! Magritte refusa. Il aurait été bien incapable de poser ses lèvres sur un verre servi par cette guenon aux ongles sales, comme si elle était allée gratter dans la terre.

— Je rangeais les affaires de Rosa à l'étage. Quel bazar chez elle ! Elle n'a jamais été douée pour le ménage.

Ni pour quoi que ce soit d'autre, d'ailleurs. À part vendre son cul…

Et vlan ! Droit au but, direct dans la mouise, on ne tourne pas autour de la poubelle.

— Vous pouvez noter, fit-elle. Ah, j'en ai des choses à vous raconter ! Souvent, quand les gens sont morts, on leur balance des tas de compliments, le curé s'en gargarise et la famille qui se prenait le bec avec le défunt renifle dans les rangs et pleure dans le missel. Quelle pantomime ! Quelle hypocrisie ! Moi, j'ai pas peur de dire que c'était une garce et une sans-cœur. Et si elle espérait un enterrement de première classe avec le goupillon et tout, elle peut se le mettre où j'pense.

— Vous n'êtes pas un peu dure ? objecta Magritte.

— Dure ? Au contraire ! Je suis encore trop gentille. Si vous l'aviez connue… Sous ses airs printaniers, c'était un monstre ! Elle n'a que ce qu'elle mérite, cette saleté. Une horrible gamine, faux-cul et sans scrupule. Ma mère aurait dû s'en débarrasser dans son ventre avec une aiguille à tricoter, ça nous aurait évité bien des ennuis. Avant elle, j'étais tranquille chez mes parents. Quand ma mère a été enceinte, c'était plus pareil. Le futur bébé attirait déjà toute leur attention. Quand il a fallu conduire ma mère à l'hôpital, mon père a roulé comme un fou et ils ont eu un accident. Il est mort sur le coup. Ma mère a eu le temps d'accoucher puis elle a suivi papa. Ma maudite sœur a brisé ma vie et la leur. J'ai été recueillie par ma tante et mon oncle. Mais Rosa a été placée en orphelinat. Bien fait pour elle !

La frangine rêvée ! pensa René, qui se trouva chanceux de n'avoir eu que des frères, même s'il avait moins d'affinités avec l'un d'eux.

— Et là, qu'est-ce qui s'est passé pour que vous soyez si vindicative ? demanda-t-il en faisant semblant de prendre des notes dans son petit carnet.

— Cette salope a tué mon bébé.

— QUOI ?

— Mon chat. Mon bébé d'amour. Elle l'a crucifié à l'arbre dans le jardin, avec le couteau qui lui servait à découper le gigot. Quand je vous dis qu'elle était mauvaise !

— Effectivement, admit Magritte, c'est très cruel ! Cependant elle devait avoir une raison, non ?

— Quelle que soit la raison, monsieur, c'est inadmissible ! Elle l'a fait parce qu'il mangeait les oiseaux, ce qui est normal pour un chat, non ? C'est leur nature. Et puis bon débarras, ces emplumés chient partout ! Quand j'ai découvert sa dépouille, j'ai piqué une crise de nerfs. Je l'aurais tuée !

— N'est-ce pas ce que vous avez fait, par vengeance ?

— Pour qui me prenez-vous ? s'offusqua-t-elle. Je ne suis pas comme elle. Le destin s'est chargé de me venger.

Elle remarqua que Magritte fixait ses ongles peu ragoûtants.

— Je viens de l'enterrer, là… Pauvre bête… Je n'arrivais pas à m'en séparer et j'ai pris son petit cadavre dans mon lit. On a passé notre dernière nuit ensemble. Le lendemain matin, j'étais couverte de sang.

— Vous connaissiez l'amant de votre sœur ?

— Lequel ? Elle devait en avoir plusieurs, cette traînée. Elle aimait les sorties, le luxe et l'argent.

— Quel mal y a-t-il à cela ? objecta Magritte, qui avait toujours eu une tendresse pour les filles de joie – sauf que celle-ci ne devait pas rigoler tous les jours avec cette punaise.

— Ah vous trouvez que c'est moral de vendre son corps, vous ? Belle mentalité !

Il sentit qu'il était à deux doigts de se faire flanquer à la porte. « Morale », un mot qu'il détestait. Prétexte à enfermer les autres dans les prisons de la morosité, les castrer du bonheur auquel tout être humain a droit en venant au monde. Si on inculquait le bon sens dans les écoles, y aurait pas besoin de morale et chacun agirait selon sa conscience. Il appréciait particulièrement cette phrase de Nietzsche : « Croire à la morale, c'est condamner la vie. »

À l'intérieur, René bouillonnait. Il se retenait de ne pas lui flanquer ses cinq pétales dans la tronche, à l'autre teigne. Et comme chaque fois qu'il était en colère, il sortit son arme la plus redoutable parce que terriblement efficace ; il lui adressa un grand sourire.

Elle se radoucit. Ouf ! sauvé in extremis de l'expulsion.

René était certain qu'elle avait encore une chose importante à lui révéler.

— Je suppose que vous aviez un alibi pour le soir du meurtre…

— J'étais chez moi. Je ne sors jamais après 18 heures. Les voisins vous le confirmeront.

Ben tiens ! Ils passent sûrement leur temps derrière leur fenêtre et en plus, la maison est plutôt isolée. Donc pas d'alibi solide…

— Outre vos parents tragiquement disparus, vous n'avez plus de famille, c'est bien ça ?

— Ma tante et mon oncle Charles, qui nous a légué cette baraque, sont morts.

— Donc maintenant que votre sœur est décédée, vous êtes la seule héritière, c'est exact ?

— Où voulez-vous en venir ? fit-elle, méfiante.

— Nulle part. C'était une bête question.

À qui profite le crime ? pensa Magritte.

— Vous avez entendu parler du meurtre de Madeleine Dutilleul, qui a eu lieu la semaine dernière ?

— Oui… comme tout le monde, aux infos, quel rapport avec Rosa ?

— Il y a quelques similitudes que je ne peux vous révéler, mais il pourrait s'agir du même meurtrier. Je me doute que vous lui êtes plutôt reconnaissante de vous avoir débarrassée de votre sœur, sauf que les soupçons pourraient se porter sur vous. Vous n'ignorez pas comment fonctionne la police… Elle s'agrippe d'emblée à l'entourage proche. Si vous savez quelque chose, un détail qui pourrait vous disculper…

Elle resta silencieuse, ce qui ne devait pas être dans ses habitudes, elle qui avait l'air de jubiler quand elle pouvait délier sa langue de vipère. Elle hésita puis finit par lâcher :

— Je connaissais son mari, Roger Dutilleul. Je l'ai reconnu tout de suite. Il est venu une fois ici. Il paraissait très en colère. J'ai compris qu'il était l'amant de Rosa et qu'elle voulait le quitter.

— Comment le savez-vous ?

— Pas besoin d'écouter aux portes. Il hurlait que si elle le plaquait, il allait la tuer.

25.

— Et si Roger Dutilleul était l'assassin des deux femmes ? Après tout, il n'a pas d'alibi. Faudrait vérifier la visite à sa vieille maman, qui sucre les fraises et les framboises.

Magritte pensait tout haut sur le chemin du retour. En apprenant que sa femme le trompait, le mari cocu aurait très bien pu la tuer puis, sentant son bateau partir à la dérive sur une île déserte avec sa maîtresse qui voulait se faire la malle, péter les plombs !

Quand il arriva chez lui, René raconta tout à Georgette, qui était sur le pied de guerre. Persuadé qu'elle allait adhérer à sa théorie selon laquelle le Roger aurait très bien pu tester ses deux femmes et les attirer dans un piège en inventant un amant imaginaire, il fut surpris d'entendre sa réponse.

— C'est pas lui.

— M'enfin, mon p'tit bibi, comment tu peux en être si sûre ?

— Pas le genre à écrire des lettres aussi poétiques, d'après ce que tu m'en as dit.

— Il avait peut-être un complice ? Quelqu'un à qui il a pu demander ça comme un service, suggéra René.

— Non… Je ne le sens pas tordu. Il est du style basique, une pomme c'est une pomme. À propos de pomme, Jefke a téléphoné pour dire qu'il a déposé l'enveloppe dans la boîte aux lettres. Je lui ai demandé où en était l'enquête… Réponse de policier zélé : « On avance, on avance… » J'ai essayé de lui tirer les vers du nez, l'inspecteur a des soupçons sur Dutilleul. Ils fouillent…

— Ah ! fit Magritte, satisfait. Tu vois !

— Faut pas se fier à la police, elle a l'habitude de se tromper.

Il connaissait sa moitié, elle ne changerait pas d'avis. Mais ses arguments étaient faibles. Juste une impression. Une « intuition féminine », selon son expression. Pas un truc que tu peux t'asseoir dessus bien peinard.

Magritte raconta l'histoire du chat poignardé avec le couteau de cuisine. Et avança la théorie de la sœur criminelle qui voulait se venger et avait très bien pu chercher à manipuler le « journaliste » en le mettant sur une fausse piste, celle du mari.

— Admettons que tu aies raison, conclut Georgette, on est pourtant d'accord sur le fait que les deux meurtres sont liés et l'œuvre très probable de la même personne… Alors quel mobile aurait eu la sœur pour tuer Madeleine ?

— Peut-être qu'elle tenait le mari pour responsable de la débauche de Rosa ?

— Non, ça ne colle pas. Elle a l'air de s'en ficher, de sa frangine, d'après ce que tu m'as raconté. Écoute-moi, René, je te dis qu'il va y avoir un autre meurtre et que c'est pas Dutilleul l'assassin.

— Il pourrait très bien avoir plusieurs maîtresses et quand tu as commis un meurtre, les autres ne sont plus que routine.

— Selon ta description, il avait un peu perdu de sa superbe et attrapé de l'embonpoint avec l'âge. À moins d'avoir une cornemuse qui joue *La Brabançonne*, on n'attire pas les mouches avec du vinaigre. Donc il a du pognon. Et c'est pas en faisant du porte-à-porte pour vendre des attrape-nigauds qu'il a gagné le pactole. Par conséquent, d'où vient cet argent ?

Bonne question ! René n'y avait pas pensé. Il allait creuser de ce côté et rendre une petite visite à maman Dutilleul avant d'aller voir son fiston. Faut pas se fier aux vieux qui ont Alzheimer, ils peuvent parfois lâcher de sacrées vérités. Surtout quand ils savent qu'on ne va pas les croire…

— Tes copains t'attendent à La Fleur en Papier Doré, lui annonça Georgette. Avant d'y aller, ouvre cette enveloppe, je veux voir…

— T'as pas regardé ce qu'il y a dedans ? s'étonna René, connaissant la curiosité de son épouse.

— J'allais le faire mais tu es rentré à ce moment-là.

— Je m'disais, aussi…

Il étala les deux photos du cadavre de Rosa sur la table. On la voyait étendue sur le sol, la robe tachée de sang, un bouquet de roses écarlates posé sur son corsage et un corbeau mort près de sa tête. Georgette remarqua un détail qui avait sûrement échappé à la police : les fleurs étaient emballées dans un papier journal avec la photo d'un couple qui dansait le tango.

26.

Le lendemain, après avoir promené son chien, Magritte alla rechercher *L'Empire des lumières*. Il resta un moment devant, troublé par les similitudes avec la maison de Rosa. Que lui arrivait-il ? Après sa vision de Madeleine à côté de son corps, c'était tout de même bien étrange de découvrir la demeure de la seconde victime pratiquement en tout point semblable à ce qu'il avait imaginé en peignant ce tableau !

Il fit part de son étonnement à Georgette, qui lui assura que c'était normal, que les artistes sont connectés et que certaines images ou informations arrivent avant même qu'elles se produisent, un peu comme pour les étoiles mortes depuis des années-lumière qu'on voit toujours briller depuis la Terre.

— Et faut pas nécessairement être peintre ou écrivain pour ça, ajouta-t-elle, il suffit simplement d'avoir l'âme sensible et d'être ouvert à ce qui vient. Tout est là, sous nos yeux. Faut juste les ouvrir.

Georgette avait raison. Leur ami Scutenaire ne disait-il pas que « l'invisible n'est pas caché au regard » ?

Magritte ne sut si ces explications le rassuraient ou l'embrouillaient davantage. Peu importe, il aimait être troublé. Quand on le questionnait sur la manière dont il concevait un tableau, il répondait : « Pour moi, c'est d'abord une idée d'une chose ou de plusieurs choses qui peuvent devenir visibles par la peinture. Cette évocation de la nuit et du jour me semble douée du pouvoir de nous surprendre et de nous enchanter. J'appelle ce pouvoir la "poésie". » Et parfois, malicieux, il ajoutait : « La poésie est une pipe ! »

Edgar Allan Poe avait décrit dans un poème la visite que lui rendit un grand corbeau noir, une nuit où il regrettait la mort de son aimée. L'oiseau était-il là pour signifier qu'elle était aux cieux ou incarnait-il l'esprit de la défunte ? Aux questions posées, le volatile répétait une seule réponse : « Jamais plus ! » La répétition de ces mots avait plongé le narrateur dans un désarroi tel qu'il avait fini par sombrer dans la folie.

René Magritte connaissait par cœur la fin de ce texte poétique qui avait fait surgir en lui des images indélébiles : « … ses yeux ont toute la ressemblance d'un démon qui rêve, et la lumière de la lampe, ruisselant sur lui, projette son ombre à terre : et mon âme, de cette ombre qui gît flottante à terre, ne s'élèvera – jamais plus[1]. »

Magritte croyait aux associations d'idées. Elles lui apparaissaient comme des clefs ouvrant des portes qui en cachent d'autres… jusqu'à l'infini. Tant qu'on avance, on est vivant. Ce n'était pas vraiment le fait de résoudre une énigme qui lui plaisait, au contraire, c'était d'en découvrir de nouvelles. Et plus le mystère s'épaississait, plus il était content.

La folie… Ce mot résonnait en lui, se répétait comme le « jamais plus » du corbeau. Et il se demanda si les meurtres étaient calculés ou liés à la folie de celui qui les avait commis.

---

1. *Le Corbeau*, d'Edgar Allan Poe, fut traduit par Stéphane Mallarmé. Et le « jamais plus » ! repris en gimmick au BIFFF (Festival du film fantastique de Bruxelles).

27.

Ginette Dutilleul vivait seule dans sa petite maison bruxelloise, entourée de voisins qui sans doute, vu son Alzheimer, veillaient sur elle. C'eût été suspect que Magritte demande son adresse à Jefke. Il était bien gentil, ce garçon, mais il y avait des limites, et pourquoi René aurait-il voulu savoir où créchait la mère Dutilleul, à quoi ça pouvait bien lui servir pour son roman policier ? Bref, Magritte avait attendu le jeudi pour retourner à la maison de Roger Dutilleul et se planquer derrière les buissons comme un gamin qu'il était resté. Le « tombeur de ces dames » était sorti avec son chapeau et son pépin malgré le temps sec. Sans doute s'imaginait-il que ça lui donnait du style. René Magritte eut la vision d'un verre vide posé sur le parapluie. Et tout en suivant l'énergumène, il se dit qu'il allait peindre cette image dès le lendemain matin. Il pensa que le philosophe Hegel – un génie selon lui – aurait été très sensible à cet objet qui a deux fonctions opposées en même temps : rejeter l'eau (s'en protéger) et la garder.

Ainsi découvrit-il la maison de la mère de Roger. Une baraque toute simple et un peu décrépite, probablement à l'image de celle qui y habitait.

Quelle ne fut pas sa surprise, après qu'il eut sonné à la porte, de la voir s'ouvrir sur une vieille bimbo en robe hawaïenne, lunettes de soleil et chapeau de paille. Le printemps pointait son nez, mais quand même ! Il faisait frisquet.

— Je bronzais sur ma terrasse, s'excusa-t-elle alors que le ciel était nuageux.

Un ciel de plomb. D'ailleurs René avait mis sa petite laine.

Magritte se présenta comme étant un nouveau voisin. Il venait de s'installer dans sa rue et lui rendait une visite de courtoisie. Sympa !

— Entrez seulement ! Je ne vois jamais personne. Ça fait plaisir de pouvoir accueillir un homme si élégant.

Elle lui roula des yeux à la Betty Boop version décatie. L'intérieur était sens dessus dessous. On aurait cru qu'elle avait accumulé tous les objets de sa vie et flanqué un grand coup de pied dedans. Des livres ouverts sur le sol avoisinaient des paquets de sucre, des éponges, des tasses cassées... Et des vêtements étaient suspendus au lustre !

— Donnez-moi votre paletot, fit-elle en le lançant ensuite sur le canapé troué. C'est un peu le bazar ici, je cherche les clefs de ma voiture.

— Vous conduisez ? demanda-t-il surpris, estimant qu'elle pouvait être un vrai danger public.

— Oui, oui... Hier je suis allée à Monaco. Et avant-hier, Honolulu. Ma Rolls est dans le jardin, venez voir, fit-elle en l'entraînant vers la fenêtre du salon.

Au fond du jardin laissé à l'abandon moisissait l'épave d'une Citroën à la peinture écaillée et à la carrosserie défoncée. Plus de pneus. C'est sûr que pour aller à Honolulu, c'était pas gagné !

— Une tasse de café ?

— Euh, non merci.

— Ça ne se refuse pas, allez. Je vois si peu de monde...

— On m'a dit que votre fils venait vous rendre visite tous les jeudis.

— Qui ça ?

— Votre fils, Roger.

— Je n'ai pas d'enfants. De toute façon, ce sont tous des ingrats.

Elle disparut dans sa cuisine et fit du boucan comme si elle vidait toutes ses armoires. *Elle cherche après son café*, pensa Magritte, qui en profita pour jeter un coup d'œil aux photos punaisées au mur. Il reconnut Roger.

La reine de la plage réapparut avec une bouteille de gnôle et en versa une bonne rasade dans une tasse.

— J'espère qu'il est pas trop fort. Vous voulez du lait et du sucre avec ?

— Non merci, répondit poliment René, qui espérait trouver un pot de fleurs où vider le contenu de sa tasse ; pas qu'il était contre le fait de boire un petit coup, au contraire, mais le contexte ne l'inspirait guère et ça puait la chaussette sale. C'est qui sur cette photo ? demanda-t-il en désignant Roger.

— C'est le roi d'Angleterre… Meuh non hein, c'est mon fils, Gérard.

— Ah ! On m'a dit qu'il s'appelait Roger.

— Je n'aurais jamais appelé mon fils Roger ! Les gens racontent n'importe quoi. Quel bête nom, dites !

Magritte savait qu'il ne fallait pas contrarier ceux qui ont Alzheimer. Et il continua sans tenir compte des contradictions de la vieille dame. Quand même, il s'assura qu'elle n'avait qu'un seul rejeton.

— Évidemment, hein ! Je n'en aurais pas fait deux. Déjà qu'avec un c'est pas de la tarte… On n'a que des misères avec ça. Petit ça chie dans sa culotte, ça bave et ça pleure, et après ça vient vous plumer.

— Il vous demande de l'argent ?

— Non peut-être ! Chaque fois qu'il débarque, il m'apporte un sachet de levure pour mes pâtisseries et il vide mon porte-monnaie de tous ses billets. Ma pension y passe !

— Pour un sachet de levure ? s'étonna Magritte.

— Oué. Il dit que c'est de la bonne. Qualité supérieure qu'il précise. C'est vrai que mes gâteaux me rendent joyeuse, mais tout ce qui est sucré donne du bonheur, non ?

C'est pas son visiteur qui allait la contredire, il adorait les desserts.

— Dites-moi, insista-t-il, Ro… euh, Gérard est venu vous rendre visite hier ?

— … 'tendez, je vais vous dire ça. Chaque fois qu'il vient, je range son sachet de levure dans ma boîte, expliqua-t-elle en fouillant dans une bottine qui traînait près du buffet. Ah oui ! Le voilà !

Elle tendit le sachet à René et refusa qu'il le lui rende.

— C'est pour vous. Vous mettez cette poudre dans votre pâte à tarte et le tour est joué. Ça donne un petit goût étrange venu d'ailleurs.

René glissa le cadeau dans sa poche.

— Et jeudi dernier ? Il est venu aussi, votre fils ?

Elle touilla à nouveau dans sa bottine et parut dépitée.

— Non.

— Vous êtes sûre ?

— Absolument. J'ai toujours un sachet à l'avance et là y a pu rien. Pfouit !

Tu parles d'un témoin ! La vieille clapotait du couvercle, elle avait une buse dans le plafond et confondait tout.

Mais au moins il allait peut-être savoir ce que trafiquait le Roger pour arrondir ses fins de mois et entretenir sa maîtresse… Tout dépendait du goût du gâteau !

— Où est-ce que j'ai bien pu mettre ces putains de clefs ? grogna-t-elle. Je dois aller voir ma tante Berthe à Bangkok ce soir. Elle m'attend. Je vais vous confier un secret, dit-elle. Approchez…

Comme si les murs avaient des oreilles, elle lui murmura :

— Faut pas le dire à Gérard. C'est sa voiture. Chaque fois qu'il vient me voir, il ouvre le coffre et vérifie si elle n'a pas bougé. Il ne sait pas que j'ai un double des clefs…

Magritte prit congé de la vieille, qui l'embrassa goulûment en lui marmonnant :

— Merci d'être venu voir ta maman, c'est gentil ça, gamin. Et pour la levure, n'oublie pas de m'en apporter la fois prochaine, hein ! J'aime bien les petites douceurs meurtrières…

28.

Georgette attendait son René. C'est sûr qu'elle ne s'ennuyait jamais avec lui. Malgré toutes ces années, il ne cessait de la surprendre avec ses tableaux. Au début, elle avait bien tenté de le persuader d'aménager un petit atelier, lui expliquant qu'il serait plus tranquille pour travailler, mais il avait refusé. Dans le fond, Georgette était contente parce qu'elle vivait avec ses peintures.

Elle se remémorait souvent sa jeunesse avec lui ; il était fantasque, malicieux, farceur, élégant et mystérieux. Il y avait des zones d'ombre dans lesquelles elle savait qu'elle ne pénétrerait jamais, comme le suicide de sa mère, qu'il refusait systématiquement d'aborder. Et puis, elle le soupçonnait d'aller parfois s'encanailler ailleurs. Pour elle, ce n'était qu'une façon de rester lié au garnement d'autrefois. Les hommes ont besoin de se rassurer, pensait-elle. Tout ce qui lui importait, c'est qu'il n'aimait qu'elle et ça, elle pouvait en être sûre. Ces deux-là étaient soudés depuis leur enfance. Même la guerre n'avait pas réussi à les séparer, puisqu'ils s'étaient retrouvés dans les jardins du Botanique ! Georgette avait plaisir à se rappeler les moments passés avec son amoureux au cinéma bleu, aménagé par un marchand d'instruments de musique. La façade, les murs, les portes, les volets et les châssis des fenêtres, tout était peint en bleu ! Un incendie détruisit ce petit paradis, qui heureusement fut reconstruit pour devenir Le Palais du film. Ah ça, elle en avait vu des films populaires, avec René ! D'ailleurs Magritte avait peint pour elle une toile intitulée *Le Cinéma bleu*.

Le soir de leurs retrouvailles, il lui avait offert deux roses dessinées sur une feuille de papier. Le jour suivant, il était allé l'attendre à la porte de la coopérative artistique où elle travaillait en tant que vendeuse avec sa sœur, Léontine. Toutes deux avaient quitté Charleroi peu après la mort de leur mère, en colère contre leur père, qui voulait se remarier au plus vite.

Puis, Georgette et René s'étaient fiancés sans avertir la famille et, un peu plus tard, s'étaient mariés. Magritte parsemait souvent ses tableaux de roses, petits messages d'amour à sa femme. Les roses offertes à leurs retrouvailles. À l'image de leur vie amoureuse. Avec des épines, mais qui allaient faner ensemble, sans jamais perdre leurs pétales.

René Magritte était quelqu'un de bon et généreux, qui donnait beaucoup. Lire faisait partie de ses passions. Georgette lui trouvait un air de fonctionnaire bourgeois aimant sa tranquillité et prenant cependant plaisir à recevoir ses amis chez lui. Elle appréciait cette bande d'iconoclastes, joyeux lurons, toujours prêts à inventer des choses farfelues et à s'amuser. Mais aussi à réfléchir.

René était tout le contraire d'un homme d'affaires et l'argent ne l'intéressait pas. Ni la valeur que ses tableaux pourraient avoir dans cent ans, d'ailleurs. Sauf qu'il fallait bien vivre et son épouse était là pour veiller à ce qu'il ne se fasse pas rouler dans la farine…

Assise dans le salon, Georgette jeta un œil à l'une des nombreuses pendules qui ornaient la pièce. Il se faisait tard et il n'était toujours pas rentré. Elle commençait à être inquiète. Il la prévenait quand il allait au café voir ses copains. Prenait la peine, si ça se prolongeait par une partie d'échecs au Greenwich, pas très loin de La Fleur en Papier Doré, de l'appeler du bistrot. Elle se leva et regarda par la fenêtre. Les réverbères, dont il s'était si souvent inspiré dans ses tableaux, projetaient leurs flaques de lumière lunaire, pareilles à des fantômes silencieux dans la rue déserte.

Et s'il ne revenait pas ? S'il s'était fait renverser par une voiture ou un tram ? Elle chassa ses idées noires. René n'aimait pas ça.

Elle ne se résolut cependant pas à aller se coucher et finit par s'endormir dans son fauteuil. Elle rêva qu'il pleuvait des petits hommes aux chapeaux boule devant des façades de maisons hautes aux toits rouges, plein de petits René, tous identiques, rien que pour elle[1].

1. *Golconde*, titre du tableau de Magritte représentant cette pluie d'hommes, est aussi une ville indienne renommée grâce à ses mines de diamants, aujourd'hui en ruine. Peut-on en déduire que les hommes sont aussi précieux que des diamants ?

29.

Après avoir quitté la vieille mère barjot de Roger Dutilleul, René s'était ravisé et avait décidé d'attendre un peu que la lune se pointe pour aller jeter un coup d'œil à la bagnole abandonnée dans le jardin. Qu'est-ce que le fiston à sa môman allait bien trafiquer par-là quand il lui rendait visite ? « Chaque fois qu'il vient me voir, il ouvre le coffre et vérifie si elle n'a pas bougé. » Ben tiens !

René voulait en avoir le cœur net. En attendant d'apercevoir le petit croissant de miel dans le ciel étoilé, il alla se promener. Il appréciait ces soirs silencieux, au bord de la ville qui s'endort doucement, éteint les cris des enfants, tourne les pages des livres illustrés qu'il lisait gamin. Il était vite passé de *Tigrette, la poule vaniteuse*, de Benjamin Rabier, à Zigomar et aux Pieds Nickelés, mais il avait gardé une réelle tendresse pour les images de ses livres d'enfant. Dès qu'il les regardait, il retrouvait la magie de l'insouciance. Les illustrations, plus que les histoires, réveillaient le petit gosse qui sommeillait en lui.

Aussitôt que la lune apparut, René revint vers la maison de Ginette Dutilleul et grimpa le muret qui séparait son jardin de celui du voisin. Une haie assez haute gardait leur intimité et il ne risquait pas beaucoup d'être vu, surtout à cette heure où les vieux sont couchés et les autres devant leur télé. Il se souvint avec nostalgie de l'époque où la famille se réunissait autour de la radio – la TSF, comme on l'appelait – pour écouter les feuilletons. Très vite, il chassa cette image qui lui rappelait son passé.

Le jardin, tout en longueur, était plutôt lugubre. Pas de fleurs, un arbre décharné et des fougères… Tout au fond dans les broussailles, la Rolls de madame, prête pour de fabuleuses aventures imaginaires. Les plus beaux voyages ne sont-ils pas ceux que l'on s'invente ?

René poussa la porte de la cabane à outils qui tombait en ruines et y dénicha un pied-de-biche.

Avant d'ouvrir le coffre, il alluma la flamme de son briquet et jeta un regard à l'intérieur de la voiture. Un vieil ours en peluche aux yeux arrachés était assis sur la banquette arrière. Il portait une petite veste de marin élimée et déteinte. Sans doute accompagnait-il sa maîtresse dans ses périples ? Il lui fit penser à *L'Étoile morte*, de Paul Éluard :

Tes yeux effrayent les coquillages
Tu pousses tes roues de printemps
Dans les pierres
Ta petite voiture est belle

Surprise par la lueur de la flamme, une araignée velue surgit de son oreille pelée, glissa sur sa joue, pareille à une grosse larme qui tomba sur ses pattes, et alla se réfugier sous sa veste. Petit, René avait très peur de ces bestioles et se mettait à hurler chaque fois qu'il en voyait une. Jusqu'au suicide de sa mère… Après, il n'eut plus jamais peur de rien. Ni de personne. Il était devenu adulte. D'un coup sec. Cependant, à l'intérieur, il avait gardé sa caisse à jouets. Celle dans laquelle il se cachait pour échapper à ses fantômes.

Il n'eut pas de mal à forcer le coffre de la voiture. La carrosserie était pourrie. Et… il découvrit des tas de sachets de poudre blanche. De la levure, pensait Ginette. Son brave gamin veillait à ce qu'elle ait de quoi confectionner ses gâteaux et surtout à ce qu'ils lui donnent du bonheur, encore du bonheur... Car un vieux heureux est un vieux qui ne casse les pieds à personne. Et Roger aimait la paix. Tranquille peinard pour aller voir sa maîtresse et trafiquer ses petites magouilles avec les dealers du quartier, ce qui lui permettait de mener un bon train de vie et d'offrir de luxueux cadeaux à celle qu'il mettait dans son lit en échange de ses largesses.

René n'eut pas le temps de refermer le coffre qu'il sentit un coup à l'arrière de son crâne et s'affala dans l'herbe.

Dans le ciel d'un bleu des *Mille et Une Nuits*, la lune dessinait une virgule au-dessus du jardin des supplices, tandis qu'assis sagement sur la banquette arrière, le vieil ours le contemplait de ses yeux morts.

30.

Étendu sur le sol, Magritte revint à lui, aidé par la vieille, qui le secouait comme un vieux sac de patates.

— Faut pas dormir ici, allez debout ! Au lit !

— Quoi ? bredouilla-t-il. Pas question, ma femme m'attend et…

— On ne discute pas, martela-t-elle en pointant son fusil vers lui.

René se releva en grognant. Son fusil était-il chargé ? Il ne prit pas le risque de jouer au héros et obtempéra. Cette dingue était capable de tout et n'avait pas l'air de rigoler.

— Je peux donner un coup de fil à mon épouse ? demanda-t-il en entrant dans la maison.

— Non. Il est tard. Faut pas la réveiller.

— Je suis sûr qu'elle ne dort pas et qu'elle est morte d'inquiétude.

— Tu parles, railla-t-elle, les hommes se font des illusions. Si ça se trouve elle est avec son amant.

— Espèce de punaise ! Laissez-moi rentrer chez moi.

— Non. Pour une fois que je tiens un gros poisson, j'vais pas me priver d'une nuit d'amour.

Et elle fredonna d'une voix rocailleuse de fumeuse qui n'a pas que pompé du tabac :

— « Nuits de Chine, nuits câlines, nuits d'amououour… » Allez, il va donner ses mimines à la Belle au bois dormant et elle va l'attacher au lit, comme ça elle pourra en faire ce qu'elle veut.

— Pas question ! hurla René.

— Tatata ! On ne bouge pas et on obéit à la dame, lui conseilla-t-elle en braquant son arme sur lui.

Il tendit ses mains, qu'elle attacha aux montants du lit avec une corde en chanvre. Elle serra bien fort pour pas qu'il s'envole. Elle avait encore une sacrée force, la vieille bique !

Puis, elle posa son fusil sur la commode et commença à se déshabiller… *Oh, non, pitié !*

— Qu'est-ce qu'y dit ? lui demanda Ginette comme si elle devinait ses pensées.

— Vous n'êtes pas obligée de faire ça.

— Je sais, mais c'est mon côté accueillant. Vous êtes mon invité.

— Pas vraiment consentant puisque vous m'avez attaché…

— C'est plus érotique.

Magritte se tut. Cela ne servait à rien de la contrarier ou de tenter quoi que ce soit pour qu'elle le libère, elle était butée et sourde à toute proposition. Quoique…

— Si vous me détachez, je pourrai vous faire la brouette katangaise.

— J'aime pas jardiner.

Il est vrai qu'au vu de son jardin à l'abandon, c'était une évidence. Mauvaise pioche.

La vision de ses seins flasques lui rappelant les montres molles de Dalí acheva Magritte. Il préféra fermer les yeux et faire croire qu'il s'était endormi.

Une fois complètement à poil, elle le secoua, mais il garda les yeux clos.

— Tu sais pas ce que tu rates, mon couillon, chuchota-t-elle.

Et il finit par s'endormir.

Il se réveilla au petit matin, la tête dans le chapeau melon, les membres engourdis, avec la vieille debout à côté de son lit, drapée dans un peignoir qui avait fait la guerre. Elle le contemplait d'un air curieux, une tasse de café à la main.

— Y fait quoi dans mon plumard, le monsieur ?

— C'est vous qui m'avez ligoté et obligé à me coucher là, gémit René.

— Ah oué ? Pas possible. J'ai jamais obligé personne. Les hommes tombent à mes pieds comme des mouches.

— C'est évident ! railla René.

— Et il m'a violée, le monsieur ?

— Ça ne va pas, non ?

— Dommage, il aurait dû. Il est encore temps…

— Sans façon. Maintenant détachez-moi, il faut que je rentre à la maison. Ma femme a dû appeler la police et si vous ne voulez pas voir débarquer les flics chez vous, vous avez intérêt à me libérer.

— Je peux pas saquer la volaille, dit-elle en le détachant. Ils ont des chaussettes qui puent. Mon mari était policier, je sais de quoi je cause. Le pauvre, il est mort à cause d'un poisson. C'est dangereux ces bêtes-là. Faut pas en manger…

— Vous devriez. C'est bon pour la mémoire.

— Jamais ! Si vous saviez comment il est mort, vous ne diriez pas ça, espèce de criminel. À l'époque, notre voisin avait un aquarium et mon mari aimait bien aller boire une bière chez lui. Il rentrait chaque fois *krimineel zat*, et donc voilà que le voisin se plaint qu'une de ses bestioles bouffait les autres. Pour rendre service, mon mari – qui avait le cœur sur la main – lui propose de gober le poisson en entier. Pas de bol ! Celui-ci est resté accroché à son gosier et l'a rongé. Quand les secours sont arrivés, c'était trop tard. La queue du poisson dépassait encore de sa bouche[1].

1. Histoire vraie ! Ben si, y en a qui ont le neurone dans l'aquarium.

— Ben dites donc, se marra Magritte, il n'était pas très futé, votre époux, pour avaler un piranha !

— Normal, il était policier.

— Faut pas généraliser.

— Si, un peu quand même…

Magritte la remercia pour son « hospitalité » et s'évada de cette baraque de cinglée.

Il trouva Georgette ronflant dans le canapé. Décidément, Ginette Dutilleul n'avait pas tout à fait tort. L'absence de son mari ne l'avait pas empêchée de dormir. Bon, d'accord, il n'y avait pas d'amant dans le placard.

31.

René réveilla Georgette, qui lui passa un sacré savon. Il s'y attendait !

— Désolé, mon p'tit poulet, mais il m'est arrivé un truc dingue et j'ai failli y passer. Pas pu te prévenir, j'étais ligoté.

— QUOI ? Oh mon René, je suis désolée, j'ai pensé que tu étais allé traîner avec la bande et que tu avais oublié de m'appeler… J'étais vraiment inquiète.

Il la prit dans ses bras et plongea son nez dans ses cheveux. Il était envoûté par son odeur, elle le rassurait. Georgette sentait toujours l'enfance. Comme quand ils s'étaient rencontrés. Il fermait les yeux et se revoyait avec elle, petite fille de douze ans tellement mignonne avec ses yeux plus limpides que les eaux où les fées vont se perdre. Des éclats de miroir dans lesquels il peignait leur vie à deux. Puis sa peau si douce. Une peau de bébé. Et lui, jeune homme de quinze ans, un « vieux » à côté d'elle… Plus tard, la différence d'âge s'était estompée. Ils étaient adultes. Mais René était resté son protecteur. Et elle aimait qu'il veille sur elle.

Il lui raconta ce qu'il lui était arrivé. Autour de la table de cuisine, comme d'habitude. Elle l'écoutait en préparant le café.

— Donc, conclut-elle, on sait d'où vient tout le fric de Roger Dutilleul. Le petit représentant de commerce était aussi un dealer. Quand même, il aurait pu s'abstenir de chiper l'argent dans le portefeuille de sa mère. Ça fait cher le sachet de levure…

— C'est qu'elle l'a mal éduqué.

— Qu'est-ce que tu comptes faire ? Tu vas le dire à la police ?

— Oui, à Jefke. Je lui dois bien ça.

— Et tu vas lui raconter que tu es allé par effraction dans le jardin et que tu as ouvert le coffre de la bagnole ?

— Non… Je vais raconter une craque.

— Oué, ça tu sais faire…, se moqua gentiment Georgette, qui pensait à *La Trahison des images*.

— Les mensonges servent à embellir la vie. La pipe est une poésie ! Je vais lui dire que je suis allé rendre visite à Ginette Dutilleul, qui m'a confié que son fils allait voir son épave au fond du jardin chaque fois qu'il passait chez elle. Ça va inciter les flics à jeter un coup d'œil et ils vont découvrir le pot aux roses[1].

— Bonne idée. Faut jamais trop s'impliquer avec la police, sinon tu deviens suspect, approuva Georgette. Cependant, son petit trafic de drogue ne fait pas de Roger Dutilleul un assassin !

— Tu restes sur tes positions ? Pour toi, c'est toujours pas lui le coupable ?

— Non.

— M'enfin, mon p'tit bibi, ce type n'est vraiment pas net. Qu'est-ce qu'il te faut ? Il a le profil d'un pervers et d'un menteur.

René n'insista pas. Il savait que sa femme ne changerait pas d'avis, à moins d'avoir une preuve formelle. Ce qui

1. L'expression « pot aux roses » ne vient pas d'un vase mais d'une petite boîte dans laquelle les femmes riches rangeaient leurs parfums et leurs fards, comme le rose à joues. Et souvent, elles y cachaient des mots secrets…

pour lui ne saurait tarder. Il arrive toujours un moment où les criminels font un faux pas, et il comptait bien découvrir la preuve que Roger avait du sang sur les mains.

Pas envie de peindre aujourd'hui… La vieille lui avait quand même assené un sacré coup sur la tête et il prit un cachet. Pas envie de se reposer non plus.

Passionné par la photographie, il s'était installé un petit labo dans la pièce la plus sombre de la maison et avait occulté la fenêtre à l'aide d'un épais drap noir. Sauf que là, il n'arrivait pas à se concentrer.

Il décida d'appeler son copain Jefke et de lui causer de cette piste à creuser avec Roger Dutilleul. Il avait besoin de parler de cette affaire qui l'obsédait.

— René, c'est encore un secret : la police pense que c'est lui l'assassin, avoua Jefke. On en est quasi certains.

Magritte jubilait. Ainsi, il n'était pas le seul à soupçonner cet énergumène. Et quand il confia avoir rendu visite à la mère Dutilleul, histoire de voir où Roger avait passé son enfance parce qu'il en avait besoin pour nourrir le personnage de son roman, Jefke ne fut pas surpris. C'était logique, les bons écrivains sont des fouines… René lui parla de cette Citroën au fond du jardin et de ce que lui avait dit la vieille.

— On va aller faire un petit tour là-bas, lui assura le policier. On ne sait jamais…

Ils n'allaient pas être déçus.

L'aspirine avait fait son effet et René avait retrouvé l'envie de peindre. Il s'attaqua à un tableau que plus tard il intitulerait *Le Pèlerin*. Un homme de face, en costume sombre et cravate rouge, la tête à côté de ses épaules, le chapeau bien à sa place. C'est ainsi qu'il voyait Roger Dutilleul. Un type qui n'avait plus la tête sur les épaules et qui avait vécu à côté de lui-même sans jamais trouver sa place. Désormais, il ne restait que le costume et le chapeau, sans visage. Il y passa l'après-midi. Préférait travailler le matin, il avait les idées plus claires. Là, cette enquête embrouillait ses pensées…

Il lâcha ses pinceaux quand il sentit la bonne odeur de la soupe aux choux de Bruxelles que Georgette avait préparée. Avec du persil de leur potager et des croûtons. Il en raffolait.

Lui qui avait toujours fui l'ennui, il avait trouvé avec sa femme une façon de rendre le quotidien savoureux. Chaque instant était empreint de douceur et de mystères. Et ses bêtises, il les faisait en dehors de son foyer. Ainsi, il lui arrivait encore souvent de sonner aux portes et de foutre le camp ! Et puis, ses peintures étaient ses bulles de rêves. Elles l'emmenaient dans son monde imaginaire, comme le ferait un ballon dirigeable.

Un lointain souvenir lui revint… Il était petit et, de son berceau, apercevait des hommes qui enlevaient un ballon dégonflé tombé sur le toit de la maison de ses voisins – il y avait souvent des lâchers d'aérostats au moment des fêtes à Charleroi. Mais son tout premier souvenir d'enfance, qui plus tard eut une importance capitale dans son œuvre, fut une caisse fermée, posée à côté de son berceau. Il avait dit à Georgette : « Le monde s'est offert à moi sous l'apparence d'une caisse. »

Il ne sut jamais ce qu'elle contenait. Sans doute son goût du mystère venait-il de là ?

Le lendemain, Jefke appela René. Ils avaient déniché la drogue dans le coffre et s'étaient rendus au domicile de Roger pour l'arrêter…

Ils avaient sonné à sa porte. Personne n'était venu ouvrir. Puis ils l'avaient défoncée. Et l'avaient trouvé pendu à une poutre de son salon.

— Il a laissé un mot ? demanda René.

— Oui, une lettre dans laquelle il dit qu'il a des remords et qu'il préfère mourir. Sa mère a dû l'appeler pour l'avertir qu'on avait ouvert le coffre de sa bagnole. Il s'est sûrement senti coincé. Soit il ne supportait pas l'idée d'aller en taule… soit il ne pouvait plus vivre avec le poids de la culpabilité. Sa lettre est sans équivoque et la preuve que c'est bien lui le coupable. Enfin, soupira Jefke, les gens et surtout les femmes pourront de nouveau circuler en paix. Affaire résolue.

Appuyée contre le piano près du téléphone en bakélite, Georgette avait entendu la conversation. Elle joua quelques notes de *M le maudit…* et adressa un sourire énigmatique à son mari.

32.

Songeuse derrière la fenêtre du salon, Georgette regardait tomber la pluie. Le gris du ciel lui faisait penser aux yeux de René. Des yeux d'orage…

Tout semblait être rentré dans l'ordre. La police avait son coupable, les femmes pouvaient de nouveau sortir le soir avec leur petit chapeau cloche et aller voir leur amant… Cependant, René était contrarié. Georgette connaissait bien son homme ! Magritte était un fossoyeur de mystères. Il grattait l'ombre pour y trouver ce jaune qu'il n'employait pratiquement jamais dans ses peintures, sachant très bien qu'il ne pourrait égaler celui de Van Gogh et de ses tournesols, « ce jaune soufre pâle, citron pâle or ». Vincent, qui avait voulu se suicider plusieurs fois, dont une en avalant ses tubes de peinture[1], et s'était raté. Heureusement ! Parce que plus tard il peignit *La Nuit étoilée*, de la chambre qu'il occupait dans l'asile du monastère de Saint-Rémy-de-Provence. Ces mêmes nuits que Magritte aimait tant, avec leur ciel de lune, ajoutant au mystère des personnages silencieux.

---

1. Voir l'excellent Patrick Pelloux, *Mieux vaut mourir debout que vivre à genoux. Les derniers jours des grands hommes*, Robert Laffont, 2019.

Roger Dutilleul avait choisi la pendaison. Et n'avait laissé derrière lui que des traces de poudre et de sang. Sa folle de mère se rendait-elle au moins compte qu'il était mort ?

Magritte ne put résister à l'envie de retourner la voir. Fouiller encore... Malgré tout, ce que lui avait dit Georgette lui trottait dans la tête. « C'est pas lui... Il n'a pas le profil. Il n'aurait pas pu écrire des lettres pareilles. » Et elle avait eu raison quand elle avait soupçonné Roger de ne pas avoir un salaire à la hauteur de son train de vie. « Où trouve-t-il tout cet argent ? »

Pourtant, dans sa dernière lettre, il s'était confessé.

Alors, qu'est-ce qui clochait ?

Ginette lui ouvrit la porte, cette fois emmitouflée dans un gros paletot en laine, avec des bottines ornées d'une bande de fourrure miteuse et un passe-montagne sur la tête d'où dépassaient des touffes de cheveux hirsutes comme des mauvaises herbes. Or là, le soleil brillait et les oiseaux chantaient.

— J'ai allumé le poêle, dit-elle, histoire de le rassurer.

— Quelle bonne idée, railla-t-il alors qu'il était sorti sans son manteau parce qu'il faisait beau. Vous me reconnaissez ?

— Non, je devrais ?

— Ben... j'ai quand même passé la nuit dans votre lit. Ça ne vous a pas laissé un souvenir impérissable, apparemment.

— Non. Vous savez, il défile tellement de monde ici ! Depuis hier ça n'arrête pas.

— Ah ! Et vous les emmenez tous dans votre lit aussi ?

— J'aime pas les poulets. Ça sent des pieds. Mon époux, qui était policier...

— Oui je sais, vous m'avez déjà raconté, la coupa Magritte.

— Oh ! fit-elle, déçue.

Décidément, pensa-t-il, *voilà le souvenir que lui aura laissé son défunt mari après avoir passé son existence à servir la justice : il puait des pieds. Ça vaut la peine d'être né...*

— Vous avez des nouvelles de votre fils ? se hasarda-t-il, ne sachant si la police l'avait avertie.

— J'ai pas d'enfants. C'est que des emmerdements.

— Pourtant vous m'aviez parlé de Gérard...

— Ah oui, c'est vrai. Ce salaud est parti avec ma voiture cette nuit. Quand j'me suis réveillée ce matin, pfouit ! Plus rien. Qui va m'apporter ma levure pour mes gâteaux ? Et comment je vais voyager moi maint'nant ? Hein ?

— Vous prendrez le tram.

— Pas question ! Je ne vais quand même pas aller au palais de Birmingham en tram, *zeg*, c'est pas bon pour mon standing. Faut pas le répéter, parce que ça va faire des jalouses, mais le prince Charles m'attend. On va se fiancer.

— J'espère être invité au mariage !

— Non, z'êtes pas assez chic. On n'invite que des gens de la haute.

Magritte dut se retenir de rire. Pour qui elle se prenait, cette vieille crêpe ?

— La dernière fois que vous avez vu votre fils, il ne vous a rien dit ?

— Si... « Prends soin de toi. » Ça m'a frappée parce qu'il dit jamais des trucs pareils. C'est pas un sentimental.

— Et il ne vous a rien donné, ni confié quelque chose ?

— Ah si, quand je l'ai appelé hier pour l'avertir qu'il y avait des vautours dans le jardin, il m'a dit : « Si t'as besoin d'argent va voir saint Nicolas, il m'en doit un paquet. »

— Je ne crois plus au saint Nicolas, lui avoua Magritte, déçu par cette info pourrie.

— Dommage, parce qu'il habite à Anderlecht, il a un garage là-bas, mais je ne connais pas l'adresse.

« Tiens, tiens… »

René prit congé de la fiancée du prince Charles, qui lui lança :

— Si vous voyez mon fils, demandez-lui de me ramener la bagnole, sinon je le déshérite.

L'avantage de perdre la mémoire, pensa Magritte, c'est qu'on entre dans un royaume où la mort n'existe pas.

33.

René Magritte se rendit donc à Anderlecht, et entra au café des Sportifs, le premier bistrot sur la place, car tout le monde sait que ces endroits sont des mines de renseignements. On se serait cru dans le vieux salon de la propriétaire, qui avait l'air d'habiter dans son troquet. Fallait pas être allergique aux poils de chat, y en avait partout et ça schlinguait la pisse de matou dès qu'on s'approchait du comptoir. De fait, trois boules zébrées ronronnaient sur le canapé qui avait fait la guerre. Les murs étaient patinés par la fumée de cigarette. Et des relents de bière se mélangeaient à ces senteurs « exotiques ».

— Qu'est ce que je te sers, *menneke* ? demanda la patronne, une grande femme aux cheveux gris clairsemés, emmitouflée dans un châle au crochet.

Le ton était donné. Chaleureux, familial, tout de suite tu te sentais chez toi.

— Une Vieux Temps.

— Moi, c'est Jeanneke. Et toi ?

— René.

— Toi, t'es pas d'ici. Je t'ai jamais vu dans mon café.

— Non, je viens de Schaerbeek.

— Ouille ! De l'étranger !

Jeanneke faisait partie de ces gens enracinés dans leur quartier, devenu le centre de leur monde, et pour qui en sortir constitue une aventure digne de l'ascension de l'Annapurna. Pour elle, son client venait de loin, même si ce n'était qu'à quelques kilomètres de là. Elle ne comprenait pas ce besoin d'aller ailleurs alors qu'on est si bien chez soi.

— Je cherche quelqu'un, fit Magritte. Un certain saint Nicolas qui aurait un garage ici. Ça vous dit quelque chose ?

— Des garages, y en a quelques-uns. Mais si c'est saint Nicolas que vous cherchez, ça ne peut être que Gros Louis, c'est lui qui fait saint Nicolas chaque année et parcourt les rues avec sa hotte et son âne. Entre parenthèses, sa sale bête prend toujours un malin plaisir à venir déposer sa carte de visite devant la porte de mon café. Quel *zot*, celui-là ! Quand il fait pas le mariolle avec sa crosse et son chapeau de *stoeffer*, il répare des bagnoles dans son garage.

— C'est sûrement mon homme, décréta Magritte.

— Eh ben si tu vas le voir, dis-lui de ma part que l'année prochaine, il aille faire chier son âne ailleurs, *zeg*. Il habite à côté du cimetière, place du Repos, tu peux pas le rater.

René remercia la dame, avala sa bière et laissa les sous sur le comptoir. C'est sa Loulou qui allait le renifler pire qu'une maîtresse jalouse quand il allait rentrer ! Ses pantalons devaient puer le chat de gouttière.

Il se rendit à pied au cimetière, histoire de faire passer un peu l'odeur tenace.

Saint Nicolas tenait un garage qui ressemblait à ceux avec lesquels il jouait aux « p'tites zautos » avec ses frères quand ils étaient gamins. Le saint homme devait manger tous les bonbons des petits enfants sages car il avait un gros bide. Pratiquement chauve, le front en sueur, constellé de taches de cambouis, il accueillit son visiteur d'un grognement. On sentait tout de suite le poète, le Baudelaire de la carrosserie, le Dalí du boulon.

Magritte lui rentra illico dans le lard en lui demandant s'il connaissait un certain Roger Dutilleul. Il eut droit à un regard noir et si le gros avait eu un arc, il lui aurait décoché une flèche.

— Pourquoi ? demanda-t-il, méfiant.

— Parce qu'il est mort. Il s'est pendu hier.

— Hein ?

— C'est pas encore dans la gazette, mais je voulais vous prévenir. Vous risquez d'être interrogé par la police.

— Ah bon ? Et pourquoi ça ? Qu'est-ce que j'ai à voir avec ce *snul* ?

— Il vous a mis dans son testament…

— Vous êtes qui vous ?

— Un ami de sa mère, Ginette, qui m'a chargé de venir vous voir pour que vous lui payiez ce que vous deviez à son fils.

— C'est quoi cette connerie ? s'énerva saint Nicolas.

— Ne niez pas. Il a laissé une lettre avec ses dernières volontés. Dont celle que vous remboursiez sa mère. Je ne suis pas de la police, cependant j'ai un bon ami commissaire. Et si vous ne voulez pas que je lui montre la lettre laissée par Roger, vous avez intérêt à casquer, camarade. Moi, je sais que vous êtes lié à ses petits trafics de drogue. Pas beau, ça ! Dites donc, vous savez qui était son fournisseur ?

— Pourquoi, vous êtes intéressé ? railla saint Nicolas en le toisant.

— J'aime bien savoir d'où proviennent les choses…

— Si je le savais, je n'aurais pas besoin d'un intermédiaire. J'préfère pas avoir affaire directement à ces gars-là. Ce ne sont pas des enfants de chœur…

— Très bien, conclut Magritte. J'attends le pognon.

Le gros Louis poussa un soupir. Alla se laver les mains au robinet dans le garage, se les essuya sur sa salopette et se dirigea vers son bureau, puis s'arrêta devant une armoire qui cachait un coffre. René le vit faire un code pour l'ouvrir. Il en retira une liasse et l'apporta à son oiseau de mauvais augure. Décidément, chaque saint Nicolas a son Père Fouettard…

Magritte venait de jouer au Robin des bois. Il avait eu mal au cœur pour la mère Dutilleul, même si elle ne réalisait pas que son fils s'était pendu. René avait un suicide en commun avec elle et il avait beau passer sa vie à refouler cette blessure, il savait que la corde des pendus reste nouée autour du cœur de ceux qui restent et que les eaux rouges de la Sambre coulaient à jamais dans ses veines.

Avant de rentrer chez lui, il déposa une enveloppe contenant la liasse de billets dans la boîte aux lettres de la mère Ginette, avec écrit dessus : *De la part de saint Nicolas.* Elle pourrait s'acheter plein de sachets de levure pour faire des gâteaux. Comme quoi, il ne faut jamais cesser de croire aux mensonges de notre enfance.

34.

Mathilde travaillait chez un brocanteur rue Blaes, pas loin du marché aux puces. Elle vendait des *brols*, selon l'expression bruxelloise. Des vieux meubles, des bijoux, des croûtes, des jouets qui avaient vécu, des livres à la tranche jaunie… Elle se sentait bien parmi tous ces objets abandonnés qui ont une histoire. Un peu comme elle… Petite, elle avait été placée dans un orphelinat chez les bonnes sœurs. La seule chose qu'on lui avait dite, c'est qu'une femme l'avait amenée là en demandant qu'on prenne soin d'elle. Elle n'avait alors qu'un petit gilet bleu sur elle et une robe blanche en coton avec des cerises. On était en plein hiver et elle grelottait, lui avait raconté la mère supérieure.

Mathilde n'avait en réalité aucun souvenir de tout cela. C'est avec les bouts de récits qu'on lui avait relatés qu'elle s'était forgé des images devenues réelles. Cette femme était-elle sa mère ? Ses parents étaient-ils toujours vivants ? Au début, elle ne voulait pas savoir qui étaient ces monstres qui s'étaient débarrassés d'elle. Puis, avec le temps, elle éprouva le besoin de connaître la vérité. La haine s'était cachée sous le masque de la sagesse. On ne peut jamais pardonner un abandon, par contre on peut essayer de le comprendre. Peut-être ses parents n'avaient-ils plus d'argent pour la nourrir ? ou sa mère avait-elle été larguée par un mari qui préférait gambader ailleurs ? ou fauché par la mort ? Une phrase anodine, un petit bout de cœur effiloché, avait fini par adoucir sa rancune : *Prenez soin d'elle.*

Il faut déjà, se disait Mathilde, *être dans un profond désespoir pour abandonner une petite fille dans son gilet en laine.* Elle l'avait gardé dans une malle au grenier. C'est tout ce qu'il lui restait de ses parents. Elle avait eu beau se creuser la tête, à la recherche d'une odeur, d'une couleur, d'un baiser... Elle était trop jeune pour se souvenir de quoi que ce soit.

Puis Mathilde avait fait des recherches. Sans rien trouver. Aucune trace de ses parents. Volatilisés ! Revanche sur la vie, elle était jolie, la Mathilde ! Devenue une jeune fille aux longs cheveux blonds qui faisait tourner les têtes et siffler les dragueurs sur son passage. Pourtant aucun ne la faisait chavirer. L'amour lui flanquait la trouille. Elle avait assez souffert qu'on se soit débarrassé d'elle, qu'on l'ait déposée tel un paquet de linge sale. Elle avait enfermé ses sentiments dans une cage bien verrouillée et si elle y mettait le doigt, elle se ferait mordre.

Il y avait bien un homme qui avait attiré son attention... Mais elle était restée discrète et préférait le garder dans ses rêves. Les réaliser pourrait les détruire et elle ne voulait pas prendre ce risque. Un peu comme quand elle voyait des fleurs. Aucune envie de les cueillir. Leur parfum lui suffisait. Il était bien plus âgé qu'elle. L'âge d'être son père. Celui qu'elle n'avait pas eu. Il lui plaisait. Il avait cette lueur farceuse dans le regard et disait des choses peu banales. Pourtant, il avait l'air d'un bourgeois, toujours bien habillé, portant la cravate et le chapeau, sans doute pour cacher le gamin espiègle qui devait courir sur les toits la nuit. Il venait quelquefois acheter des vieilles pendules pour les offrir à sa femme. Il lui avait raconté qu'il en faisait la collection, ce qui était faux car ni René ni Georgette n'avaient une âme de collectionneurs. À tel point qu'un jour Georgette avait échangé une œuvre de grande valeur – une pierre en cuivre sculptée par le dadaïste Hans Arp, qu'elle appelait un « caillou » – contre une pendule !

Mathilde connaissait son nom. Il l'avait inscrit sur un papier la dernière fois qu'il était venu en réserver une qui lui plaisait particulièrement et qu'il n'avait pu emporter. René Magritte.

35.

Magritte avertit son copain Jefke que la mère Dutilleul lui avait parlé d'un certain saint Nicolas qui ne stockait pas que des jouets. Il s'abstint d'évoquer son passage au café des Sportifs ainsi que sa visite chez l'ami des « p'tits nenfants », et prit un raccourci en racontant que Ginette lui avait confié que le saint homme tenait un garage du côté du cimetière d'Anderlecht. Aux bons soins de la police d'enquêter sur le royaume des cieux.

Il en apprendrait peut-être davantage sur la mort de Roger. C'est Georgette qui, une fois de plus, avait insinué le doute dans son esprit. S'était-il vraiment suicidé ou avait-on maquillé son crime en suicide ? À moins que ce soit un règlement de comptes lié à ses trafics de drogue ? Quelqu'un aurait très bien pu lui dicter la lettre. D'ailleurs, René aurait aimé en avoir une copie.

— Pas de problème, dit Jefke, je te l'apporterai tantôt. Et si t'es pas chez toi, je la donnerai à ta femme.

La police avait, selon Georgette, tiré des conclusions un peu hâtives, réflexes de fonctionnaires qui ne voulaient pas trop se casser les pattes. Roger Dutilleul s'était pendu parce qu'il avait eu des remords d'avoir commis ces meurtres, tout est bien qui finit bien, on peut rentrer à la maison glisser ses pieds dans ses *slaches*.

René connaissait Jefke. Même s'il penchait pour les conclusions de ses collègues, il faisait partie de ces policiers scrupuleux, toujours prêts à se remettre en question. Et il allait sûrement creuser la piste que lui servait son ami sur un plateau.

Magritte était content de retrouver son nid douillet. Rester longtemps dehors ne l'enchantait guère et il reconnaissait volontiers être assez casanier, même s'il appréciait beaucoup les sorties avec ses copains. Il fut surpris de trouver Georgette assise devant un tableau qu'il avait peint quelques années plus tôt, représentant leur regretté loulou de Poméranie blanc, et qu'il avait intitulé *Le Civilisateur*. Cette peinture très personnelle possédait une petite touche impressionniste, apparue lors de sa « période solaire », qu'il appelait aussi sa « période Renoir ». Cette envie de tons chauds lui était venue au cours de la Seconde Guerre mondiale, sans doute pour contrer la noirceur de cette époque triste et sombre. Pour fuir aussi la mélancolie sous l'Occupation.

Même si certains racontaient – et Dieu sait si les gens sont prompts à débiter des sornettes – que le petit René avait été cruel avec les bêtes, il adorait les animaux et particulièrement les chiens. La preuve, il avait souvent peint des chevaux, comme dans *Le Météore*, un hibou dans *Le Somnambule* ou un cochon dans *La Bonne Fortune* – qui faisait penser aux *Bourgeois* de Brel, chanteur pour lequel il avait une grande admiration. Belge aussi. Un peu chauvin le Magritte ? Non peut-être !

Dans une lettre adressée à son ami Marcel Mariën, écrivain et photographe surréaliste, il avait écrit : *C'est curieux, je pense, de voir la figure humaine remplacée par des animaux, qui semblent mieux illustrer la vie…* Il voulait dire par là la vraie vie, pas celle que les hommes politiques construisent. À peine deux mois plus tard, il réalisa une autre version de cette œuvre, avec son chien de profil, devant un paysage lumineux.

Georgette semblait fascinée par le tableau où on voyait leur ancien loulou de face, et elle s'était assise devant, Jackie sur ses genoux. Pour une fois, la chienne n'avait pas entendu rentrer son maître et n'était pas venue lui sauter dessus. Cette patapouf roupillait !

— Elle s'est goinfrée de gaufres, expliqua Georgette. J'en avais fait tout un plat. Cette goulue en a profité pendant que j'étais au téléphone avec notre femme de ménage, qui m'annonce qu'elle revient jeudi et que ses vacances à Blankenberge se sont bien passées sauf qu'elle s'est cassé une dent en mangeant une babelutte. Pas étonnant, ces caramels sont pires que de la glu !

— De toute façon, railla René, elle est en vacances toute l'année, celle-là ! On la paie pour venir se vautrer dans le canapé et regarder la télé.

— Allons, René, tu sais bien qu'elle n'a pas la télé chez elle, la pauvre.

— Tu lui trouves toujours toutes les excuses, à cette feignasse.

— On ne peut pas faire autrement, elle vient depuis si longtemps, elle fait partie de la famille. Puis, elle me raconte les nouvelles, c'est une vraie gazette. Elle me fait rire !

— Allez, on va dire qu'on paie une humoriste. C'est un peu ce que faisaient les rois avant, ils s'offraient des bouffons.

— Tu es cruel !

— C'est mon côté subversif. Tu te souviens, mon p'tit poulet, quand on avait été invités à un dîner où on nous avait servi des tranches de foie gras ?

— Un peu que je m'en souviens ! Tu avais touillé dedans avec ta fourchette pour en faire de la bouillie et puis tu les avais jetées en l'air ! Quel scandale !

— On avait bien ri après, toi et moi, hein…

— Ah ça oui. Je vois encore leur tête.

— On a évité un repas ennuyeux à mourir.

Ils se remirent à rire tous les deux. Et réveillèrent Jackie qui, toute contente de voir son maître, se rua sur lui. Sa joie fut de courte durée. Elle se mit à renifler les pantalons de René, qui sentaient la pisse de chat. Pire qu'une femme jalouse, elle lui tourna le dos et alla se terrer dans son panier en grognant. Ingrat de mémaître…

— Pourquoi tu as ressorti ce tableau, mon p'tit bibi ?

— Je ne sais pas… On dirait que notre regretté loulou me regarde de ses yeux perçants et qu'il porte un jugement sévère sur la folie meurtrière des hommes. J'ai l'impression qu'il cherche à me dire quelque chose…

Magritte avait toujours pensé que les animaux sont bien plus sages que les humains et que si un jour ils reprenaient leur place dans le monde, la planète irait beaucoup mieux.

36.

La mort de Roger Dutilleul faisait les gros titres dans les journaux du matin :

L'assassin des deux jeunes femmes s'est pendu !
A-t-il eu des remords ?

Et blablabla…

La police avait fini par cracher le morceau pour rassurer la population, et les journalistes s'étaient rués dessus pour faire vendre leur canard. On ne parlait que de ça aux terrasses des cafés, à Bruxelles.

Le patron de Mathilde était soulagé car elle finissait souvent tard et c'est à elle qu'il avait confié la tâche de fermer la boutique d'antiquités. Il n'aimait pas la savoir seule dans les rues la nuit avec cet assassin qui rôdait. Heureusement l'affaire était résolue, ouf ! Il l'aimait bien et lui faisait confiance. Mathilde était une travailleuse et son métier la passionnait. Elle avait ça dans le sang. Elle aurait pu vendre un coffre à jouets à quelqu'un qui n'avait pas de gamins en le persuadant qu'il contenait tous les rêves de son enfance. Ou un tableau à un aveugle rien qu'en lui apprenant à sentir la texture et en lui racontant ce qu'il dégageait.

Mathilde avait repéré une peinture qui lui plaisait particulièrement. Quand elle l'avait vue, elle avait ressenti quelque chose d'unique proche du coup de foudre. Était-ce le titre, *L'Abandon*, qui l'avait émue parce que cela faisait référence à sa propre histoire ? Ou ces neuf larmes qui auraient pu être les siennes ? Le plus étrange était qu'elles ne ruisselaient pas sur un visage, semblaient venir de nulle part et coulaient devant un panneau en bois brun. Mathilde aurait aimé acheter ce tableau, malheureusement trop cher pour elle. Alors, elle l'avait caché derrière une armoire. De toute façon ici, c'était la caverne d'Ali Baba et tout était empilé dans un joyeux désordre. Les clients aimaient ce côté foutraque qui leur donnait l'impression de dénicher des trésors.

Le soir, quand elle se retrouvait seule dans la boutique, Mathilde allait regarder le tableau. Quel était ce peintre qui avait représenté son chagrin ? C'était écrit en petit en bas à droite. Jusque-là, elle n'avait pas pensé à s'en soucier car elle ne connaissait rien à la peinture ni aux artistes. Elle s'était toujours contentée d'apprécier et s'était un peu documentée, surtout sur les objets porteurs d'une histoire. Pour elle, les images étaient des bulles de rêves, ceux des autres. Et elle n'avait pas toujours la clef pour y entrer… Quant aux siens, ils étaient restés accrochés aux mailles de son gilet de petite fille.

Or ce tableau ne représentait pas un rêve, non, c'était plutôt le reflet de ce qu'elle cachait au fond d'elle-même. C'est pour cette raison qu'elle était si émue chaque fois qu'elle le contemplait. Il était sa douleur silencieuse.

Si par hasard elle voyait des clients s'approcher de l'armoire derrière laquelle elle avait planqué son trésor, elle se ruait sur eux pour leur proposer « une pièce exceptionnelle qui vient juste de rentrer, venez voir, vous en avez la primeur, sacré veinard ! ».

Les clients l'appréciaient. Elle était jolie et pleine de vie. Puis, elle réveillait les fantômes cachés dans les vieilles penderies par ses rires enfantins qui faisaient parfois s'ouvrir les portes toutes seules. « C'est le vent », disait-on… Pourtant il n'y avait pas de courants d'air dans la boutique.

Le soir, avant de fermer, elle les écoutait, ces murmures furtifs, pareils à des chuchotements de poupées quand tout le monde dormait et qu'on entendait cligner leurs yeux, puis se parler entre elles. Elle en avait eu une dans sa chambre, au couvent. Une poupée de chiffon avec des tresses brunes et des yeux en boutons. Sans doute un cadeau des religieuses, qui avaient constitué une cagnotte pour les jouets des enfants qu'elles recueillaient. Une des bonnes sœurs lui avait raconté que les poupées parlaient la nuit. Mathilde lui avait dit qu'elle n'avait jamais entendu la sienne. « C'est normal, elles ne causent que quand les enfants sont endormis », avait expliqué sœur Isabelle.

Mathilde avait alors eu l'idée de faire semblant de dormir et, un soir de pleine lune, elle l'avait entendue chuchoter et rire. Elle n'avait jamais cherché à savoir si ce n'était pas une blague des bonnes sœurs. On ne doit pas toucher aux rêves de l'enfance, ce sont eux qui nous empêchent de tomber dans le vide.

Ce soir-là, Mathilde attendit qu'il n'y ait plus personne dans la boutique pour fermer, mais elle ne rentra pas chez elle et alla vers le tableau. Elle aimait le sortir de sa planque, le libérer de cet endroit sombre, pour pouvoir le regarder à la lueur d'une bougie. Les flammes qui vacillaient donnaient l'impression de faire bouger les larmes. C'était très étrange. Presque imperceptible, comme le murmure des poupées. L'image figée prenait soudain vie. Et Mathilde finit par lui parler. Elle lui raconta ses blessures, ses espoirs et ses illusions. Elle balada la flamme tout autour du tableau et poussa un petit cri en découvrant le nom du peintre : Magritte…

Cet homme l'avait attirée par son allure singulière, ce contraste entre ce qu'il représentait, une sorte de sagesse bourgeoise, et ce qu'elle percevait au fond de lui, un petit diable enfermé dans un chapeau melon.

Il n'était pas encore venu chercher sa pendule. Ça ne saurait tarder puisqu'il l'avait payée. « La pendule [...] au salon, qui dit "oui", qui dit "non", et puis qui les attend... » et Brel continua à chanter rien que pour elle : « Moi, je t'offrirai des perles de pluie venues de pays où il ne pleut pas... »

Mathilde regarda une dernière fois couler les larmes, il pleuvait dans son cœur depuis si longtemps qu'elle rêvait de ce pays où il ne pleut pas. Mais existe-t-il des anges sans ailes ?

37.

Georgette avait fait des tomates-crevettes, rapportées d'Ostende par leur ami Scutenaire. Une recette que René aimait bien, avec les crevettes grises mélangées aux petits oignons et au persil dans de la mayonnaise. Et bien sûr accompagnées de frites et d'une salade du jardin. C'était sa madeleine de Proust. Il aimait tellement la mer du Nord – et Georgette aussi – que quand il mangeait des tomates-crevettes, il disait qu'il entendait déferler les vagues jusque dans son assiette !

Ils étaient allés en vacances sur la Côte d'Azur et avaient vu la mer bleue comme les ciels de Matisse. Ils l'avaient trouvée belle, et même si elle était plus « charmante », quelque chose manquait : les Belges.

Magritte s'était toujours senti de son pays et n'aurait pour rien au monde souhaité être né ailleurs. Il y avait chez les siens une liberté, un sens de la dérision et une espièglerie qui n'existaient dans aucun autre endroit. « Tu peux aller sur les plus belles plages du monde, il n'y a pas cette ambiance bon enfant, cet accent unique, les babeluttes et les fleurs en papier crépon, cette rage de la mer grise où le ciel s'est pendu et où, pourtant, tu retrouves les petits bonheurs de l'enfance, l'envie de faire des pâtés de sable, même à l'âge où tu as accroché ton insouciance au portemanteau », disait-il souvent.

— René, tout va bien ? demanda Georgette en scrutant son regard, car ses yeux ne pouvaient mentir.

— Pourquoi ? J'ai pas l'air ?

— C'est que… Ça fait un petit moment que tu n'as pas peint. Je te connais.

— Tu as raison, mon p'tit bibi. Je me pose des questions.

— C'est normal, un artiste qui ne doute pas, c'est comme quelqu'un qui roule tout droit à vélo sans regarder le paysage. Un jour ou l'autre, il fonce dans un mur.

Il était sensible à la façon dont sa femme voyait les choses. C'était jamais avec des mots compliqués ; c'était juste et plein de bon sens. Un truc qui lui venait de leurs racines wallonnes. De cette terre labourée par les chevaux brabançons, robustes et rassurants, où avec un grand couteau on faisait une croix sur le pain cuit au four avant de couper d'épaisses tranches qu'on distribuait autour de la grande table en bois épais.

— J'ai lu une phrase de Picasso qui disait : « Je ne fais pas des tableaux, j'explore. » Et j'ai peur, depuis que je commence à gagner ma vie avec mes peintures, de m'enfermer dans ce que les galeristes ou les acheteurs apprécient chez moi. Tu comprends ?

— Te prends pas le chou, René, ce qu'ils aiment, c'est toi. Ce que tu fais est authentique puisque tu ne triches pas.

— La peinture peut aussi être un mensonge pour justement dévoiler quelque chose de vrai… C'est un jeu, et c'est ce que qui me plaît. M'amuser tout en réfléchissant. Cependant, je ne voudrais pas être pris à ce piège tendu par les autres, qui est de tourner en rond, comme certains écrivains ou peintres à succès qui deviennent prisonniers de leur coquille d'escargot. Tu sais ce qu'en pensent nos amis surréalistes, Mariën et compagnie : que l'argent tue le talent. C'est pour cette raison qu'ils ont tous un autre métier. Moi je ne pourrais pas. Je suis trop rebelle à toute autorité. Déjà, à l'école… combien de fois j'ai pas été renvoyé ! Je dessinais des femmes à poil sur mes cahiers, se marre-t-il. J'ai toujours aimé faire ce qu'il ne faut pas. Il y a en moi quelque chose du « démon de la perversité » d'Edgar Poe. Depuis tout petit, j'ai cette tendance à exécuter certains actes, précisément parce qu'ils ne devraient pas être accomplis.

— Je sais… Je me souviens de cette scène aux Armes de Bruxelles, où on était allés manger un waterzooi. Quand ce type avait fait le baisemain à une dame et que tu lui avais flanqué un coup de pied au derrière, au gars. Ils s'étaient retrouvés tous les deux par terre ! Avec toi, rien n'est jamais prévisible. On ne s'ennuie pas ! Des fois, je me demande ce qui te prend…

— L'envie de rester un gamin. Et c'est ce que je ne veux pas perdre dans ma façon de peindre. La liberté de faire ce que je veux.

— René, c'est justement ça qui plaît aux gens. Et les autres, tu t'en fiches.

— T'as raison, mon p'tit poulet. Dis, si un jour je tourne en rond, tu me le diras, hein ?

— Compte sur moi !

— Au fait, Jefke n'est pas passé hier soir… Il devait m'apporter la photocopie de la lettre des aveux de Roger Dutilleul.

— Il a peut-être eu un empêchement, ou alors on était déjà couchés et il l'a glissée dans la boîte aux lettres. J'ai pas encore été voir.

— Bon, cet après-midi je prends le tram pour rapporter une pendule que j'ai réservée dans la boutique d'antiquités rue Blaes.

— Encore une ? s'exclama Georgette. On en a déjà plein !

— Mais c'est pour toi, mon p'tit bibi.

— Mmm… C'est suspect ! Elle est jolie, la vendeuse ?

Il planta son couteau dans le chapeau de sa tomate-crevettes et s'en fit un nez de clown.

38.

Se promener dans ce quartier des chineurs était un des grands plaisirs de Magritte, et les magasins de la rue Blaes regorgeaient de curiosités. Il en profitait pour faire le plein d'images lors de ses balades et les utilisait parfois dans ses tableaux, comme le bilboquet ou le grelot.

Quand il arriva chez l'antiquaire, il fut accueilli par cette jolie vendeuse aux longs cheveux blonds qui avait toujours l'air joyeux, pourtant il décelait quelque chose de triste au fond de ses yeux. Elle lui adressa un sourire d'une douceur qui le fit chavirer. Elle avait l'âge d'être sa fille. *René, calme-toi…*

— Oh, monsieur Magritte ! Vous êtes venu chercher la pendule. Je l'ai mise de côté.

— Vous vous souvenez de mon nom ? s'étonna-t-il.

— Il est sur le bon d'achat…

— N'empêche, vous avez une bonne mémoire !

— C'est que… Je ne retiens pas tous les noms des clients, par contre vous, c'est difficile de vous oublier.

Magritte resta silencieux. Il était troublé. Pas l'habitude d'être remarqué par les femmes. Surtout les jeunes aussi belles. Celle-ci ne devait pas manquer de prétendants, et sûrement plus séduisants que lui. Pas qu'il se trouvait moche, non, Georgette, qui était pour lui la plus belle femme de la planète, l'avait bien épousé ! On ne peut pas dire que c'était pour sa fortune, il n'en avait pas. Pas encore… Il avait appris à se cacher derrière un masque et avait opté pour un style passe-partout qui se fondait dans la masse afin de ne pas attirer l'attention, justement. Cette jeune femme avait-elle soulevé son masque et vu ce qu'il dissimilait ? Sa peinture…

Elle le planta là dans ses pensées et alla chercher la pendule.

— Voilà, dit-elle, c'est une pendule Louis XVI, signée Degré et représentant un grognard revenant du champ de bataille.

René Magritte siffla d'admiration.

— Je me suis renseignée, avoua-t-elle modestement. Je vous l'emballe ?

— Non, c'est gentil, ça ira comme ça.

— Dommage…, fit-elle tristement.

Elle lui faisait penser à ces vieilles dames qui vous proposent le thé et semblent très contrariées si vous refusez. Elle désirait visiblement le retenir un peu plus longtemps. Il n'y avait personne dans la boutique. René eut envie de la serrer dans ses bras, pourtant il s'en empêcha. Il craignait qu'elle ne s'enfuie. Les femmes sont parfois surprenantes. Elles vous tendent la main et si vous la prenez, elles s'offusquent. Il préféra lui adresser un sourire énigmatique. Le mystère ça marche toujours, elles aiment ça, lui avait un jour confié son père, qui était un tombeur invétéré, excentrique, anticlérical, et qui n'avait pas attendu d'avoir fait le deuil de son épouse pour ramener sa maîtresse à la maison. C'était un drôle de zig, détesté par ses voisins, qu'il regardait de haut, mais il aimait ses fils. *C'est déjà pas si mal*, avait pensé René.

La jeune fille revint avec la pendule emballée dans du papier gris.

— Ainsi, elle sera mieux protégée, lui assura-t-elle.

Magritte avait appris à décrypter les intentions des gens à travers leurs petits gestes du quotidien, souvent très révélateurs. Il avait traduit par : « J'aimerais être à la place de cet objet et être protégée moi aussi... »

Il ne s'était pas trompé.

Elle regarda autour d'elle, toujours personne dans la boutique.

— Monsieur Magritte, je... Je voulais vous dire que je suis très touchée par une de vos peintures.

Alors là, il n'en revenait pas ! Il s'attendait à tout sauf à ce que cette petite vendeuse lui parle de ses tableaux.

— Venez, lui proposa-t-elle en l'emmenant vers l'armoire derrière laquelle elle avait caché sa peinture. Ne m'en veuillez pas, je l'ai planquée ici pour que personne ne l'achète. Je serais trop triste de m'en séparer. Tous les soirs avant de fermer le magasin, je viens l'admirer. Je ne comprends pas ce qui m'arrive. Je n'ai jamais ressenti ça devant une image, pardon, une peinture...

Magritte, qui avait toujours eu un faible pour les reproductions plus que pour les originaux, ne s'en offusqua pas.

Il fut surpris de retrouver *L'Abandon*, qu'il avait offert à son boucher à l'époque où il ne pouvait pas payer sa viande. C'était un troc entre eux. Gaston, dit « le Lardon » parce que rougeaud et maigrelet, aimait l'univers de Magritte. Toutefois, à sa mort, ses enfants avaient hérité et, visiblement, cette toile n'était pas à leur goût.

— Je n'y connais rien, s'excusa la jeune femme, pourtant quand je la regarde, je me sens moins seule et elle me fait monter les larmes aux yeux. Je ne sais pas vous expliquer...

— Il ne faut surtout pas chercher à expliquer quoi que ce soit, dit Magritte. On regarde une peinture avec son cœur, c'est tout.

— Elle me parle, me murmure des choses enfouies en moi... Sans doute aussi parce que j'ai été abandonnée quand j'étais petite. Ces larmes, ce sont un peu les miennes. Et ce panneau en bois ressemble à celui qu'il y avait dans ma chambre chez les bonnes sœurs qui m'ont recueillie.

— Vous le vendez combien ? s'enquit Magritte.

Elle retourna le tableau et lut l'étiquette collée au dos : mille francs.

— Je vous l'achète.

— N'est-ce pas bizarre que vous deviez acheter votre œuvre ? Ne dites rien, je vous le donne. Il y a peu de risques que le patron s'en aperçoive, il y a tant de choses ici et…

— Et s'il l'a noté dans un carnet, le jour où il fera l'inventaire, il vous accusera de vol. Non, ne me l'offrez pas, je vous l'achète.

— D'accord, accepta-t-elle avec amertume. Je suis triste de m'en séparer, ce qui me console, c'est que ce soit vous.

René Magritte paya le tableau, qu'elle voulut emballer. Il la laissa faire, devinant qu'elle en avait envie. Comme un dernier regard, un adieu à une partie d'elle-même.

Et quand elle le lui rapporta, il le lui offrit.

39.

Mathilde n'en revenait pas ! La gentillesse et la générosité de Magritte la touchaient terriblement. Quel cadeau ! Elle le rapporta chez elle et prit le temps de lui trouver la bonne place. Il n'y en avait pas… Si elle l'accrochait dans son salon, elle s'en séparait quand elle allait se coucher. Au bout d'un moment, elle comprit qu'il devait rester libre et voyager avec elle, l'accompagner partout où elle allait dans son appartement. Le matin, elle le poserait dans sa cuisine, le soir au salon, et la nuit dans sa chambre à coucher. Comme un oiseau. Surtout pas en cage ni cloué quelque part.

Au-delà de ce que représentait *L'Abandon*, elle voyait l'artiste qui l'avait peint et cette intention de lui faire plaisir à elle, petite vendeuse laissée sur le pas d'une porte. Mathilde avait grandi dans la peur de plein de choses : celle de mourir, bien sûr, mais surtout celle d'être de nouveau abandonnée, et du coup elle avait fui tout attachement aux autres. Elle savait que la peur est le pire handicap qui soit, qu'elle empêche de voir au-delà des apparences, de percevoir ces signes qui surgissent sur notre chemin, tels les cailloux du Petit Poucet, et qui nous guident si on peut les voir. Ce sont ces petits cailloux qui nous évitent d'être avalé tout cru par l'ogre, souvent tapi quelque part, dans les endroits où on s'y attend le moins… Et il faut faire gaffe ! Parce que parfois, l'ogre a une gueule d'ange.

Ce tableau eut cet effet-là sur Mathilde. Il était bien plus qu'une image… Une présence bienveillante et silencieuse, un ami qui ne l'abandonnerait jamais.

Du coup, elle avait oublié d'aller relever le courrier dans sa boîte aux lettres. Qu'importe, à part des factures, elle ne recevait jamais de lettre. Elle mangea le reste des pâtes qu'elle avait préparées la veille, avec du jambon et du fromage. Elle n'avait jamais été douée en cuisine et se contentait de plats simples. Ce qui lui permettait de rester mince.

Tout en dévorant ses macaronis, Mathilde contemplait son tableau. Elle ne s'en lassait pas et savait qu'il la suivrait jusqu'à la fin de ses jours, partout où elle irait. Que si un jour elle se retrouvait dans la misère, elle finirait sous les ponts avec son Magritte, et ne le vendrait jamais.

Elle était tombée sous le charme de l'artiste et de son œuvre. Ce n'était pas si évident. On peut aimer une personne et pas ce qu'elle crée, ou inversement. Là, l'alchimie était parfaite. Mathilde ne savait pourtant rien de lui. Avait-il des enfants ? Que faisait-il en dehors de peindre ? Parce qu'on ne vit pas de ça quand même !

Peu importe, se dit-elle, *je n'ai pas besoin de savoir.* Quand on soulève le voile, le mystère s'échappe. Et c'est précisément ce qui l'attirait, cette part d'ombre qui la faisait fantasmer. Mathilde était une petite fille perdue au milieu de la forêt. Or depuis qu'elle avait rencontré Magritte et sa peinture, elle n'avait plus peur. Il serait toujours là pour veiller sur elle, même s'il l'ignorait. Il suffit parfois de croiser le chemin d'un être qui est notre reflet dans le miroir pour qu'il reste à jamais gravé dans notre cœur. Et qu'importe si on ne le revoit pas, il est là, enraciné en nous pour toujours. Et lorsque le miroir se brise, il est dans chaque éclat.

40.

Magritte n'était pas rentré directement chez lui après être allé chercher sa pendule. Cette jeune femme dont il ne connaissait même pas le prénom l'avait troublé et il ne voulait en aucun cas que Georgette, fine mouche, s'en aperçoive. D'autant que son émoi n'était pas d'ordre sexuel, non, il était bien plus profond que ça. Cette fille, il aurait voulu la peindre. Il laissa naître en lui une image qui allait au-delà d'elle-même. Plutôt ce qu'elle lui évoquait. Et peu à peu se forma dans son imaginaire un grand oiseau vert dont le corps était en osmose avec des feuilles en forme de larmes. Sur lui grimpait une chenille, peut-être celle d'*Alice au pays des Merveilles*, qui ici ne fumait pas de narguilé. Pas besoin ! L'univers de Magritte surgissait des eaux troubles sans aucun artifice. Et Georgette était sa dame de cœur. Parfois, cependant, les cartes se brouillent et le jeu nous échappe.

Il intitulerait son tableau : *La Saveur des larmes*. En lien avec *L'Abandon*. Cet oiseau majestueux à tête de pigeon, était-ce lui qui veillait sur ces larmes végétales ? À l'arrière-plan apparaissait un ciel d'orage. Mauvais présage ? Et qui se cachait derrière le rideau rouge sur le côté ?

Il savourait ce moment où naissent les images, plus que leur réalisation, qui l'ennuyait profondément. Surtout peindre les ciels ne l'amusait pas du tout !

René avait donc décidé de passer la soirée à La Fleur en Papier Doré avec ses copains. Il ne leur avait pas parlé de son trouble. Il voulait garder secrets ces instants privilégiés qui le réveillaient, ouvraient en lui d'autres portes, d'autres visions. Il s'était souvent posé cette question à l'époque où il culpabilisait d'être aussi « infernal », pas dans les rangs, adepte de l'école buissonnière plutôt que des chemins tout tracés : que serait-il devenu sans cette bonne dose de désobéissance ?

Il se coucha près de Georgette, qui s'était endormie, pas inquiète du tout, puisqu'il l'avait appelée du bistrot pour lui dire qu'il rentrerait tard. Enfin pour lui, tard, c'était vers dix heures du soir. Au-delà, il avait tendance à s'échapper, « Bien le bonsoir, m'sieurs dames », où qu'il soit. Y compris lorsqu'il avait des invités chez lui.

Le lendemain matin quand il se réveilla – jamais aux aurores, il prenait plaisir à paresser au lit – sa femme avait déjà quitté le nid douillet.

Il la trouva dans la cuisine, assise à table en train de boire une jatte de café, comme ils appelaient ça en Wallonie, mais pour le déjeuner – une tartine de pain gris avec du saindoux et de la confiture de fraises du jardin – elle l'attendait toujours.

— Bien dormi, mon p'tit bibi ? lui demanda-t-il en déposant un baiser sur son front.

— Non, j'ai fait un cauchemar. J'ai rêvé que la porte de notre garde-robe s'ouvrait toute seule. Puis je me suis approchée et là, une petite fille avec une robe de nuit blanche et un visage de vieille aux longs cheveux gris a surgi et s'est agrippée à moi ! Elle m'a murmuré dans l'oreille : « Elle est revenue… » Aussitôt après, elle a commencé à me lécher le visage ! Et je me suis réveillée avec Jackie sur ma tête qui me faisait plein de léchouilles. Elle a dû m'entendre crier, parce que je me souviens d'avoir eu tellement peur que j'ai sûrement poussé des petits cris et qu'elle était inquiète. Brave bête ! Depuis, je me demande ce que ce fantôme a bien pu vouloir me dire…

Qui était cette petite fille ? Peut-être une projection d'elle-même ?

— Tu crois qu'il y a un fantôme dans la maison, René ?

— C'est simple. Tu laisses une pomme sur la table cette nuit et tu verras bien ce qui se passe.

— Ça mange des pommes, les ectoplasmes ?

— Je marquerai *Ceci n'est pas une pomme*, se marra René.

— Et... Si elle parlait de la mort ?

— Arrête avec tes idées noires, mon p'tit poulet, la police a emprisonné le coupable, lui rappela René sans conviction.

Il voulait la rassurer.

Le rêve de Georgette lui fit penser à une de ses peintures, *In Mack Sennett*[1], qui représentait une garde-robe laissant entrevoir une robe de chambre blanche suspendue à un cintre et de laquelle surgissaient des seins.

— Je crois, dit-il, que tu as simplement rêvé d'un de mes tableaux, celui qui te faisait toujours un peu peur, avec la robe de chambre dans l'armoire...

— Peut-être, reconnut Georgette, pourtant elle m'a parlé et m'a sans doute envoyé un message. Ma grand-mère me disait toujours que les rêves nous avertissent des bons et des mauvais présages, mais qu'il faut du temps pour les comprendre. Parfois, c'est trop tard...

1. Mack Sennett était un réalisateur, acteur et producteur canadien et américain, né en 1880, surnommé « le Roi de la comédie ». Il fut l'un des réalisateurs les plus importants du cinéma muet américain et produisit un nombre impressionnant de films (tous les Charlot, entre autres).

41.

Georgette alla relever le courrier et trouva la photocopie de la lettre du pendu, avec un petit mot de Jefke, qui s'excusait de n'avoir pu passer plus tôt pour les voir, car il avait fini tard et les lumières étaient éteintes.

Dans la boîte, il y avait aussi une enveloppe rouge, adressée à… Carmen ! Bizarre, il n'y avait pas d'adresse dessus, ni de nom d'expéditeur au dos. Juste le nom de la femme de ménage, écrit à l'encre noire avec de belles lettres calligraphiées. Georgette la glissa dans son corsage. Elle la lirait plus tard… Car impossible de résister à l'envie de savoir ce qu'elle contenait et qui en était l'auteur. Ça sentait le prétendant à plein nez ! Georgette savait les repérer, elle-même n'en manquait pas. Elle la décachetterait à la vapeur de sa bouilloire. De toute façon, se dit-elle, Carmen ferait la même chose.

Elle traversa le jardin en courant, pressée de montrer la lettre à René. Il était au salon en train de peindre, et elle hésita à le déranger, pourtant elle savait qu'il attendait ce document. De fait, il lâcha ses pinceaux pour aller s'asseoir dans la cuisine et lire cette missive du pendu avec la plus grande attention. Pardi ! Les confessions d'un mort, ça demande un peu de cérémonial.

Il l'étala sur la table et du plat de la main lissa les plis. Puis, Georgette penchée sur son épaule, il la lut à voix haute :

Je m'en vais, parce que je ne supporte plus l'ordure que je suis. Parfois, les meurtres en cachent d'autres, bien plus sournois. L'assassin n'est pas toujours celui qui tient l'arme du crime, mais celui qui la lui a mise dans la main. Adieu, j'ai rendez-vous avec la faucille.

Roger

— C'est bizarre, chuchota Georgette, comme si le mort pouvait l'entendre. Tu ne trouves pas ?

— Si. C'est curieux qu'un type qui va se pendre écrive cela. En même temps, il était un peu lyrique dans les lettres qu'il avait adressées à sa femme et à sa maîtresse.

Georgette les avait rangées dans le tiroir de la commode et alla les chercher. Ils les comparèrent. L'écriture était bien la même ; pas de doute, elles étaient toutes de la main de Roger Dutilleul.

— Il avait une écriture élégante, ses tournures sont châtiées, fit remarquer Georgette. Si je n'avais pas su qu'il aimait les femmes, j'aurais pensé qu'il était pédé.

— Mon p'tit poulet ! On dit « homosexuel ». « Pédé », c'est péjoratif.

— M'enfin, René, tu sais que je les aime bien. On est entre nous. Dans la haute, je fais gaffe. Bref, il devait être un peu efféminé, non ?

— Non, je ne dirais pas ça. Selon Lily, l'amie de cette pauvre Rosa, il faisait illusion et portait beau, comme on dit. Il me fait un peu penser à mon père, qui aimait se pavaner avec son beau costume, sa cravate et son chapeau boule. Il était fier, même parfois méprisant et hautain, ce qui lui valait l'antipathie de plein de gens. Et comme Roger Dutilleul, il avait été représentant de commerce, entre autres… Parce que lui, c'était le roi de l'arnaque et des affaires foireuses ! Le dimanche, il se déplaçait en carriole. Il aimait provoquer, se montrer. C'était un grand bluffeur qui ne supportait pas la contrariété. Quel casse-pieds ! Il voulait toujours avoir raison. Et coureur de jupons, comme le Roger. Ah ça, ils avaient pas mal de points en commun, ces deux lascars. Sauf que mon père, lui, est mort d'une crise cardiaque. Faut déjà être sacrément désespéré pour se pendre !

— Toi qui as rencontré Dutilleul, tu dirais que cette écriture déliée et le style un peu poétique de ces lettres lui ressemblent ?

— Non, mais on porte tous des masques, mon p'tit bibi. Regarde-moi, quand on me voit, soupçonne-t-on que je peins des tableaux aussi étranges ?

— Pas du tout ! Tu as raison. Je me pose trop de questions. La police a mené son enquête, on devrait lui faire confiance.

— Et puis, ses alibis les soirs des meurtres n'étaient pas vérifiables, puisqu'il a affirmé être avec sa mère, atteinte d'Alzheimer, quand Madeleine est morte, et seul chez lui lorsque Rosa a été assassinée.

— T'as raison, admit Georgette.

Elle enfila son tablier à carreaux rouges et alla faire sa vaisselle, laissant René devant les lettres étalées sur la table. Il l'observait du coin de l'œil et voyait bien que quelque chose la tracassait.

— Qu'est-ce qui te turlupine, mon p'tit bibi, allez, lâche le morceau !

— Il n'a jamais avoué avoir écrit ces lettres.

— Exact. Il n'avait pas intérêt, sinon il aurait été soupçonné des meurtres. Maintenant, sa dernière lettre prouve que c'était bien lui.

— René, si tu avais une maîtresse, je veux dire une régulière à laquelle tu tiens, tu nous tuerais toutes les deux ?

— Non, tu l'aurais déjà zigouillée avant, se marra-t-il.

— C'est sûr, avoua Georgette. Je peux admettre que tes souliers voyagent, pas ton cœur.

— Je te garderais, toi…

— Question que je n'aurais pas dû te poser, t'es pas comme les autres. Essaie d'imaginer ce que ferait un homme normal, allez…

— Il tuerait sa femme et garderait sa maîtresse. Seulement Roger était jaloux et a voulu les tester. Comme elles ont mordu à l'hameçon, il les a tuées.

— Quand on trompe son épouse, on n'a pas le droit d'être jaloux, décréta Georgette.

— Il est dans la nature humaine de ne pas tolérer chez les autres ce qu'on accepte de soi-même. L'homme a tendance à se mettre sur un piédestal, ma chère.

Georgette continua à faire sa vaisselle. Cependant, si elle devait bien admettre que la théorie de René se tenait et était la plus plausible, qu'en plus elle s'accordait avec les conclusions de la police, elle ne parvenait pas à y adhérer complètement. Quelque chose moulinait dans sa petite cervelle, tel un hamster dans son tourniquet, une idée lancinante, *Elle est revenue…* Saleté de cauchemar !

Elle attendit que René retourne peindre au salon pour sortir la mystérieuse enveloppe rouge de son corsage et la passer à la vapeur. Ce qu'elle lut la laissa pantoise !

Carmen, vous êtes le joyau de ma vie, la plus belle femme du monde, votre regard est plus envoûtant qu'un lac dans lequel se noie l'ivresse des songes interdits. Vous hantez mes jours et mes nuits. Un élan d'espérance s'arrache à mon cœur à jamais habité par vous.

Jean-Marcel de Montalembert.

— Ça alors ! murmura-t-elle. Un de la haute ! Carmen va aimer…

42.

Lorsque Mathilde revit Magritte, elle le trouva particulièrement élégant. Elle s'était renseignée sur lui et avait appris qu'il commençait à avoir un certain prestige auprès des galeristes. Tout le monde ne l'appréciait pas, mais il intriguait. Son apparence de petit-bourgeois contrastait avec sa peinture. Et pourquoi « envahir » un tableau avec une énorme pomme ou peindre un oiseau agrippant un soulier et l'intituler *Dieu n'est pas un saint* ?

Elle avait également appris qu'il était marié avec une très belle femme, dont il était amoureux. *Tant mieux !* pensa Mathilde. Elle aimait l'amour platonique, celui qui ne tire pas à conséquence, parce qu'il est éternel. La plupart des couples qu'elle avait connus s'étaient séparés pour des histoires d'adultère. Elle n'éprouvait pas le besoin de passer à l'acte. La seule fois où elle avait eu une relation sexuelle, c'était avec le don Juan de l'école, dont elle ne se rappelait même plus le nom, qui l'avait traitée comme une poupée en latex, ne cherchant qu'à agrandir son tableau de chasse, et ça l'avait dégoûtée. Elle préférait continuer à rêver. De toute façon, elle avait un grand amour dans sa vie et il n'y avait pas de place pour quelqu'un d'autre. Mais ce Magritte – ou plutôt ce qui les liait maintenant tous deux à sa peinture – l'attirait. Ou plus exactement, il faisait partie de son paradis secret.

— Bonjour mademoiselle, je passais par là et je m'suis dit que c'était l'occasion de vous faire un petit bonjour. Comment allez-vous ?

— Je vais bien, merci ! Et vous ?

— Très bien.

On entrait dans les banalités et Mathilde avait horreur de ça. Elle aurait aimé rencontrer des gens qui lui disent des choses du genre : « Non, j'ai mangé ma grand-mère hier et je ne la digère pas », ou « J'ai perdu mon alliance dans une bouche d'égout, un rat l'a avalée et j'ai trompé mon mari avec le dératiseur ».

Comme s'il avait deviné ses pensées, Magritte lui confia :

— Vous me faites penser à un de mes tableaux, *La Fée ignorante*...

— Ah bon ? fit-elle, soudain intriguée. Vous me trouvez bête ?

— Qui a dit ça ? L'ignorance n'a rien à voir avec la bêtise. J'avais peint Anne-Marie Crowet, la fille d'un ami avocat, et vous lui ressemblez. Jolie, longs cheveux blonds... Un regard où l'on se perd à l'infini. J'en ai fait plusieurs variantes, une avec un bougeoir et un bilboquet, l'autre avec une rose et un ciel de nuit...

— Pourquoi ce titre ? Je suppose qu'elle vous fait penser à une fée, mais ignorante ?

— On se représente souvent les fées aux longs cheveux blonds à l'image de la fée bleue dans *Pinocchio*. Cependant il ne faut pas se fier aux apparences, on sait qu'elles sont des sorcières déguisées pour appâter l'enfant qui sommeille en nous et lui donner envie de croquer la pomme empoisonnée. Vive ce fruit divin qui nous a conduits au péché, qui est quand même la meilleure invention de l'homme !

— Vous devriez malgré tout vous méfier des blondes, s'amusa Mathilde.

— Au contraire ! J'aime les bonbons au poivre.

— Vous ne m'avez toujours pas répondu : pourquoi « ignorante » ? Et qu'est-ce qui, chez moi, vous fait penser à elle, à part que je suis blonde, ce qui est somme toute assez courant, et que j'ai les yeux bleus, ce qui n'est pas une rareté non plus.

— Comme vous, elle ignorait que, bien avant sa naissance, elle apparaissait déjà dans mes tableaux.

Magritte lui avait donné un embryon de réponse. En réalité, pour lui les titres de ses œuvres n'étaient pas des explications de celles-ci et les peintures n'étaient pas des illustrations des titres, qui n'avaient qu'un rapport poétique avec le sujet. Ce n'était pour lui qu'une espèce d'association libre d'idées et en aucun cas les titres ne livraient la clef du mystère.

Mathilde pensa à l'amour de sa vie, à ce secret qu'elle cachait au fond de son cœur, et qui parlait d'elle sans savoir qu'elle existait. C'était précisément dans cette zone d'ombre que Magritte et elle se rejoignaient.

— J'aimerais que vous acceptiez de poser pour moi.

— Nue ? demanda Mathilde, une lueur soudain froide dans le regard.

— Pas besoin. Quand je peins, je vous déshabille. L'œil d'un peintre transperce les apparences, va au-delà de ce qu'on lui montre. Un tableau doit entraîner le spectateur ailleurs et ouvrir les limites de notre univers. Mes peintures ne donnent pas de solutions, seulement des possibilités d'avancer dans l'énigme. Et l'énigme, c'est notre condition humaine, pourquoi on est là…

— Je ne sais pas… Je suis assez sauvage, vous savez.

— Je m'en doutais. Je ne connais même pas votre nom…

— Mathilde Willem.

— Je pourrais vous peindre de mémoire. Ou prendre une photo de vous. Malheureusement la photo fige. Tandis que la mémoire nous donne plus de liberté. J'aimerais cependant, en tout bien tout honneur, et cela m'aiderait, vous imaginer dans votre univers. M'inviteriez-vous à boire un café chez vous ?

— Non.

Devant l'étonnement de Magritte face à ce refus aussi catégorique, Mathilde se radoucit et lui expliqua qu'elle ne vivait pas seule.

Il ne dit mot, pourtant cette révélation attisa sa curiosité. Le détective en lui n'avait pu s'empêcher de se renseigner sur cette jeune femme qui lui avait fait pétiller le cœur. Ces petites bulles charmantes qui nous réveillent à la vie et changent l'eau en champagne, le quotidien en romance. Même si les bulles éclatent, elles continuent à nous bercer d'ivresse.

Son patron, l'antiquaire, avait affirmé à Magritte que son employée était célibataire et vivait seule.

Était-il dans le secret des dieux ?

43.

Le mystère qui entourait Mathilde attira davantage René Magritte, dont l'imagination se mit à galoper dans des zones interdites, là où les bougies rampent au bord de la mer et où les hommes-sirènes sont pendus à un gibet pour finir dans des cercueils assis.

Il éprouva le besoin d'aller boire une bonne bière avant de rentrer et s'arrêta à la Clef d'or, le bistrot qui faisait presque le coin de la place du Jeu-de-balle, endroit qu'il aimait le matin, quand les brocanteurs étalaient leur marchandise et qu'il pouvait chiner. Souvent, le samedi, il allait y farfouiller avec Georgette et ils s'arrêtaient à la terrasse du café Chez Willy, près de son bouquiniste préféré, L'Imaginaire. Si René n'était pas catho, Georgette avait toujours sa petite croix au cou. Et chaque année, elle allait faire bénir leur Loulou par le curé de l'église paroissiale de l'Immaculée-Conception, qui donnait sur le marché et perpétuait la tradition de saint François d'Assise. On pouvait y emmener son chien, son chat, son hamster, son serpent, son âne, son poisson et même sa girafe, si on en avait une.

René commanda une Orval. À cette heure, la place du Vieux-Marché était vide. Il aimait ce moment où la lumière s'efface doucement pour donner naissance à ce bleu incertain d'une nuit encore timide qui a, dirait-on, peur de se glisser dans les draps du jour. René savourait sa bière tout en goûtant le moment présent. Il avait claqué la porte au passé, mais la pensée chausse parfois des bottes de sept lieues et nous entraîne là où on ne veut pas aller. D'autres fois aussi, elle nous montre la vie à travers un rétroviseur…

Magritte appréciait particulièrement ces instants où il se sentait en harmonie, en osmose, avec tout ce qui l'environnait : du ciel aux racines de la terre. Et cela ne se produisait pas souvent. Il fallait un concours de circonstances, un bien-être physique et moral, et surtout ces petites étincelles que Mathilde avait réveillées en lui et qui participaient à son bonheur, y compris à le rendre encore plus amoureux de Georgette. Étrange paradoxe…

Les hommes n'avaient rien compris à l'amour. Ils l'avaient mis en cage, l'avaient entouré des barbelés de la jalousie et avaient créé la peur de perdre ce qu'on aime. Quand on aime les oiseaux, on a envie de les voir déployer leurs ailes et voler dans les nuages. Posséder n'avait jamais attiré Magritte. C'est sans doute pour cette raison qu'il était aussi peu intéressé par les choses matérielles et l'argent. Pourtant, comme Georgette, il aimait bien les pendules ! Parce qu'elles ne pouvaient arrêter le temps… Elles en avaient toujours fait à leur tête et, même si on bloquait les aiguilles, le temps continuait inexorablement à passer.

Il commanda un cervelas et une autre bière. Ma foi, il était si bien ici, à écouter les gens et leurs *zwanzes*, avec ce savoureux accent bruxellois qui veillait sur l'âme des lieux.

Baignant dans son bonheur, René crut à une apparition quand il vit passer Mathilde sur le trottoir. Ni une ni deux, il paya ce qu'il devait et la suivit. Elle descendit la rue du Chevreuil et tourna à droite. Elle se mit soudain à marcher d'un bon pas. Pressée de rentrer chez elle ou… d'aller rejoindre quelqu'un ? Magritte était plus intrigué que contrarié. Elle traversa le boulevard du Midi et longea les Halles pour se diriger vers Saint-Gilles. Mathilde habitait place Morichar, devant un petit parc. Sa maison était dans le pur style bruxellois, haute, en brique grise avec un balcon Arts déco et un jardinet devant, protégé par une grille. Il la vit entrer et, quelques secondes plus tard, le rez-de-chaussée s'éclaira. Les fenêtres étaient occultées par des tentures rouges qui semblaient fermées à son arrivée. René ne vit rien d'autre qu'une lumière diaphane filtrant à travers les interstices. À l'étage, il aperçut un homme qui, vu son allure courbaturée, devait être assez âgé. Sans doute son voisin du dessus.

Magritte demeura un moment devant la maison. Que cachaient ces tentures de théâtre, pareilles à celles qu'il peignait dans la plupart de ses tableaux ?

44.

Le lendemain, jeudi, Magritte paressa un tantinet dans son plumard – quel bonheur ! Il pensait à Mathilde, et son désir platonique quoique obsédant était attisé par ce mystère qui l'entourait. Que cachait-elle derrière ses rideaux rouges ? Peut-être tout simplement un vieux mari infirme ou… un tigre du Bengale, un homme sans tête, une licorne jouant du trombone ?

Georgette était déjà levée et il la trouva assise dans la cuisine en compagnie de Carmen, revenue de vacances bien méritées, tu penses ! La pauvre, avec tout le boulot qu'elle se tapait… Si, comme la soupçonnait René, elle passait son temps chez ses autres employeurs à se vautrer dans le canapé, elle risquait le surmenage ! Il n'avait jamais apprécié ceux qui profitent de la crédulité ou de la bonté des autres, seulement Georgette tenait à elle. Léopold Magritte, son père, disait toujours : « Une femme contente est une femme fidèle. » Ben tiens, crois-le… N'empêche que les vieux dictons ont la peau dure.

Dans la cuisine, ça rigolait et ça papotait autour d'une jatte de café, Carmen clope au bec, habillée pour le dimanche, genre « je suis de sortie j'ai fait mon chic ». Ça ne sentait pas la serpillière !

— Bonjour, monsieur René ! lança-t-elle joyeusement.

Il grogna un « jour » et se servit son café. Il ne fallait pas qu'il traîne, car quand elle aurait fini de jacasser, elle irait direct faire sa diva dans le canapé et s'en griller quelques autres devant la télé. Or, c'était là, dans le salon, qu'il peignait, et la Carmen, elle lui tapait sur les nerfs. Maquillée pire que les filles qui faisaient le trottoir autour de la gare du Midi, vêtue d'une robe en faux léopard, les cheveux en pétard roux carotte, elle respirait la classe ! En plus, elle causait en mode poissonnière qui vend des caricoles sur le Vieux Marché.

— Carmen est allée à la Côte d'Azur ! dit Georgette sur un ton un peu envieux.

— Elle a les moyens ! railla Magritte.

— Moi, j'ai un vrai travail, lui lança-t-elle. Je ne fais pas mumuse avec des petits pinceaux pour peindre des trucs qui ne ressemblent à rien.

— Mon mari a vendu trois toiles lors de sa dernière expo, assena fièrement Georgette.

— On ne peut pas demander aux gens d'avoir bon goût, hein ! Ça veut dire que je peux enfin espérer une augmentation, alors ?

— Pour ça, faudrait déjà bosser au lieu de feignasser dans le canapé, lui reprocha René.

— Il plaisante, répliqua Georgette. Vous savez, Carmen, il n'est pas que peintre, mon mari… Ça, c'est juste une couverture.

— Ah bon ?

— Oui, oui… Il est détective !

— Oh ! Comme Maigret ?

— Non, lui il est commissaire, objecta Georgette. Plutôt comme Nick Carter.

— Connais pas.

— C'est un détective, héros de romans américains. Et je suis l'assistante de René ! Là, on enquête sur le meurtre de ces deux pauvres filles assassinées récemment : Madeleine et Rosa.

Magritte roula de gros yeux à son épouse, qui décidément avait la langue trop pendue. Qu'est-ce qu'elle avait besoin de raconter ça à cette bête femme de ménage ?

— Madame Madeleine, je la connaissais bien, pensez-vous ! Quand j'ai vu sa photo dans le journal, j'ai failli tomber de mon tabouret.

— Ah bon ?

— Ben oui, je faisais le ménage chez elle.

— Si c'est pareil que chez nous, se moqua René, ça ne devait pas être bien reluisant.

Ce fut au tour de Georgette de lancer un regard incendiaire à son époux. Ce couillon allait rater l'occasion de lui tirer les vers du nez.

— C'est pour rire hein, tenta-t-elle de rattraper. Et comment elle était, la Madeleine ?

— Très sympathique. Elle m'offrait toujours une petite fine quand j'arrivais, pour me mettre en forme.

Message reçu…

— Vous avez dû avoir un choc alors quand vous avez appris que son mari l'avait tuée.

— C'est pas lui.

— Ah bon ? fit Georgette, radieuse. C'est bien ce que je me disais, aussi…

— Pourtant, chicana René, la police est formelle. Et quand il s'est suicidé, il a laissé ses aveux.

— QUOI ? Il s'est suicidé ? s'étonna Carmen. Dans la presse, ils ont écrit qu'il avait été retrouvé mort à son domicile. J'ai cru à une crise cardiaque ou quelque chose du genre.

— Il s'est pendu.

— C'est impossible ! Jamais Roger n'aurait fait ça. C'était un bon vivant. Et il n'aurait jamais tué sa femme.

— Il la trompait… Et elle n'était pas une sainte non plus, précisa Georgette.

— Et alors ? C'est pas pour cette raison qu'il ne l'aimait pas. Il avait juste besoin de distractions, comme la plupart d'entre nous. C'est pas un péché que d'avoir envie de s'amuser. Il ne lui aurait jamais fait de mal, je peux vous l'assurer. Même qu'il lui avait offert un cœur en or, je l'ai vu, avec un *M* gravé dessus. Madame Madeleine me l'a montré. Elle lui avait dit «*M* comme Madeleine», et il avait répondu «Non *M* comme aime».

— Un poète, ce Roger ! persifla René.

Georgette, qui était ravie que sa femme de ménage soit du même avis qu'elle concernant l'innocence de Roger Dutilleul, se fit l'avocate du diable.

— Il a peut-être tué par excès de jalousie, non ? On peut imaginer qu'il ait écrit ces lettres à son épouse et à sa maîtresse, leur donnant rendez-vous en se faisant passer pour un autre, histoire de les piéger et de vérifier si elles lui étaient fidèles. C'est souvent ceux qui interdisent aux autres de fumer qui s'en grillent une en cachette, c'est bien connu.

— Peuh, il était pas jaloux. Et sa femme non plus. Chacun vivait sa p'tite vie peinarde et c'était pas le genre à chipoter ni à se poser des problèmes. Madame Madeleine savait que c'était un coureur de jupons cependant elle s'en fichait, du moment qu'il ramenait sa paie et qu'il était gentil avec elle. Elle, c'était une rêveuse, du style à croire encore au prince charmant alors qu'on sait bien qu'ils pètent comme tout le monde.

— Vous êtes la Verlaine de la loque à reloqueter, lâcha Magritte.

— Qui ça ?

— Rien. À propos de paie, enchaîna René, il ne vous a pas augmentée ces derniers temps ?

— Non, mais il me donnait toujours une grosse dringuelle pour mes extras.

— Allez-vous donc ! Vous preniez les poussières sur son pantalon ?

— Je ne vous permets pas d'insinuer quoi que ce soit ! Je suis une honnête femme et…

— Mon mari vous charrie, Carmen.

— Oué, je vois ça ! En tout cas, monsieur Roger, lui, il était généreux.

— Peut-être que chez lui vous ne passiez pas votre temps dans le canapé, objecta René. On sait tous que vous n'êtes pas la reine de la loque à poussière…

— J'ai d'autres talents, susurra-t-elle.

— Donc, pour en revenir à nos petits meurtres, dit Georgette, selon vous ce n'est pas Roger Dutilleul le coupable.

— C'est pas parce qu'on a un *boentje* pour une autre qu'on est un criminel, *zeg*. Puis, vous en connaissez beaucoup, vous, des qui offrent un cœur en or à celle qu'il aime, en plus gravé chez le bijoutier de la reine, avenue de la Toison-d'Or ?

Georgette regarda son mari, qui nota l'info. Il allait rendre visite à ce bijoutier. Peut-être pourrait-il lui donner quelques renseignements au sujet de son client ? Il ne fallait négliger aucune piste. C'est ce que lui avaient appris ses héros américains, Nick Carter et Pinkerton, personnage ayant réellement vécu et qui consacra sa vie à traquer les auteurs des crimes les plus mystérieux.

Lorsque son mari sortit la chienne, Georgette en profita pour donner l'enveloppe rouge à sa femme de ménage.

— À propos de prince charmant, il y avait ça pour vous dans ma boîte aux lettres. Enfin, vu la couleur de l'enveloppe, se rattrapa-t-elle, je suppose qu'il s'agit d'un mot d'amour.

— J'aurais préféré un diamant, décréta Carmen.

Elle l'ouvrit, la lut et la remit dans son enveloppe sans faire de commentaire. Puis elle regarda Georgette.

— Vous ne me demandez pas ce que c'est ?

— Non, je ne suis pas curieuse…

— Les hommes sont forts pour le baratin. Moi ce que je veux, c'est qu'on m'emmène en décapotable à Biarritz. La littérature je m'en fous, je veux des paillettes.

— Vous êtes difficile, vous ! lui fit remarquer Georgette.

— Parce que je le vaux bien ! N'oubliez pas que j'ai été élue Miss Butagaz. C'est quand même pas rien, hein.

— Non peut-être !

Georgette pensa qu'à sa place elle serait un peu inquiète. Ce prétendant savait qu'elle venait chez les Magritte, donc il l'avait suivie…

Carmen avait beau crâner, Georgette avait bien remarqué ce petit sourire quand elle était en train de lire le mot doux. Le pauvre facteur n'avait plus aucune chance. Mais ce serait trop cruel de lui révéler ce secret. Et elle décida de le laisser espérer. Comme lui disait sa grand-mère, « L'espoir fait vivre ». Mais surtout, les tentatives de séduction de Ferdinand constituaient une de ses distractions favorites.

45.

Après avoir été faire faire pipisse à Loulou, Magritte rentra chez lui. Ça papotait toujours dans la cuisine, et ça rigolait. Tant mieux, il pouvait se mettre à peindre sans être dérangé par la miss Butagaz, prix que Carmen avait gagné lors d'un concours dans son village et dont elle ne cessait de se vanter, au point de l'avoir mis sur son C.V. Ainsi, la diva de la loque à poussière avait remporté le trophée dans son bled paumé et était devenue la vedette du café des Colombophiles. Était-ce ce titre glorieux qui avait subjugué Ferdinand, leur facteur, devenu fou amoureux de Carmen, qui l'envoyait chaque fois balader, préférant les clefs de Mercedes aux pinces à vélo ?

Le pauvre ne savait pas quoi faire pour séduire cette teigne. Une fois il se laissait pousser la moustache – persuadé de ressembler à Clark Gable –, puis voyant que ça ne marchait pas, même pire, elle se moquait de « ses trois poils sous le pif », il la coupait. Une autre fois, il mettait de la gomina et elle le traitait de mafieux… Bref, il ne savait que faire pour attirer son attention, en vain ! Mâdâme se foutait du facteur comme de son premier plumeau.

René fit le tri de ses dix pinceaux étalés sur la desserte, choisit quelques tubes de couleurs, saisit sa palette et s'installa devant son chevalet posé dans le coin qu'il appelait le « boudoir de Georgette ». Puis il attaqua une peinture dont l'image était née peu après sa rencontre avec Mathilde et qui prenait vie au fur et à mesure qu'il la revoyait. Pour lui, Mathilde était multiple et cachait d'autres femmes en elle. Il l'imagina nue de face, le corps entouré d'une immense chevelure blonde ondulée ; à sa droite, la même qui regardait ses seins et à sa gauche, encore la même, de biais, qui elle aussi regardait les seins de celle du centre. Sur le dos de la troisième Mathilde, un crapaud s'accrochait à ses cheveux. Était-ce lui le batracien ? Derrière la femme multiple, un ciel nuageux, et de chaque côté, une tenture écarlate... Les trois grâces cachaient le paysage. Qu'y avait-il derrière elles ? Ici, le titre s'imposa de lui-même : *Le Brasier*. C'est exactement ce qu'il ressentait, et les longues boucles épousant les courbes parfaites des corps semblaient être des flammes aux reflets roux se fondant presque dans les tentures.

Il peignit jusqu'à midi. Ça sentait le *cabu*, le plat préféré de la diseuse de bonne aventure, car outre ses talents cachés qui lui valaient la reconnaissance éternelle de ses employeurs, Carmen tirait les cartes, ce qui la rendait encore plus attrayante aux yeux de Georgette.

— René ! Viens une fois voir !

D'habitude, il lâchait tout et arrivait ventre à terre, ne crachant pas sur un moment de récré, or là il n'avait nulle envie de retrouver les crocs acérés de cette folle de Carmen, qui se permettait des avis sur sa peinture et qui n'y connaissait rien.

— Suis occupé !

— Ça concerne les meurtres.

Magritte poussa un soupir, posa son pinceau et essuya ses mains maculées de vermillon. La curiosité l'emportait sur sa réticence à rejoindre Madame Soleil. Sans doute s'imaginait-elle que parer ses doigts noueux de bagouses et les manucurer – pour ça qu'elle ne pouvait pas faire le ménage, fallait pas prendre le risque de casser ses ongles – décuplait ses pouvoirs extralucides.

Carmen et Georgette étaient penchées au-dessus d'un jeu de tarots. L'odeur de chou rendait la scène cocasse.

— Expliquez, Carmen, l'incita Georgette.

— Je sais pas si ça va servir à quelque chose, il y connaît quand même rien au tarot de Marseille, ce *snul*.

— Comme vous en peinture. Et malgré tout vous donnez votre avis, lança Magritte.

Ces ignares qui se permettent de juger l'art avec leur ego et leurs frustrations, contents de se donner de l'importance en éructant une critique dont il ne faisait pas plus de cas que d'un rot, lui avaient toujours hérissé le poil.

— Arrêtez vos querelles de chiffonniers ! René, assieds-toi et écoute.

Il obtempéra de mauvaise grâce, regrettant déjà d'avoir quitté son chevalet.

Carmen prit un air inspiré et commença à décrypter les cartes.

— Sur Madeleine, il y a la mort.

— Quelle surprise !

— Madame Georgette, dites-lui de la fermer, sinon j'arrête. Il m'énerf.

Le regard de Georgette lança des roquettes à son mari, l'incitant à se tenir à carreau. Il avait parfois l'impression de se faire gronder comme un gamin qui a fait une grosse bourde.

— Bon, si on ne m'interrompt plus, je continue. Les esprits fichent le camp quand on se moque d'eux.

De l'esprit, encore faut-il en avoir, faillit lâcher Magritte, mais il s'abstint.

— Donc sur Madeleine, nous avons la mort. En face, le diable, qui signifie que sa mort est liée à une machination, à des secrets, des choses cachées. En haut nous avons le pendu, c'est Roger. Sur lui, il y a l'amoureux partagé entre deux femmes. Il ne leur aurait jamais fait de mal puisqu'il y a l'ange avec ses flèches au-dessus de sa tête.

— Ah ben s'il y a l'ange, se moqua Magritte, c'est sûr qu'il était protégé par ses plumes.

— Madame Georgette, dites-lui un peu de fermer son clapet, à ce communiste !

— Mon mari ne fait pas de politique.

— Ah bon ? Je croyais… Vu qu'il dit beaucoup de conneries…

— Allez faut pas faire après, vous voyez bien qu'il est taquin, c'est dans sa nature. Continuez, moi j'écoute.

Carmen poussa un soupir de charrette à bras.

— En conclusion, le jugement, vous allez avoir des révélations ! Y a l'ange qui joue de la trompette dans son nuage et les gens qui sortent de leur tombeau. Ils sont soulagés ! Vous n'êtes pas au bout de vos surprises, je vous le dis.

— Ouais, fit Magritte, pas convaincu. Qui prouve que vous n'influencez pas les cartes, hein ?

— Vous me prenez pour un charlatan, c'est ça ! s'écria Carmen, montant sur ses ergots.

— Pas du tout, tempéra Georgette, c'est un sceptique. Il tient ça de son mécréant de père. Faut pas oublier qu'il a obligé ses fils à cracher sur la croix ! Vous imaginez un peu, quelle horreur ?

— Hé bé, je comprends mieux maint'nant.

— Vous comprenez quoi ? mordit Magritte.

— Pourquoi vous êtes djoum djoum. Y a qu'à regarder vos gribouillis, on voit tout de suite que vous n'avez pas toutes vos frites dans le même sachet. Enfin *que soit*, comme disait ma tata Bitume, c'est pas sa faute s'il a été bercé trop près du mur.

— Drôle de nom, votre tante, s'amusa Georgette.

— Oué, on l'appelait comme ça parce qu'elle avait fait le trottoir dans sa jeunesse. Bon là-dessus, annonça Carmen en rangeant ses cartes dans son sac imitation croco, je vais bosser.

Traduire : je vais me vautrer dans le canap' et regarder des imbécillités à la télé.

Il était temps pour Magritte de lever l'ancre.

Il mit son chapeau, enfila sa gabardine, prit son parapluie car il drachait, et il prévint sa femme de ne pas l'attendre pour manger, il avait à faire.

— Je te garderai du *cabu* pour ce soir.

Georgette savait qu'il raffolait du chou rouge, surtout préparé à la wallonne, cru avec des pommes de terre et du lard croquant cuit dans du beurre. On mélangeait le tout, versait la sauce du lard et ajoutait du vinaigre. Parfois aussi quelques pommes cuites. Un délice !

Elle ne lui demanda pas où il allait. Elle le savait.

46.

Monsieur Émile, le bijoutier de la reine, avait sa boutique dans la galerie de la Toison-d'Or, située dans l'avenue du même nom, les Champs-Élysées de Bruxelles. Plus chic, t'as pas. Sur la vitrine, une couronne dorée annonçait la couleur.

Magritte poussa la porte de la bijouterie et fut ravi de trouver un antre qui ressemblait plus à l'atelier de Geppetto qu'à une boutique de luxe. Bien sûr, certains bijoux scintillaient, et les pierres précieuses étaient magnifiées par des petites lumières dirigées sur elles. Toutefois il y avait ici quelque chose qui relevait plus de l'imagerie des livres illustrés par Roberto Innocenti que du luxe clinquant pour mémères veuves de maris fortunés qui l'été jacassent aux terrasses des cafés place M'as-tu-vu à Knokke-le-Zoute, en s'empiffrant de gaufres.

Monsieur Émile, petit homme rondouillard dégarni avec des lunettes rondes, accueillit son visiteur d'un sourire aimable de commerçant qui s'imagine recevoir un client prêt à offrir un diamant à sa maîtresse. Raté !

Habillé comme un employé de bureau, chemise blanche impeccable et gilet avec une poche de laquelle dépassait une montre à gousset, il lâcha une formule de politesse :

— Bonjour cher monsieur, que puis-je pour vous ?

Me rendre éternel, faillit répondre René.

Bien sûr, pas de problème, je vous offre cette bague qui rend immortel.

— Je suis venu vous voir parce que j'enquête sur les meurtres de Madeleine Dutilleul et Rosa Verbeek…

— Oh mon Dieu ! Quelle triste histoire !

— Selon mes sources, Roger Dutilleul était un de vos clients. Ces cœurs ont bien été gravés chez vous ? fit Magritte en les extirpant de son portefeuille.

— Euh… Oui, effectivement. M. Dutilleul était un bon client. Quel drame ! Qui aurait pu penser ça ? Un homme si aimable.

— Il ne faut pas se fier aux apparences. Et je cherche à cerner un peu plus sa personnalité. Mon assistante pense qu'il y a encore des zones d'ombre dans cette affaire…

— Pourtant la police a dit que c'était lui le coupable !

— Et bien entendu, la police ne se trompe jamais.

— Si, bien sûr…

— C'est pour ça qu'il existe des détectives privés tel que moi. Pour dénicher les petits secrets. Vous le connaissiez depuis longtemps ?

— Nous avions sympathisé et il est venu quelquefois manger à la maison. Ma fille l'appréciait beaucoup… C'était un monsieur, comme on dit. Il était bien élevé et avait de l'allure. Toujours élégant.

Trop poli pour être honnête…

— Vous êtes donc de ceux qui pensent qu'il n'a pas pu commettre ces meurtres.

— Oui ! C'est impensable, mais bon… La nature humaine nous réserve parfois bien des surprises. Regardez le Dr Petiot. Un médecin, et de surcroît homme politique !

— Ça, c'est pas un critère…

M. Émile sourit.

— Il a tué vingt-sept personnes, vous vous rendez compte ? Plus que Landru, qui en a tué onze. Il était très intelligent et précoce, à part que tout petit il manifestait déjà des signes de violence. On raconte que, gamin, il a ébouillanté les pattes d'un chat et l'a étranglé après. Bon, sa mère a été enfermée à Sainte-Anne, il avait de qui tenir. Et il avait ouvert son cabinet médical à Paris au-dessus d'un magasin de piété ! Vous vous rendez compte de l'ironie du sort ? En plus, il avait créé un réseau qui s'appelait Fly Tox, comme la marque d'insecticides ! Il promettait aux Juifs de les aider à s'enfuir. Les pauvres arrivaient avec des valises remplies d'argent et de bijoux, et on ne les revoyait jamais. Il empoisonnait ses victimes en leur injectant un prétendu vaccin, puis il les démembrait et jetait les morceaux dans sa chaudière[2].

René Magritte n'en revenait pas ! Il était tombé sur un bijoutier fasciné par les *serial killers*.

— Vous avez l'air bien renseigné sur les tueurs en série, dites donc !

— Oui, ces gens-là m'intriguent. Je ne comprends pas comment on peut en arriver là. Et le cas de Petiot m'interpelle particulièrement parce qu'il a touché des membres de ma famille. Je suis juif.

Émile Lanzenberg, joaillier, j'aurais deviné.

— Il est vrai que des zigotos pareils ça inquiète, fit remarquer Magritte. Ils peuvent être votre gentil voisin qui vous invite à son anniversaire.

— Puis moi j'aime l'humour caustique, et on trouve parfois des pépites. Savez-vous comment s'appelait l'inspecteur qui l'a arrêté ?

— Non, je l'ignore.

— Soutif !

— Ah oui, quand même ! lâcha Magritte.

— Petiot a été guillotiné et, jusqu'au bout, il a gardé le sourire aux lèvres... Mais vous voyez, il n'a jamais tué sa femme ! C'est une des raisons pour lesquelles j'ai

2. Toutes les anecdotes concernant le Dr Petiot sont authentiques.

du mal à croire que Roger Dutilleul ait assassiné son épouse.

— Au fait, c'est vous qui avez gravé les initiales ?

— Non, c'est ma fille. C'est elle qui grave les bijoux. Elle vient les week-ends me donner un coup de main. La semaine elle n'est pas là. Elle suit des cours de dessin et de peinture, précisa-t-il fièrement.

— Bon, je reviendrai samedi prochain.

— Avec plaisir ! Monsieur... ?

— René Magritte.

Il aurait administré une décharge électrique au bijoutier que ça n'aurait pas eu plus d'effet !

— QUOI ? C'est pas possible ! Vous êtes peintre aussi ?

— Oui tout à fait, répondit René, étonné.

Bien que commençant à avoir une certaine notoriété, il était toujours surpris de croiser des gens qui le connaissaient de réputation.

— Oh, c'est incroyable ! s'écria M. Émile. Je suis un grand amateur de vos peintures. J'en ai acheté une lors d'une exposition dans une galerie place du Sablon. Celle intitulée *Shéhérazade*. Ce visage entouré de perles était pour moi. D'ailleurs si ma fille s'est tournée vers la peinture, c'est grâce à vous. Chaque fois que vous exposez vos toiles, on va les voir. On ne manquerait ça pour rien au monde !

— Oh ! s'exclama Magritte, flatté.

— Écoutez, venez manger à la maison lundi prochain. C'est le jour de fermeture de ma boutique. Je vous invite à souper avec votre épouse. Je vois que vous portez une alliance... Je ferai la surprise à Martha. Elle n'en reviendra pas ! Elle vous admire tellement !

René Magritte accepta, curieux de rencontrer la charmante Martha.

Il n'allait pas être déçu...

47.

Mathilde, quelques mois plus tôt…

En rangeant une caisse de vieilles photos achetée au marché aux puces par son patron pour les revendre dans sa brocante, Mathilde tomba par hasard sur un cliché du couvent qui l'avait recueillie. Le couvent du Très-Saint-Sauveur à Anderlecht, célèbre pour avoir sauvé des enfants juifs de la Gestapo. Grâce à une bonne sœur qui avait réussi à gagner du temps, et avec l'aide de compagnes qui l'avaient attachée en utilisant les fils du téléphone pour lui éviter d'être accusée de complicité, ils avaient pu mettre les petits en lieu sûr[1].

Cette photo, avec les nonnes posant devant le couvent, déclencha une tornade dans la mémoire de la jeune femme. Pas qu'elle eût été malheureuse là-bas ; au contraire, les sœurs étaient sévères mais avaient du cœur. Pas toutes… Elle y avait passé de bons et de mauvais moments. Entre accalmies et tempêtes causées par la mère supérieure, une vieille peste à cheval sur les principes pour qui toute manifestation de joie était un péché. Heureusement, il y avait sœur Jeanne, qui aurait pu avoir l'âge de sa mère si elle en avait eu une. Dès que la vieille

1. Histoire vraie.

relique se retirait dans sa cellule, sœur Jeanne prenait Mathilde sur ses genoux et lui racontait des histoires drôles de lapins qui roulent à vélo sur les nuages et les regonflent avec leur pompe. Certains éclataient et il pleuvait, pleuvait…

Le soir, ces petits lapins aidaient Mathilde à s'endormir. Toutefois, malgré les efforts de sœur Jeanne, la fillette qui rêvait des lapins finit par prendre conscience qu'elle n'avait pas de papa ni de maman. Elle venait bien de quelque part, pourtant ?

Vers cinq ou six ans, elle se mit à poser des questions. Les réponses furent : « Tu es une enfant de Dieu et Jésus est dans ton cœur. » Pas très satisfaisant… Qui était ce Dieu qu'elle ne voyait jamais ? Et ce Jésus qui s'était introduit dans son cœur sans lui demander son avis ? C'était pas quelqu'un de bien élevé, pour sûr !

Peu à peu, Mathilde chercha à savoir d'où elle venait vraiment et fallait arrêter de lui raconter des histoires ! Y a longtemps que les lapins ne pédalaient plus dans les nuages… La mère supérieure, détentrice de tous les secrets sur terre comme au ciel, resta bouche cousue. La règle était de se taire sur la provenance des petits orphelins, et elle obéissait. Plus tard, Mathilde comprit que ce mutisme relevait de la même fable que celle du paradis perdu à cause de la connaissance. Si Ève n'avait pas succombé à la tentation de savoir, on serait encore tous dans les jardins d'Éden. Moralité, pour être heureux, ne soyons pas curieux ! Belle devise que de rester idiot et béat en chantant la mélodie du bonheur.

Et la religion lui apparut soudain comme une manipulation. Elle devint méfiante et fit de « Ni dieu, ni maître » sa devise.

Quand elle put sortir du couvent, à sa majorité, Mathilde n'avait rien appris sur son passé, si ce n'est que sa mère l'avait abandonnée et confiée à une certaine sœur Louise. Quelques années plus tard, celle-ci avait quitté la maison de Dieu du jour au lendemain, pfouit ! envolée, on n'en parle plus, et on ne prononce plus le nom de cette diablesse qui avait choisi la vie au lieu de l'austérité donnant accès direct aux clefs du grand saint Pierre. C'est sûr, elle irait pourrir en enfer.

Donc, ex-sœur Louise avait disparu avec les secrets de Mathilde, s'il y en avait. Tout ce qu'on lui avait laissé, c'était son petit gilet tricoté. Un souvenir.

Une fois sortie de cette prison de vertu, qu'elle ne pouvait pourtant pas haïr puisqu'elle l'avait recueillie, Mathilde s'était juré de retrouver la sœur Louise. Mais comment ? Quand vous rentriez dans les ordres, vous abandonniez tout et on vous donnait un prénom qui n'était pas le vôtre, pour être certain de faire de vous un être neuf et dévoué à la seule cause de Dieu, ce fantôme que l'on pare de toutes les qualités.

L'idée lui était alors venue d'aller à la maison communale d'Anderlecht pour consulter les archives. Parcours du combattant. Il fallait des autorisations et autres inepties administratives dont se gavent les petits fonctionnaires en mal d'autorité.

Elle finit par tomber sur une dame plus compréhensive que les autres, une certaine Nicki, plutôt rigolote avec sa tignasse crollée. Ici, on disait *krolle kop*. Eut-elle pitié de Mathilde ? Tel est-il qu'elle l'aida dans ses recherches. Et lui trouva l'adresse de sœur Louise, de son vrai nom Maria Martin. Aux dernières nouvelles elle habitait à Namur, jolie petite ville traversée par la Meuse.

Nicki demanda à Mathilde où elle pouvait la joindre au cas où elle aurait des renseignements complémentaires. Cette dernière lui donna l'adresse de l'antiquaire, rue Blaes.

Mathilde avait bien l'intention d'aller rendre visite à la sœur Louise. Mais était-elle toujours en vie ?

48.

Georgette buvait les paroles de René ! Il faut dire qu'il avait l'art de ménager ses effets. Sa visite chez le bijoutier se transforma en un conte de Dickens. Surprise de Georgette quand il arriva au moment où M. Émile avait failli tomber dans les pommes en découvrant qu'il avait devant lui son peintre préféré, l'idole de sa fille ! Bon, René n'avait rien appris de bien surprenant sur ce qui les préoccupait : le tueur de ces dames. Cependant Roger Dutilleul était bien le client de M. Émile et de sa fille, et comme ils avaient sympathisé avec lui, il y avait peut-être encore des choses à découvrir. Parfois les gens ne se rendent pas compte qu'un détail apparemment insignifiant peut avoir son importance.

— Il nous a invités à souper, lui annonça René.

— Tu te rends compte ! On va aller manger chez le bijoutier de la reine !

De ça, il se moquait complètement. *C'est bien un truc de femmes, tiens*, pensa Magritte.

— Quand Carmen saura ça !

— Quoi ? Tu ne lui diras rien. Elle a pas besoin d'être au courant, cette pipelette.

— M'enfin, René, c'est grâce à elle qu'on a eu cette info. Elle a bien le droit de savoir, quand même…

— Toi, quand on te dit un secret, t'as la langue qui brûle.

Georgette soupira. De toute façon, elle ferait comme elle en avait envie.

— Et tu sais ce qui le passionne à part ma peinture ? fit Magritte.

— Les pipes.

— Pff… Meuh non ! Les *serial killers* !

— QUOI ?

— Il est incollable sur le sujet.

— C'est suspect, ça… Pas sain du tout.

— Bah, nous on est bien détectives.

— Pas pareil, objecta Georgette. Nous, on s'intéresse à la justice. On veut retrouver les vrais coupables.

— M. Émile m'a l'air d'un homme bien, précisa Magritte, qui en son for intérieur refusait l'idée qu'un amateur de ses peintures soit louche.

— N'empêche que je trouve malsain la fascination pour les tueurs en série. Il a pas dû être aimé par ses parents quand il était petit.

— Georgette, arrête ! Tu sais bien que j'ai la psychanalyse en horreur, encore plus celle de grand bazar. Seule la philo a grâce à mes yeux, car elle est basée sur la réflexion. La psychologie participe aux délires de ces ramoneurs de cerveau qui croient tout savoir sur les autres et interprètent leurs moindres faits et gestes avec des schémas appris dans les manuels. D'ailleurs, la plupart sont pires que leurs patients. Z'ont un grelot dans le ciboulot.

— T'as tort. Quand on cherche d'où viennent nos problèmes, ça aide parfois à les résoudre.

— Si j'avais fait de la psychanalyse, je ne serais pas devenu peintre. C'est pas pour les artistes.

— Tu aurais peut-être été plus heureux !

— Je le suis ! J'ai une épouse ravissante dont je suis amoureux et j'aime mon métier, qu'est-ce que tu veux de plus ?

— T'as raison, conclut Georgette, qui détestait les polémiques et savait que quand son mari avait une idée sous le chapeau, il était impossible de la déloger. Bon, quand est-ce qu'on va souper chez ton bijoutier ? J'ai hâte !

— Lundi soir. Y aura sa fille, Martha. Elle suit des cours de peinture grâce à moi.

— Je pensais que tu préférais les autodidactes…

— Oui, enfin chacun cherche son chemin comme il peut. Elle était amie avec Dutilleul. Elle aura peut-être des choses à raconter…

— Et naturellement, tu l'imagines très jolie, cette Martha.

— Naturellement ! Je te rappelle qu'elle adore ma peinture. C'est un signe.

Le téléphone sonna et sauva le couple d'une scène de jalousie, ce qui était chez eux plus un jeu de taquineries.

Georgette, habituée à s'occuper des appels, du courrier et de l'intendance pour protéger la bulle de René, se leva.

Au bout de quelques secondes, il l'entendit s'exclamer et pousser un « Noooon ! C'est pas possible ! », comme si c'était la fin du monde ou la nouvelle du siècle, on ne savait pas trop. Piqué par la curiosité, René la rejoignit. Il trouva sa femme assise sur une chaise, le téléphone en main, bouche bée.

— Qu'est-ce qui se passe, mon p'tit poulet ?

— C'est… C'est… C'était…

— La reine d'Angleterre ?

— Non ! Tu devineras jamais !

Elle fit un geste de la main, puis la leva vers le plafond.

— Le pape ?

— Jacques Brel, lâcha-t-elle dans un souffle.

— Hein ???

— Il a vu tes tableaux dans une expo collective et il aimerait te rencontrer. Il sera au café du Métropole demain à partir de 14 heures.

— C'est une blague ?

— J'ai l'air de plaisanter ? J'en suis toute retournée ! Quand je vais dire ça à Carmen…

— Même pas la peine, cette ignare ne sait sûrement pas qui c'est.

Magritte n'en revenait pas. Il allait rencontrer l'Immense Jacques Brel !

Georgette et lui l'avaient vu sur scène, ce fut un des plus beaux moments de leur vie.

49.

Mathilde, quelques mois plus tôt…

Mathilde avait profité de son jour de congé pour prendre le train à la gare du Midi, direction Namur. Elle appréciait cette ville à taille humaine, avec ses vieilles maisons, ses rêves de pierre aux tons d'orage, le beffroi et la place du Marché, où le temps semblait s'être arrêté. Namur était dominé par la citadelle entourée de jardins. On s'y sentait protégé…

Sœur Louise, devenue Maria Martin, demeurait rue de l'Ouvrage, derrière l'église qui avait vu chuter Baudelaire[1]. Namur fut le théâtre de sa mort annoncée. Il eut une attaque due à la syphilis sur les marches de l'église baroque Saint-Loup, qu'il qualifiera de « terrible et délicieux catafalque ».

Punition divine ? À cause de sa détestation des Belges, qu'il relata dans un pamphlet intitulé *Pauvre Belgique*, empreint de colère et de haine, nourri par cette rancœur d'avoir été rejeté, tant il est vrai que le talent se reconnaît souvent après la mort… *Les Fleurs du mal* avaient eu raison de lui. La poésie peut être une plante carnivore, et quand les rimes nous dévorent, il ne reste que la cruauté

1. Authentique !

des mots. On peut toujours se pendre au point d'interrogation ou continuer à petits pas, en titubant sur les points de suspension… Que reste-t-il de nos amours ? Un souvenir, madame, un souvenir.

Mathilde n'était jamais tombée amoureuse. Elle avait entouré son cœur de fils barbelés. N'avait donc jamais connu la souffrance ni la jouissance. Elle aurait pu aimer, s'enivrer de l'odeur des champs de blé, de ces « Je t'aime » murmurés à l'oreille, de ces douces caresses qui bercent nos réveils. Si seulement… Si seulement elle avait eu des parents, des gens qui se seraient occupés d'elle, *même trop, même mal.* Mais comment survivre à l'abandon ? Comment ne pas se sentir rejetée, un déchet, un paquet de linge sale, une erreur de la nature ? N'aurait pas dû naître. Quand ceux qui vous mettent au monde vous flanquent à la poubelle, comment avoir envie de sauter à la corde avec l'amour sans désirer dès son plus jeune âge l'enrouler autour de ses rêves et les jeter à la mer ?

Mathilde avait longuement hésité. Pourquoi vouloir à tout prix découvrir une vérité qu'au fond d'elle-même elle connaissait déjà ? Quel cœur de pierre faut-il avoir pour se débarrasser de son enfant, alors qu'il serait plus heureux sous les ponts avec l'amour de ses parents que dans une grande maison de riches ? Avec le temps pourtant, Mathilde, détachée de toute rancœur et surtout devenue imperméable au chagrin, décida de creuser pour connaître la vérité. On aurait dit que cette histoire n'était plus la sienne et était arrivée à une héroïne de roman. Le moment était venu de savoir…

Elle espérait de toutes ses forces que sœur Louise était encore en vie. Elle se souvenait de son odeur de roses ; c'était elle qui s'occupait de l'entretien des jardins. Soudain, elle se rappela aussi un cauchemar enfoui… Sœur Louise, une tige de rose à la main, lui fouettait le dos parce qu'elle avait volé des biscuits dans la boîte du réfectoire. Était-ce vraiment arrivé ou l'avait-elle rêvé ?

Les images flottaient, floues, dans les yeux de la poupée qui avait partagé ses nuits.

Arrivée au 18, rue de l'Ouvrage, Mathilde sonna à la porte en bois. Et attendit. Les cloches du beffroi rappelaient le temps qui passe comme une prière réunissant tout le monde, les pauvres comme les nantis.

Après un moment qui lui parut long, elle entendit enfin des pas dans le couloir. Une très vieille dame, qu'elle reconnut à son regard d'acier contrastant avec son sourire craintif, se tenait courbée devant elle, s'agrippant à la poignée, prête à refermer la porte.

— Sœur Louise, bredouilla Mathilde.

— Sœur Louise est morte.

— Et Maria Martin ?

— C'est moi.

— Vous ne me reconnaissez pas ?

La vieille femme fixa sa visiteuse derrière ses grosses lunettes rondes. Mathilde sortit son petit gilet en tricot de son sac et le lui tendit.

— Enfin ! soupira la bonne sœur. J'ai cru que tu ne viendrais jamais. Tu as failli arriver trop tard. Je n'en ai plus pour longtemps.

50.

Le Grand Jacques était attablé à la terrasse du Métropole[1], l'endroit le plus prestigieux de Bruxelles, place de Brouckère.

«Place de Brouckère, on voyait des vitrines
Avec des hommes, des femmes en crinoline
Place de Brouckère, on voyait l'omnibus
Avec des femmes, des messieurs en gibus…»

De style Arts déco et Art nouveau, ce lieu mythique faisait penser à ce vieil hôtel du film *Mort à Venise*. Là, dans l'ascenseur au grillage en bois ou dans ces vastes chambres où on pouvait s'imaginer la danse du cygne, se vivaient les dernières histoires d'amour, comme des rêves suspendus, des jupes soulevées laissant entrevoir des bas à couture. Mais ça,

«C'était au temps où Bruxelles rêvait
C'était au temps du cinéma muet
C'était au temps où Bruxelles chantait
C'était au temps où Bruxelles bruxellait…»

---

1. L'hôtel Métropole a malheureusement fait faillite… À moins d'un miracle ?

René avait proposé à Georgette de l'accompagner. Elle avait refusé.

— Je ne saurais pas quoi dire, il m'impressionne tellement ! J'aurai l'air bête à le regarder avec des yeux de midinette. Et toi, tu me feras une scène de jalousie !

— Pas du tout ! Je suis plus beau que lui.

— René, tu sais bien que nous les femmes, on attache plus d'importance à ce qu'on entend plutôt qu'à ce qu'on voit. Quand Brel chante *Il pleut*, je le trouve très sensuel.

La vraie raison pour laquelle Georgette avait laissé son mari aller seul à ce rendez-vous mythique[2], c'est qu'elle avait l'intuition que Brel souhaitait un tête-à-tête avec René, et qu'il se sentirait plus à l'aise. Elle avait entendu des interviews de lui à la radio où il disait : « Dès qu'il y a une femme, on triche parce qu'on veut paraître un autre. »

Beaucoup de gens le croyaient misogyne, c'était faux. Jacques Brel avait eu le courage d'avouer que les femmes étaient un mystère pour lui, il n'avait jamais dit qu'il ne les aimait pas. Quant à son « J'aime trop l'amour pour beaucoup aimer les femmes », Georgette n'y entendait qu'un hymne à l'amour fou. Brel était un grand romantique.

Magritte, qui ne portait son chapeau boule que pour les photos, l'avait mis cette fois. Un peu en hommage à celui qu'il admirait tant. Pour lui, aucun chanteur ne l'égalait. Il adorait le voir sur scène, avec ses grands bras qui cherchent la tendresse, son regard d'enfant perdu, sa dégaine unique, nous laissant planer dans la fumée des bars d'Amsterdam, des putes, des marins paumés et des petits vieux qui « ne parlent plus, ou alors seulement, parfois, du bout des yeux ». Et par-dessus tout, il y avait

2. La rencontre entre Magritte et Brel n'a, à ma connaissance, jamais eu lieu, mais elle aurait pu…

dans la voix de Brel une force et une fêlure qui le faisaient chavirer.

Magritte avait laissé un peu de son passé au Métropole. C'est là qu'il donnait rendez-vous autrefois à Jeanne, la femme que son père avait épousée après la mort de sa mère. Le jeune René n'avait pas eu de mal à la séduire... Faisait-il cela par vengeance contre ce mari volage qui n'avait jamais respecté sa femme ou parce qu'il se fichait des convenances ? Il ne s'était pas posé la question. Son père lui-même n'adoptait-il pas une attitude aux antipodes des valeurs sociales et de la famille ? Puis, faut dire que la Jeanne était gironde et plutôt appétissante.

Arrivé devant la table du Grand Jacques, Magritte ôta son chapeau et le salua. Brel lui adressa un sourire immense. Cet homme qui touchait les étoiles était un grand timide et un artiste humble. Comme tous ceux qui ont du talent.

Jacques Brel commanda deux Leffe, ici c'était de mise.

— Merci d'être venu, lui dit-il.

Cet homme qui lui faisait l'honneur de passer un peu de temps avec lui le remerciait d'être là ! Magritte n'en revenait pas.

Brel lui confia ce qu'il aimait tant dans sa peinture, et cette liberté qui cassait tous les codes[3].

— Je me sens en affinité avec vous. On a plein de points communs. On m'avait demandé de renoncer à mes rêves en forme de « bateaux fantômes » et j'ai bossé pendant quatre ans dans la cartonnerie de mon père. Lui, c'était un chercheur d'or. L'ennui, c'est qu'il en a trouvé... J'ai lu dans une interview que vous aussi, vous aviez travaillé dans une des entreprises paternelles, que vous étiez un rebelle à l'école, tout pareil. J'ai senti ce « je fais c'que je veux » dans vos tableaux. C'est ma devise. Et j'aime le cinéma, comme vous.

3. Les dialogues sont issus de propos tenus par Brel et Magritte. Mais pas ensemble.

— Oui j'adore ça, enchaîna Magritte. J'ai même acheté un petit appareil à cinéma Pathé ainsi que des films vierges, et je m'amuse énormément à dessiner sur les pellicules pour en faire des sortes de dessins animés que je projette dans ma cave, pour mes amis et les enfants du quartier.

— Voilà, c'est ce qui me séduit par-dessus tout chez vous, cette impression que vous donnez de jouer, pas seulement de vous amuser à créer des univers, à bousculer des codes, non, de jouer avec ceux qui regardent. Nous sommes restés des grands gosses.

— Parfois, avoua Magritte, je me sens dans le même état d'innocence que l'enfant qui croit pouvoir saisir de son berceau l'oiseau qui vole dans le ciel.

— À nos rêves ! lança Brel. On ne réussit qu'une seule chose, on réussit ses rêves. Un homme se termine vers seize, dix-sept ans. Il a eu tous ses rêves. Il ne les connaît pas. Mais ils sont passés en lui. Il sait. Il a ressenti le goût des choses et il passe sa vie à vouloir réaliser ces rêves-là. Un enfant, c'est le dernier poète d'un monde qui s'entête à vouloir devenir grand.

— Je voudrais vous poser une question, fit Magritte, pour qui écrire des chansons participait du mystère. Pour vous, chanter représente quoi ?

— C'est un acte d'amour, un acte de tendresse. Actuellement, il y a plus de gens qui pètent que de gens qui chantent. Moi, je ne veux pas montrer mes fesses. Il faut garder une certaine dignité. Une chanson, vous voyez, c'est une aventure. Ça commence par une idée précise mais pas complète. Cette idée se promène en vous pendant des mois et elle mûrit. Puis un beau jour, on l'écrit. Quand on invente quelque chose, on est comme une aspirine, et ça aide les gens à ne pas penser à ce qui les ronge. Pour moi, être artiste, c'est avoir mal aux autres. Et pour vous, l'acte de peindre, c'est quoi ?

— C'est exactement pareil. Mes idées naissent de la même façon. À certains moments, des images imprévisibles m'apparaissent. Elles sont les modèles de tableaux que j'aime peindre. Ces images me semblent dominer mes idées et mes sentiments, bons ou mauvais. Elles les dominent vraiment si elles révèlent le présent comme un mystère absolu. Et mes tableaux sont conçus comme des signes matériels de la liberté de pensée. Ma peinture n'a d'intérêt véritable que pour ceux qui vivent au présent. La liberté, c'est la possibilité d'être et non l'obligation d'être.

— Vos titres m'intriguent.

— Les titres de mes tableaux ne sont pas des explications et les tableaux ne sont pas des illustrations des titres. La relation entre les deux est juste poétique.

— J'aimerais vous acheter une peinture. J'aurais aimé aussi avoir un Delvaux. Je les trouve étranges, ces fillettes perdues dans les gares et les squelettes dans les serres... Vous vous connaissez ?

— Vaguement, répondit Magritte, qui ne pouvait pas souffrir celui qu'il qualifiait de « décorateur de pacotille » et qu'il surnommait Delvache !

— Mais voilà, je n'ai pas de chez-moi, même si je reviens de temps en temps voir ma femme et mes filles, je suis un nomade. J'ai horreur de la routine. Je crois que tout homme est nomade. Il est fait pour se promener, pour aller voir de l'autre côté de la colline. Par essence, la femme l'arrête. Elle a envie qu'on lui ponde un œuf. L'homme est con, il reste près de cet œuf. Il va chercher de la paille pour mettre en dessous et un jour, il pleut. Alors il fait un toit. Puis y a des courants d'air, et il va chercher de la paille pour faire des murs. Et il reste là.

— Moi je voyage avec mes peintures dans mon salon.

— Peu importe, fit Brel, à chacun sa façon de s'évader. Il y a des voyageurs immobiles. Partir ou arriver, c'est la même chose. Il faut savoir ce qu'on veut et ce qu'on fuit. C'est une histoire de gosse…

— C'est sans doute pour cette raison que je resterai toujours ce gamin qui avait chié dans un trombone et que j'aime donner des coups de pied au cul quand j'en vois un !

Brel éclata de rire.

— T'as raison, approuva-t-il en le tutoyant soudain. Revendique tes conneries, elles sont à toi. Et surtout, vis à fond. On vieillit bien trop vite ! La sagesse, ça sera pour quand on sera dans l'trou. Il faut fuir la gravité des imbéciles. Les hommes prudents sont des infirmes. Je déteste l'homme assis.

Il alluma une cigarette et dit :

— Je ne te demande pas si t'en veux une, tu fumes la pipe, toi ! Comme moi quand j'étais jeune.

Et il se mit à fredonner :

— « Dans ma pipe, je brûlerai mes souvenirs d'enfance, mes rêves inachevés, mes restes d'espérance… »

— La pipe, c'est mon côté fétichiste. Pour ressembler aux détectives, héros de mon enfance. Je l'ai toujours avec moi, expliqua Magritte en la sortant de sa poche. Pourtant ça me rend malade de la fumer. Le calumet de la paix, c'est pas pour moi, s'amusa-t-il.

— Ça ne nous empêche pas d'être des Indiens ! Quand j'étais petit, on a oublié de me dire que le Far West n'existait pas. Si j'étais l'Bon Dieu, je ne serais pas fier. Je sais qu'on fait ce qu'on peut, mais y a la manière… Allez, on va trinquer à la santé de ces cochons de bourgeois, et aux femmes, à Mathilde qui est revenue, à Madeleine et ses lilas, à Rosa et à toutes celles qui nous font délicieusement mourir…

Ils vidèrent leur verre de bière en silence. Dieu, quand il apparaît au milieu des mots, cesse de mentir au moment où il les chasse. On aurait dit que même le brouhaha de la place de Brouckère s'était tu. Brel et Magritte étaient dans une bulle de silence figeant ce moment inoubliable de deux géants qui se prenaient pour des enfants.

« Ce soir, j'attends Madeleine

J'ai apporté du lilas… »

Cette chanson résonnait dans la tête de Magritte, comme si Madeleine voulait lui dire quelque chose. Il y a des murmures qui ressemblent à des voiles de mariées déchirés.

51.

Mathilde, quelques mois plus tôt…

L'intérieur de la maison de Maria Martin était austère, à croire qu'elle avait la nostalgie de ses années de couvent. Juste le strict nécessaire, le rudimentaire, un lit sur lequel était jetée une couverture miteuse, un buffet, une table et une petite télé posée dessus. Mathilde soupçonnait l'ancienne religieuse de ne regarder que la messe le dimanche. À se demander pourquoi elle avait quitté les ordres. Seule photo encadrée et accrochée au mur : Jésus avec son air de martyr, entouré de roses en plastique qu'elle avait dû coller pour faire joli. N'est pas Pierre et Gilles[1] qui veut…

Sœur Louise proposa un café.

— Je n'ai rien d'autre, je ne t'attendais pas…

Mathilde refusa. L'endroit ne lui inspirait pas confiance. Elle s'imaginait des tasses mal lavées avec, qui sait, des mouches collées au fond, beurk !

Après avoir pris place sur la seule chaise face au lit, sur lequel la sœur s'assit, elle entra dans le vif du sujet.

---

1. Couple d'artistes plasticiens français, Pierre Commoy (né en 1950) et Gilles Blanchard (né en 1953) sont des photographes de stars dans l'esprit de Frida Kahlo.

— Je suis venue pour savoir s'il vous reste une piste ou un souvenir qui pourrait m'aider à retrouver ma mère. C'est vous qui m'avez recueillie. Vous vous souvenez d'elle ?

— D'abord, ma petite, pourquoi as-tu attendu aussi longtemps avant de venir me voir ?

— À vrai dire, j'en voulais beaucoup à mes parents et j'ai passé ma vie à enterrer mes souvenirs, y compris ceux de l'orphelinat, pour pas souffrir. Je voulais tourner la page. Je travaille chez un antiquaire à Bruxelles et, en rangeant ses caisses, je suis tombée sur une photo du couvent. Ce fut un choc. J'ai pris ça comme un signe.

— De quoi te souviens-tu ?

— De la façon dont j'étais habillée. Pas difficile, puisque je n'avais qu'une seule robe avec des cerises dessus, et de ce petit gilet bleu que j'espérais tricoté par ma mère. Je me souviens de vous aussi et de votre odeur de roses…

Sœur Louise donna l'impression d'être troublée. Qu'avait été sa vie ? Pourquoi avait-elle tout quitté alors que visiblement, elle croyait toujours en Dieu ?

— C'est tout ?

— Oui, mentit Mathilde, pas certaine que cette histoire de tiges de roses cinglant sa peau, celle de son dos et de son ventre de petite fille, n'était pas le fruit de son imagination fertile.

Elle se demandait si elle n'avait pas lu ça quelque part. Souvent, l'irréel et le vécu peuvent former une danse macabre autour de notre passé. Alors, pourquoi s'était-elle sentie mal à l'aise en voyant ces roses autour de la photo du Christ ?

— Comment était ma mère ? Et vous a-t-elle dit pourquoi elle m'avait abandonnée ?

— Elle avait des cheveux bruns, courts, et l'air triste. Je pense qu'elle ne t'a pas amenée là de gaieté de cœur, mais j'ai compris qu'elle n'avait pas le choix.

— On l'a toujours.

— Nous sommes parfois guidés par des forces qui nous dépassent. Ou par des circonstances que nous n'avons pas forcément choisies.

Mathilde avait appris que les suppositions servaient souvent d'excuses à nos propres dérives.

— Elle vous a bien laissé ses coordonnées ou son nom ?

— Non. Quand les gens sont désespérés, on les accueille. La maison de Dieu n'est pas un commissariat de police. Elle pouvait venir te reprendre quand elle le voulait.

— Et elle n'est jamais venue…

— Si, une fois. Elle m'a demandé de tes nouvelles.

— Elle n'a pas voulu me voir ? s'étrangla Mathilde.

— Je pense qu'elle avait peur de céder à la tentation de te reprendre. Visiblement, elle ne pouvait pas. Quand je l'ai revue un an plus tard, elle n'était plus que l'ombre d'elle-même. Je crois qu'elle était tombée dans la drogue. Et j'ai compris que sa visite était une sorte d'adieu. Mais avant de partir, elle voulait s'assurer que tu étais bien soignée et qu'on s'occupait de toi. Mon intuition ne m'a pas trompée. Un mois plus tard, on a appris sa mort dans le journal. On l'a retrouvée sans vie dans le caniveau.

— Que disait cet article ?

— Oh pas grand-chose. Juste ça. Tu sais, la mort des petites gens n'intéresse personne. Mais si la reine des Belges sort avec son chapeau de travers, elle a droit à la couverture d'un magazine.

— Comment avez-vous su que c'était elle ? Vous connaissiez son nom ?

— Il y avait une petite photo d'elle datant de quelques années auparavant. Genre photo d'identité. Je l'ai tout de suite reconnue. Elle avait un beau visage qu'on n'oublie pas, et des yeux tristes.

— Vous ne vous souvenez vraiment pas de son nom de famille ?

— Non, désolée. Il y a si longtemps.

— Et bien sûr, elle ne vous a pas parlé de mon père…

— Non. Elle m'a juste demandé de prendre soin de toi. Ah oui, et aussi je me rappelle qu'elle a insisté pour qu'on te laisse ta poupée. Elle a dit qu'elle s'appelait Nina. Ça avait l'air important pour elle.

— Ah bon ? J'ai toujours cru que c'était un cadeau des sœurs ! s'exclama Mathilde.

— Pas du tout. Tu l'as toujours ?

— Oui… Je l'ai mise dans une malle. J'ai bien souvent eu envie de m'en débarrasser, parce qu'elle fait partie de mon passé et que, pour me reconstruire, j'avais besoin de ne plus y penser. Je n'y suis pas parvenue. On a du mal à se défaire des liens de notre enfance, même si elle fut sombre. Un jouet, un bonbon rouge au fond de la poche…

Elle faillit ajouter « quelques pétales de roses… ». Pourquoi ce parfum un peu désuet avait-il aussi un goût amer ?

— Puis-je vous demander, si ce n'est pas indiscret, pourquoi vous avez quitté le couvent ?

— Il est inutile de réveiller le serpent qui dort.

Ce furent les dernières paroles de la vieille femme. Elle se leva, signifiant ainsi que la visite était terminée.

Avant de sortir, Mathilde jeta un dernier regard à la photo du Christ, y cherchant une réponse à ses questions. Mais il resta muet. Et les roses lui donnèrent envie de vomir.

Cachée derrière ses rideaux jaunis, l'ancienne religieuse la regarda s'éloigner. Dans ses yeux gris acier se reflétaient les flammes de l'enfer.

52.

Georgette buvait les paroles de son mari lui relatant sa conversation avec Brel. Il lui avait tout raconté autour d'un café dans la cuisine, ne tarissant pas d'éloges à l'égard de cet homme qu'il admirait. Georgette, ça lui avait donné envie d'écouter les chansons de Brel ; « Très bonne idée », avait approuvé René. Puis, il était allé peindre.

Les Magritte avaient tous ses disques.

Elle mit sa préférée sur le tourne-disque : *Amsterdam*. Celle-là la faisait chavirer chaque fois ! Elle avait lu dans un magazine que Brel ne l'aimait pas trop, au début. Et pourtant, le public lui avait fait un triomphe !

> « Dans le port d'Amsterdam y a des marins qui chantent les rêves qui les hantent… »

Elle brûlait d'aller près de René, de le prendre dans ses bras et de danser avec lui. Mais elle ne voulait pas le déranger pendant qu'il peignait. Et elle se mit à danser toute seule dans sa cuisine, redevenue pour un temps la piste de danse du cinéma bleu avec, tout autour, les chevaux de bois qui montent et qui descendent.

Elle enchaîna ensuite avec *Madeleine*.

«Ce soir, j'attends Madeleine
J'ai apporté du lilas
J'en apporte toutes les semaines
Madeleine elle aime bien ça...
Madeleine, c'est mon Noël
C'est mon Amérique à moi
Mais, ce soir, j'attends Madeleine
On ira au cinéma
Je lui dirai des "je t'aime"
Madeleine, elle aime tant ça
Elle est tellement jolie
Elle est tellement tout ça
Elle est toute ma vie
Madeleine, que j'attends là...»

Georgette se rua soudain sur son tiroir, là où René avait rangé les copies des lettres envoyées par le tueur à Madeleine et à Rosa. Elle les relut.

Celle de Madeleine Dutilleul disait :

Cela fait un moment que je t'observe, mais je crains de rester avec mes je t'aime car tu es mariée. Pourtant j'aimerais tant t'emmener loin, en Amérique ou ailleurs. Tu es tellement jolie, tu es toute ma vie.

— Nom d'un chien ! s'écria Georgette. René, viens une fois voir !

Il lâcha ses pinceaux et déboula dans la cuisine.

— Qu'est-ce qui se passe, mon p'tit bibi ?

— Regarde ! fit-elle en lui montrant la lettre.

— Oui... Ben quoi ?

— Le tueur s'est servi de la chanson de Brel. «Ce soir j'attends Madeleine, j'ai apporté du lilas...» On l'a retrouvée morte avec un bouquet de lilas écrasé sur son ventre. «Madeleine, c'est mon Noël, c'est mon Amérique à moi... On ira au cinéma...» Il lui a donné rendez-vous au ciné. « Elle est tellement jolie, elle est tellement tout ça, elle est toute ma vie… »

— C'est fou ! s'exclama René. En revenant d'avoir vu Brel, cette chanson me trottait dans la tête et je me demandais pourquoi.

— On va vérifier si la lettre à Rosa est aussi inspirée de la chanson de Brel.

Elle déplia la lettre sur la table.

J'aimerais t'emmener promener et regarder s'envoler les corbeaux avec nos rêves. Retrouvons-nous ce soir à 20 heures, sous les arcades du Cinquantenaire. J'aurai un bouquet de roses pour ma Rosa.

Et ils écoutèrent *Rosa.*

« *Rosa, Rosa, Rosam…*
C'est le plus vieux tango du monde
C'est le tango du collège… »

— Tu te souviens quand je t'ai dit que tous les détails avaient leur importance. Les roses emballées dans ce papier journal avec une photo d'un danseur de tango ! Et attends… Il lui propose d'aller regarder les corbeaux, et lui a donné rendez-vous sous les arcades !

« C'est l'tango des promenades
Deux par seul sous les arcades
Cerclés de corbeaux et d'alcades… »

— Mince ! s'écria Magritte. Mon p'tit poulet, tu es géniale !

— Je sais, fit-elle modestement.

— Bon, tout ça est très bien, mais à quoi ça va nous servir de savoir que Roger Dutilleul aimait Brel ?

— Déjà, renseigne-toi pour savoir si c'était le cas.

— Il a très bien pu s'inspirer de ses chansons, sans forcément l'apprécier...

— Peu probable ! objecta Georgette. Il faut bien les connaître, quand même, pour écrire ces lettres et réfléchir au moindre détail comme le cinéma, le danseur de tango...

— Tu as raison. Admettons que l'on découvre qu'il était fan de Brel, ça prouve quoi ?

— Enfin René, réfléchis. S'il n'était pas fan de Brel, il y a peu de chances qu'il ait eu l'idée de s'inspirer des paroles de ses chansons pour écrire ces lettres ! Donc, on pourrait penser qu'elles ont été rédigées par quelqu'un d'autre. Je t'ai dit que je ne crois pas qu'il soit l'assassin. La police fait fausse route. C'est pas la première fois.

— Si on doit se mettre à chercher parmi tous les fans de Brel, on n'a pas fini !

— T'es bête ! Il faudra enquêter parmi l'entourage des victimes.

— Et le fait que leur prénom correspond aux titres des chansons, c'est un hasard tu crois ?

— Je ne sais pas. Madeleine et Rosa sont des prénoms courants. En tout cas, si l'assassin court toujours, ce que je crois, souviens-toi de mon rêve avec la vieille surgie de l'armoire qui me murmurait « Elle est revenue... » Je ne voudrais pas m'appeler Germaine ou Mathilde !

Mathilde...

53.

Mathilde, quelques mois plus tôt

Dans le train qui la ramenait à Bruxelles, Mathilde repensait à sa visite chez sœur Louise. Il y avait chez cette femme quelque chose de trouble. Dans son intérieur flottait une odeur rance, entre les eaux stagnantes et les roses pourries. Certes, Mathilde ne s'attendait pas à de chaleureuses embrassades, mais au moins à un peu de tendresse. L'ancienne religieuse s'était quand même occupée d'elle et d'autres fillettes pendant des années. Elle aurait pu manifester son contentement. Or non, rien. Juste de la froideur. Mathilde lui rappelait sans doute aussi de mauvais souvenirs puisqu'elle avait quitté le couvent du jour au lendemain sans que personne sache pourquoi. Que lui était-il arrivé ? Certaines blessures sont trop douloureuses et pour y échapper, il vaut parfois mieux ne pas chercher à les déterrer.

Il est inutile de réveiller le serpent qui dort…

C'est pourtant ce que Mathilde s'apprêtait à faire en voulant retrouver ses origines. Laisser tomber serait sans doute plus sage. Cependant elle avait besoin de savoir ce qu'elle avait gardé enfoui pendant toutes ces années, s'imaginant pouvoir avancer en tournant définitivement le dos à son passé. Erreur ! Il venait de lui sauter au visage par le biais de cette photo trouvée chez l'antiquaire. Mathilde avait tenté de l'oublier. En vain ! Elle était devenue obsédante, comme si elle cachait un terrible secret qui ne la laisserait en paix que si elle le découvrait. Et si ce secret la tuait ? Il avait des yeux de serpent venimeux...

Arrivée chez elle, elle fonça dans sa chambre et ouvrit le gros coffre en bois où elle avait caché sa poupée. Une rescapée ! Combien de fois n'avait-elle pas volé à la poubelle où, prise de remords, Mathilde était allée la repêcher. On ne peut se débarrasser des roses de son enfance, même si elles ont des épines.

Nina gisait dans son cercueil de bois, parmi des objets sans importance que Mathilde n'avait pas eu non plus le courage de jeter. Elle avait un regard triste en boutons de nacre, des cheveux de laine jaune, une petite bouche qui avait été rouge, une robe blanche délavée, un peu comme celle qu'elle portait enfant. Nina... C'était donc sa mère qui lui avait donné ce prénom. Pourquoi l'avait-elle appelée ainsi ?

Mathilde la prit dans ses bras, pleine de remords. Cette poupée qui avait été sa confidente, l'avait consolée de tous ses chagrins, de ces nuits qu'elle passait à pleurer en silence, ne sachant plus trop pourquoi, probablement parce qu'elle était seule au monde... Cette pauvre poupée, elle l'avait enterrée vivante, avec ses souvenirs, dans une boîte à oubli.

Mathilde lissa ses cheveux, la serra dans ses bras et lui demanda pardon.

Elle défroissa sa robe et chercha à l'enlever pour la laver. Elle avait bien besoin d'être rafraîchie ! Là, elle s'aperçut que son ventre avait été recousu. Elle n'avait jamais prêté attention à ce détail. Somme toute, c'était une poupée de chiffon. Alors pourquoi cette couture plus grossière au milieu du ventre ? Elle la palpa et sentit quelque chose qui craquela sous ses doigts. À l'aide d'une pointe de couteau, elle lui ouvrit le ventre et… découvrit une lettre pliée en quatre.

Mathilde se mit à trembler. *Ta mère a insisté pour qu'on te laisse ta poupée et elle a dit qu'elle s'appelait Nina. Ça avait l'air important pour elle…*

54.

René profita de son après-midi pour aller faire un petit tour du côté de chez Ginette, la mère de Roger Dutilleul. Cette fois, elle lui ouvrit, les cheveux hirsutes, enveloppée dans un vieux châle mauve miteux, chaussée de souliers dorés, et le laissa sur le pas de la porte.

— J'ai pas l'temps, j'attends Luis Mariano, c'est mon nouvel amant.

— Le petit veinard ! Je ne voudrais pas vous retarder dans vos préparatifs…

— Je dois encore mettre mes bigoudis.

— Certes, ça va tout changer ! J'ai juste une petite question à vous poser à propos de votre fils.

— Vous n'êtes pas journaliste ? demanda-t-elle, soudain méfiante.

— Non, non, rassurez-vous.

— Alors je réponds. J'ai pas d'enfants.

— Si, vous m'avez parlé de votre fils, Gérard, la dernière fois que nous nous sommes vus, vous vous souvenez ?

Il se rappelait qu'elle avait substitué Gérard à Roger lors de sa première visite.

— Non, je vous ai jamais vu. Je ne me rappelle que des beaux jeunes hommes.

— Merci !

— De rien.

— Bref, vous avez bien un fils du nom de Gérard, insista Magritte.

— Oui, oui. Qu'est-ce qu'il a encore fait, ce *linkador* ?

— Rien, rien...

Il est mort, mais tu t'en fiches...

— Ah tant mieux ! Je l'ai flanqué dehors, parce qu'il est venu voler mon argent. J'veux plus le voir.

T'inquiète, tu le verras plus...

— C'est un con. Tout le portrait de son père. Alors, qu'est-ce que vous me voulez ? Je suis fiancée à Luis, et les Corses vous savez, ce sont des jaloux.

Quel dommage ! Elle me fait fantasmer.

— Je voulais juste savoir si votre fils aimait Brel.

— En voilà une drôle de question !

— C'est pour un sondage.

— Ah ! Dans ce cas, si c'est pour un truc sérieux, je peux répondre. Non, lui il écoute toujours Annie Cordy. Il aime pas les autres. Il dit qu'elle lui file la patate.

— Il a raison, elle est drôle. Donc jamais Brel, même pas en cachette, vous êtes sûre ?

— Pas son truc. Trop sérieux pour lui. Gérard, c'est pas un intello. Il a une photo de Poulidor au-dessus de son lit.

— Bon, très bien, merci. Je ne vous retiens pas plus.

— Non, parce que aujourd'hui, ce sont nos fiançailles. Luis va me présenter à sa famille et m'offrir une bague avec un rubis. Je vous inviterai au mariage !

— Oh, j'en serais ravi !

— Faudra faire votre chic, hein *menneke*, pasque y aura du beau monde ! Annie sera là, et aussi Bourvil. Après, Luis m'emmènera en voyage de noces à Mexico. Il m'a dit : « Là-bas on oubliera tout sous le soleil, on deviendra fous au son des rythmes tropicaux et tu seras toujours mon paradis des cœurs et de l'amour. »

— Quel charmeur !

— Oué, il est bleu de moi… Bon allez, *menneke*, je vous laisse, je dois encore mettre mes faux cils et retrouver mon string doré assorti à mes sandalettes. Je sais pas où je l'ai mis. L'autre jour, j'ai retrouvé une de mes chaussettes dans le frigo et l'autre dans le pot de farine.

Je ne viendrai jamais manger des crêpes chez vous.

— Dites, n'écrivez pas ça dans vos sondages, hein !

— Ne vous inquiétez pas, il m'arrive aussi d'être distrait.

Quand même pas à ce point-là.

— C'est pas de ça que je vous cause, mais de mes fiançailles avec Luis Mariano. C'est encore top secret. Pour ça que je vous ai demandé si vous étiez pas journaliste. J'aimerais pas que ça fouite dans la presse. Luis veut faire une grande fiesta. Allez *salut en de kost, menneke.*

Et elle lui claqua la porte au nez, s'enfermant avec ses fantasmes. Il avait envie de lui dire : « Hé, Ginette, tu sais que Luis est homo ? »

Son côté sale gosse resta tapi dans son coin avec un bonnet d'âne sur la tête. Faut pas casser les rêves des autres. Le bonheur est souvent décevant dans la réalité. Jamais dans l'imagination.

55.

Tout en se parant de son collier de perles pour aller manger chez le bijoutier de la reine, Georgette, sur son trente et un, jubilait. Elle avait vu juste ! Roger Dutilleul n'aimait pas Brel ou du moins il s'en fichait, donc il n'avait pas pu être l'auteur des lettres envoyées aux victimes.

— René ! Enfile ton beau costume du dimanche, il est repassé.

— On est lundi…

— Et alors ? On va sur son dimanche. C'est quand même un chic monsieur qui pare notre reine de ses plus beaux atours. Faut lui faire honneur. Et puis Carmen, elle vient bien faire son samedi le jeudi.

— Elle vient surtout faire rien du tout, cette feignasse.

— Et mets ta cravate à pois, ajouta sa femme, faisant mine de ne pas avoir entendu. Celle à lignes, c'est plus pour aller rigoler avec tes copains.

Georgette savait que son mari avait horreur qu'on lui dise comment s'habiller. Il suffisait qu'elle demande celle à pois pour qu'il fasse le contraire. Et justement, elle trouvait la rayée plus classe…

Une fois fin prêts, ils prirent un taxi.

— C'est mieux que le tram pour aller chez les gens, décréta Georgette, c'est une question de standing.

René, lui, il s'en fichait complètement, de toutes ces mascarades, cependant si c'était pour contenter son épouse, pourquoi pas.

M. Émile les attendait dans sa maison au bord des étangs d'Ixelles, endroit bucolique et charmant où l'on se croyait à la campagne en pleine ville. Avec des petits canards qui barbotaient sur les rives.

Le bijoutier les accueillit tout sourire. Du couloir, on pouvait apercevoir la table du salon garnie de candélabres.

— Entrez ! Entrez ! Ma fille se pomponne, elle va arriver. À cet âge-là, on est coquette.

— Pas qu'à cet âge, répliqua René en regardant Georgette.

M. Émile prit le manteau vert de Mme Magritte et le chapeau de monsieur, puis les pria cérémoniellement d'entrer dans son « humble demeure », qui ressemblait plus à Buckingham Palace qu'au salon de la tante Paulette.

— On a fait au mieux car ma fille et moi sommes seuls depuis longtemps. Ma femme n'est plus là.

— Oh, mes condoléances, lâcha Georgette, qui avec sa spontanéité commettait souvent des bourdes.

— Elle n'est pas décédée, expliqua le bijoutier. Elle est partie un beau matin avec un communiste ! Vous imaginez ? L'épouse du fournisseur attitré de la reine avec un rouge !

Ça commence bien, pensa Magritte, qui avait adhéré au parti communiste, préférant les cocos aux bourgeois, même si son aspect laissait penser le contraire. Il était l'exemple parfait du trompe-l'œil et ça l'amusait beaucoup. Pour lui, l'esprit bourgeois n'était pas dans l'apparence, mais dans la mentalité.

— Je vais appeler Martha, je ne sais pas ce qu'elle fabrique, grogna M. Émile en se dirigeant vers l'escalier. Marthaaaa !

Georgette semblait subjuguée par la vaisselle en porcelaine tout en fleurs et dorures, un truc qui en jette !

Le Mimile avait sorti l'artillerie et les couverts en argent blinquaient. On avait mis les p'tits plats dans les grands ! René abhorrait ce genre de déco clinquante, quoique son côté un peu désuet l'attendrît.

On attendait la princesse, qui se faisait désirer. Vu le temps qu'elle mettait à se bichonner, ça devait en valoir la peine.

— Regarde, chéri, dit Georgette en tendant le bras vers le mur.

Son tableau *Shéhérazade* trônait en bonne place.

Des pas dans l'escalier qui craquait. Martha apparut ! Magritte faillit régurgiter de travers et Georgette n'était pas loin de piquer un fou rire. La princesse à son papa était boudinée dans une robe de communiante. Un gros nœud rouge, genre cadeau de Noël, entourait sa taille, qui n'avait rien d'une guêpe mais tout d'un bulldozer. Elle arborait le même nœud dans ses cheveux. Franchement, elle était très moche. Elle portait de grosses lunettes qui lui faisaient les yeux globuleux et avait un groin à la place du nez.

Quand on a un physique aussi ingrat, on essaie au moins d'être discrète, pensa Magritte.

— Rââviiie ! susurra-t-elle.

— Moi de même, mentit Georgette.

Magritte se contenta de se lever et de la saluer. *Le bisou ! Le bisou ! Noooon, pitié !*

M. Émile servit le champagne, pas une piquette bien sûr, dans des coupes en cristal de Val Saint Lambert, le must en Belgique. René se rua dessus, il avait besoin d'un petit remontant. Il avala son verre d'une traite sous le regard médusé de sa femme, qui profita de la disparition du bijoutier en cuisine pour se pencher vers son mari et lui murmurer à l'oreille :

— René, tu me fais honte ! T'es un grossier merle. Un champagne de ce prix-là, ça se savoure. C'est pas un demi au café du tram !

Figée dans un état d'admiration béate, la grosse Martha le fixait pire que s'il eut été la Vénus de Botticelli. Il eut la désagréable impression que ses yeux étaient collés sur son visage comme des mouches à merde. Sans doute Georgette sentit-elle le malaise de son mari et elle tenta de l'apaiser en posant des questions.

— Alors il paraît que vous faites des études de dessin ?

— Oui…

— Et ça vous plaît ?

— Oui.

S'ensuivit un long silence qui fut heureusement rompu par M. Émile arrivant de la cuisine avec des petits fours arrangés sur un plateau en étain. Il fit le tour des convives puis remplit les verres pour trinquer à ce moment inoubliable ! Ensuite, il prit place dans un fauteuil en cuir, visiblement le sien puisque plus usé que les autres, et ne tarit pas d'éloges sur sa « petite perle », qui ressemblait plus à une huître baveuse qu'à une perlouze de culture.

— Son professeur la trouve surdouée ! Depuis toute petite, elle dessine.

Comme tout le monde, pensa Magritte. *Quel gosse ne gribouille pas dès qu'il a un crayon en main ? Et les parents de s'extasier devant leurs crobars comme si c'était Van Gogh.*

— Ma chérie, va chercher tes dessins pour les montrer à M. Magritte.

La grosse Martha poussa un soupir et eut du mal à s'extirper du canapé. Pendant que son père parlait d'elle, elle n'avait cessé de fixer son hôte, sans un seul regard vers Georgette, qu'elle avait décidé d'escamoter. René, lui, feignait de ne rien remarquer…

Elle redescendit avec une farde sous le bras. Son paternel s'était transformé en cocotte-minute et bouillonnait de plaisir. L'extase fut à son comble lorsqu'elle montra son premier dessin.

Une daube !

Georgette, qui connaissait son mari et redoutait qu'il mette les pieds dans le plat, prit les devants.

— C'est spécial, hein René ?

C'était toujours ce qu'elle disait quand elle n'aimait pas. Une façon de rester dans le flou et d'être polie. La plupart des gens prenaient ça pour un compliment, tellement convaincus de leur immense talent.

— Oui, je trouve cela unique aussi, répliqua M. Émile. La particularité et l'originalité, c'est ce qui définit un artiste, un vrai. N'est-ce pas, monsieur Magritte ?

— Certes…

Sauf qu'il ne suffit pas de mettre une cafetière sur un nuage pour que ce soit une grande œuvre. Y a aussi l'art, la manière et ce petit quelque chose qu'on appelle le don. Visiblement, le « paquet-cadeau » ne l'a pas.

Les autres dessins étaient du même tonneau. L'enrubannée essayait d'imiter Magritte, mais *L'Empire des lumières* devenait *L'Empire des misères*… Pendant que son père montrait chacun des crobars de sa fille prodige et que Georgette se croyait obligée de s'extasier chaque fois, Martha continuait à fixer son idole sans faillir. Les mouches de ses yeux noirs commençaient à bourdonner dans la tête de René et il n'avait qu'une envie : se tirer. Mais il était poli et le resta pour plusieurs raisons : il avait faim, le bijoutier lui avait acheté un tableau et on est reconnaissant envers ses clients, puis il voulait tirer les vers du gros nez de Martha à propos de Roger.

— Vous ne dites rien, monsieur Magritte ! Les dessins de Martha ne vous plaisent pas ?

— Euh, si, si…

Piégé, sale menteur !

Georgette vint à la rescousse.

— Mon mari n'est pas bavard. Quand il aime, il se tait. C'est sa façon d'apprécier… Hein, René ?

— Absolument.

Il brûlait de lâcher ce qui lui chatouillait la langue et de conseiller à cette demoiselle de troquer ses crayons contre des aiguilles à tricoter. Encore que pour ça aussi fallait être doué. Pas sûr que ses pulls ne ressembleraient pas à des serpillières…

Le repas fut prêt et ouf ! on passa à table. Changement de conversation qui porta d'abord sur le tableau du maître : *Shéhérazade*. On voulait savoir d'où lui venaient toutes ces idées ! La question bateau qui revenait chaque fois et à laquelle il eut envie de répondre : « De mon cul. » Là encore, il la boucla. Avec l'âge on devient poli et il regrettait l'époque où il disait tout haut ce que tout le monde pensait tout bas.

— C'est Rachel Baes[1], une peintre belge, qui m'a inspiré ce tableau, expliqua Magritte. Elle m'a servi de modèle et je l'ai mise en scène dans pas mal de films d'amateur que j'ai réalisés. Les yeux et la bouche que vous voyez derrière ce visage en perles sont les siens. Elle est à la fois muse et créatrice. On la qualifie de « femme surréaliste » à cause de cette dualité.

— C'est comme ma fille ! Je suis sûr qu'elle adorerait devenir votre modèle.

Magritte faillit avaler ses carbonades flamandes de travers.

— Je ne peins plus selon des modèles, je me consacre désormais exclusivement aux objets.

Sauvé des eaux !

— Dommage, murmura Martha, dont le regard était soudain devenu de glace.

Magritte ne supportait plus d'être scruté de la sorte. Plus le repas avançait, plus il avait le sentiment d'être prisonnier de ses yeux, pareils à des pattes d'araignées qui

1. Rachel Baes, il se fait qu'elle était ma cousine du côté paternel ! D'ailleurs une nature morte trône dans le salon de mes parents. Comme on la trouvait pas terrible, elle a passé quelques années à la cave, jusqu'à ce que ma mère voie une émission à la télé avec la cousine en carrosse à Bruges. La peinture a, du coup, repris sa place au-dessus du buffet…

s'incrustaient dans sa chair. Il lui trouva un regard de folle et elle lui fit froid dans le dos.

— Qui est cette Rachel Baes ? Elle est connue ? demanda le bijoutier.

— Oh oui, répondit fièrement Georgette. Son père est également un peintre reconnu. Il s'appelait Émile, comme vous, et ils habitaient à Ixelles, pas loin d'ici d'ailleurs. Au début, Rachel peignait des natures mortes avec des fleurs et des marines. Ce n'était pas vraiment dans mes goûts. Puis elle s'est mise à peindre des tableaux mystérieux et angoissants, peuplés de fillettes étranges…

— J'aime beaucoup cette période, confia Magritte, qui avait un coup de cœur pour *La Vie en rose*.

— Elle a été la maîtresse de l'écrivain Paul Léautaud. Puis elle s'est mariée avec Robert Leurquin. Ils ont fini par divorcer.

— Une artiste de grand talent, répéta Magritte, comme pour tenter de leur faire comprendre que ça ne s'improvise pas.

La peinture de Rachel Baes, c'est le monde de Marcel Proust.

Peine perdue, M. Émile répliqua que sa fille était bien partie pour suivre les traces de cette Rachel Baes, et même la dépasser ! Ah, ces parents aveugles qui prennent leur progéniture pour des génies.

— Ma chérie, peux-tu aller chercher le dessert ? J'ai à parler avec M. Magritte.

Ouille, ouille, ouille !

— J'aimerais vous demander une faveur. Accepteriez-vous de montrer votre atelier à ma fille ? Ce serait un tel honneur pour elle !

— Mon mari n'a pas d'atelier, tenta Georgette pour sauver son homme.

M. Émile n'était pas du genre à lâcher le morceau.

— Il peint bien quelque part ?

— Euh, oui, dans notre salon.

— Eh bien, va pour le salon alors, conclut M. Émile.

T'es coincé, fieu !

— D'accord, qu'elle vienne boire un café cette semaine. Nous vous aurions bien rendu la pareille en vous invitant à souper, mais mon mari prépare une grosse expo à Paris. Ce sera pour plus tard.

— Pas de problème nous comprenons, répondit le bijoutier.

Là, Georgette s'en était bien tirée. La perspective de passer une autre soirée en compagnie de ce coq roucoulant, en pamoison devant sa déesse rappliquant avec son clafoutis surmonté d'une cerise, était au-dessus de ses forces. Et Magritte gratifia son épouse d'un grand sourire.

— À propos, enchaîna Georgette, que savez-vous de Roger Dutilleul, puisqu'il était votre client ?

René sembla déceler un changement d'attitude chez Martha quand sa femme prononça son nom. On aurait dit qu'elle se raidissait.

— Il était charmant. Un bon client qui payait cash. Un homme bien élevé et qui présentait bien. D'ailleurs, ma fille l'aimait beaucoup.

— Oui…, murmura Martha.

— Vous le connaissiez bien ? lui demanda Magritte.

Comme d'habitude, ce fut son père qui répondit à sa place. René comprenait pourquoi son épouse s'était barrée !

— Il l'emmenait quelquefois au cinéma ou au restaurant.

Tiens, tiens…

— En tout bien tout honneur, précisa M. Émile.

Martha se leva, visiblement contrariée par ce que racontait son père. Et Magritte remarqua un cœur en or coincé entre ses seins. Un cœur avec un *M* gravé dessus.

56.

Nina, la poupée, fixait Mathilde de ses petits yeux de nacre cousus sur son visage de chiffon. Peut-être ces boutons provenaient-ils d'une des blouses de sa mère ?

Mathilde avait la gorge serrée. Elle regardait la lettre dépliée que sa poupée avait gardée dans son ventre, comme un bébé, pendant toutes ces années.

Elle commença par lire la signature :

Ta maman qui t'aime, n'en doute jamai. Me pardonera-tu un jour ?

Nina

Voilà pourquoi sa mère avait appelé sa poupée Nina, comme elle. Une manière de rester près de sa fille.

Mathilde ne voulait pas s'attendrir. Il lui semblait que, si elle avait eu un enfant, elle ne s'en serait jamais séparée et aurait préféré vivre sous les ponts avec son petit plutôt que de l'abandonner, même sur les marches d'un palais de maharadjahs ! Après tout, peut-être que Nina avait sincèrement pensé agir au mieux pour sa fille ?

Mathilde prit la lettre et lut :

Ma petite Mathilde, j'espère qu'un jour tu lira cette lettre. Je serai san doute morte. Je veu que tu sache que je t'aime. J'ai tou fait pour te garder mais c'est imposible avec mon métier. J'ai préféré te confier au bone sœur. Je sais qu'elle prendron soin de toi. Je n'ai pas le choi. J'aurai bien aimé avoir une belle vie, avec un mari et des enfant. Mais je n'ai aucune instruction. Je ne voulai pas d'enfan. Mais j'ai été violée à l'age de 17 ans… Ton père qui est beaucou plus vieu que moi avai les moyen de me faire avorté. Je n'ai pas voulu. On ne s'es plus jamai revu. Il m'a jeté. Il était marié. Ne voulai pas de vague.

Mathilde interrompit sa lecture. Ainsi, elle était le fruit d'un viol ! Un vieux salaud avait abusé de sa mère quand elle n'était encore qu'une toute jeune fille. Après, il avait voulu tuer le bébé ! Il aurait pu continuer à subvenir à ses besoins en cachette de sa femme, mais il avait préféré les abandonner toutes les deux comme des chiennes au bord de la route. C'est là que sa mère avait fini, sur le trottoir.

Ce n'est plus à elle que Mathilde en voulait, paix à son âme, et si elle avait encore été en vie, elle l'aurait prise dans ses bras. Quelle ordure faut-il être pour agir de la sorte ? Qu'y a-t-il de plus terrible qu'un viol ? Tuer l'innocence et la part d'enfance dont nous avons besoin pour grandir est un crime impardonnable. Et agir en feignant d'ignorer ce qui s'était passé en était un autre, tout aussi terrible.

Mathilde eut soudain envie de vomir. Pas à cause de ce que sa mère avait vécu, non, c'était bien plus trouble… Comme si au mot « viol » était associée l'odeur des roses… Et cette fois, Mathilde revit clairement la sœur Louise courbée sur son petit corps nu, la flagellant avec une tige épineuse, alors qu'elle l'avait attachée au lit, couchée sur le dos. Elle lui lacérait le ventre, la poitrine et le sexe en disant : « Méchante fille ! méchante fille ! Tu vas payer pour tous tes péchés… »

Au-dessus d'elle, le Christ cloué sur son crucifix penchait la tête d'un air satisfait.

57.

Georgette était allée acheter des couques et des gosettes afin d'accueillir Martha à l'heure du goûter. Fallait la mettre en confiance afin qu'elle crache ce qu'elle savait à propos de Roger Dutilleul. René avait dit à son épouse que lorsqu'elle s'était penchée, il avait vu pendouiller un cœur en or avec un *M* gravé dessus, exactement pareil à ceux de Madeleine et Rosa. Que s'était-il passé entre ces deux-là ? Bizarre… La femme et la maîtresse de Roger étaient plutôt jolies, alors pourquoi aurait-il jeté son dévolu sur Martha ?

— Tu as vu comment elle te fixait ? lui fit remarquer Georgette.

— Oui, c'en était gênant.

— Cette fille a un problème, et pas qu'avec son physique qui, à mon avis, est une conséquence du reste.

— Ça me paraît évident, approuva René. Elle a un regard de folle. On la dirait absente du monde et sa pâleur fait penser à celle d'un cadavre.

— Puis cette façon de s'attifer pire qu'une poupée de foire, c'est ridicule ! Je me demande quel accoutrement elle va mettre pour venir te voir, car visiblement je n'existe pas pour elle. Elle te veut pour elle toute seule, petit veinard !

L'heure fatidique était arrivée. On sonna à la porte pile-poil à 16 heures, comme convenu.

Martha se tenait sur le seuil avec un ballotin de pralines – délicate attention –, boudinée dans une robe fleurie, pareille à un champ de pâquerettes que t'avais pas envie d'effeuiller. Et pour parfaire le tout, elle avait accroché une fleur dans ses cheveux. Sobre et classe, quoi !

— Bienvenue, fit Georgette, qui s'efforça de ne pas rire.

Martha entra et offrit les pralines à René.

— Merci, ne put s'empêcher de dire Georgette. René n'aime pas le chocolat, mais moi oui.

La garce !

Tête de Martha.

— Venez, proposa Magritte, je vais vous montrer l'endroit où je peins.

Il l'emmena dans le salon, près de son chevalet, sur lequel il avait posé à dessein un nu de sa femme intitulé *La Liberté de l'esprit*. Elle tenait une pipe au creux de sa main.

— Je pensais que vous ne peigniez plus de personnages, seulement des objets !

— À part mon épouse, que je trouve très belle. Là, je fais quelques retouches sur le ciel. Je n'aime pas peindre les ciels, ça m'ennuie. Sinon oui, voici mon dernier tableau, *La Chambre d'écoute*, fit-il en lui présentant sa toile sur laquelle figurait une énorme pomme verte qui envahissait tout l'espace.

— Pourquoi ce titre ?

— Nous refuserons en toutes circonstances d'expliquer ce que précisément l'on ne comprend pas.

Martha fixa Magritte de ses yeux de grenouille agrandis par les verres épais de ses lunettes. Visiblement ça lui passait au-dessus des pâquerettes.

— C'est surréaliste, lâcha-t-elle.

— Ce mot ne signifie rien pour moi. Je n'ai ni le temps ni le goût de jouer à l'art surréaliste. J'ai une tâche énorme devant moi : imaginer des objets charmants qui réveilleront ce qui nous reste de l'instinct de plaisir.

Elle le regarda, bouche bée.

— Vous savez, jeune fille, il ne suffit pas d'avoir envie de peindre, encore faut-il avoir du talent, c'est pareil pour toute forme d'art. Bien sûr le talent englobe le travail ; il est fait d'une part de mystère absolu, que l'on pourrait appeler le « don » et qui ne s'apprend dans aucune école. Et tout ce que vous faites pour plaire ou déplaire, bref pour attirer l'attention, n'a aucune valeur artistique. Il ne s'agit pas d'étonner par quelque chose, mais que l'on soit étonné d'être étonné.

— Le café est servi ! annonça Georgette en entrant dans le salon avec un plateau.

— Je ne bois jamais de café, pérora Martha, contente de rendre une gifle invisible à cette femme encombrante qui l'avait vexée avec ses pralines.

Persuadée que c'était là une vacherie voulue, elle se dit que, aussitôt qu'elle serait partie, Magritte se ruerait sur le ballotin pour se goinfrer de pralines.

Pas de café, elle plongea direct sur les couques. Pas étonnant qu'elle soit limite obèse. Georgette s'était toujours demandé pourquoi la plupart des femmes grosses étaient si hautaines. Comme celles qui arborent leurs cheveux gris passé la cinquantaine, pire que si c'était la victoire de Samothrace. Y en a à qui ça va, mais en général tu te prends un coup de vieux et t'en es fière !

— Vous vous entendiez bien avec Roger Dutilleul ? demanda Magritte, soudain pressé de passer à l'essentiel, car parler peinture avec ce bouquet qui n'avait rien de champêtre revenait à causer plomberie avec un boulanger.

— C'était quelqu'un de très bien.

— Vous l'aimiez beaucoup ?

— Il était client à la bijouterie et ami de mon père… Pourquoi cette question ?

— Parce que vous portez exactement le même cœur en or, avec un *M* gravé dessus, que ceux qu'il avait offerts à sa femme et à sa maîtresse.

Martha devint pivoine. Elle ne quittait jamais ce bijou et l'avait accroché à une longue chaîne afin de le dissimuler dans son corsage. Décidément, ce Magritte avait un regard de lynx !

— C'est un cadeau.

— J'en déduis que vous étiez sa maîtresse... Donc, suspecte. Je vous rappelle que ces femmes ont été assassinées. Le motif pourrait être la jalousie.

— La police a dit qu'il était coupable...

— La police a dit des bêtises, enchaîna Georgette. Et on l'aide à trouver le ou la criminelle... J'hésite.

— Ce... Ce n'est pas moi ! Roger je l'aimais, sauf que lui il ne me regardait pas. Il était gentil avec moi quand mon père était là.

— Pourtant, il vous a emmenée au cinéma et au restaurant, précisa Georgette.

— Pour faire plaisir à mon père.

— Et vous, fit Magritte, vous étiez amoureuse de lui parce que vous aimez les hommes plus âgés, c'est bien ça ?

— Oui..., avoua Martha. J'en étais folle. Et j'ai voulu avoir un cœur pareil à celui qu'il offrait à ses amoureuses. Alors je l'ai gravé à mon nom. Voilà...

— Je dois tout de même vous demander où vous étiez quand Madeleine et Rosa ont été tuées.

— Pourquoi ? Vous êtes flic ?

— Je ne suis pas seulement peintre. Je suis aussi détective, et mon épouse est mon assistante.

— J'étais les deux soirs chez Toone, rue des Bouchers, à un spectacle de marionnettes avec mon père, grogna-t-elle. Vous pouvez l'appeler si vous ne me croyez pas.

— Ce ne sera pas nécessaire.

— J'étais jalouse de ces femmes, mais je ne leur aurais jamais fait de mal.

La vérité est parfois attendrissante et Georgette eut envie de la prendre dans ses bras. Pourtant elle se retint. Souvent, quand elle avait craqué, elle s'en était mordu les doigts. La première impression est toujours la bonne. Toujours !

58.

Magritte profita du beau soleil pour aller faire un tour en ville, du côté des Marolles. Il croisa deux manifestants déguisés en femme qui arboraient une banderole sur laquelle était écrit : « Gang des vieux en colère ». Un peu plus loin, un gars avec des plumes d'Indien roulait sur un vélo rempli de breloques. René aimait cet esprit débridé et ludique des Belges et pour rien au monde il n'aurait voulu être d'une autre nationalité. À tel point qu'il cultivait son accent wallon, roulant les rrr comme dans son Hainaut natal.

Après être allé boire un verre chez Willy, endroit mythique des Puces décoré avec des brols, il s'arrêta à la Clef d'or pour manger un *stoemp* garni d'une tranche de lard. Ensuite, il se rendit chez l'antiquaire, rue Blaes. Envie de revoir Mathilde. L'idée que, selon l'intuition de Georgette, l'assassin courait toujours le tracassait. En plus, ce hasard des prénoms correspondant aux chansons de Brel lui avait fait penser que Mathilde était peut-être en danger. N'était-elle pas restée dans sa tête de façon lancinante lorsqu'il avait quitté le Grand Jacques ?

Et si le meurtre des deux victimes n'avait rien à voir avec Roger Dutilleul ? Si c'était l'œuvre d'un fou de Brel qui s'amusait à tuer les personnes liées à ses chansons et assez tordu pour profiter de la relation qu'avait Roger avec les femmes assassinées ? Tout était possible dans ce monde déglingué.

René entra dans la boutique, cherchant Mathilde du regard. Il ne la vit pas.

— Bonjour, monsieur René, lança l'antiquaire. On a un nouvel arrivage de pendules et…

— Je reviendrai, là j'étais juste venu voir Mathilde.

— Ah, fit l'antiquaire, déçu. Je lui ai conseillé d'aller prendre un peu l'air, elle m'a l'air pâlotte. Faudrait pas qu'elle tombe malade ! C'est la période où les Japonais débarquent… Allez-y, elle est dans la cour derrière.

Magritte trouva la jeune femme assise sur les marches. Elle n'avait effectivement pas l'air dans son assiette.

— Bonjour ! Votre patron m'a dit que vous étiez ici. J'ai l'impression que c'est pas la grande forme.

— Juste un peu de fatigue, ne vous inquiétez pas.

— Si, justement, je m'inquiétais pour vous…

Il ne lui parla pas de ses craintes liées aux crimes, c'était pas la peine d'en rajouter en ce moment.

— Quoi de neuf, sinon ?

— Oh, rien. La routine, et vous ?

— Je peins… Ah, si ! j'ai rencontré Jacques Brel.

— QUOI ?

Il eut l'impression qu'il venait de lui donner la clef du paradis. Une clef de verre…

— Vous l'aimez bien, semble-t-il.

— Le mot est faible. Je l'adore ! Racontez-moi…

— Eh bien, c'est un homme admirable, très touchant et profond. Sensible à l'extrême, tout en dégageant une énergie hors du commun. Il a bien sûr ses zones d'ombre, comme chacun d'entre nous… Nous avons eu une conversation fort intéressante à l'issue de laquelle j'ai acquis la certitude qu'il me faudrait vivre avec le danger, pour que le monde, la vie répondent davantage à la pensée, aux sentiments.

— Vous a-t-il confié des choses qu'il n'aurait pas révélées lors de ses interviews ? Saviez-vous par exemple que ses parents avaient perdu des jumeaux avant sa naissance et celle de son frère ? Il est resté un enfant rêveur qui s'ennuie dans sa vie d'adulte et aime raconter qu'il habite dans sa valise… Un jour, vous verrez, il arrêtera de chanter quand il aura l'impression de tricher.

— Vous semblez bien le connaître ?

— Oui. J'ai écouté et lu toutes ses interviews et je connais ses chansons par cœur. Il m'a aidée à traverser tous les orages.

— Il donne à réfléchir et me flanque la chair de poule quand il est sur scène, lui confia Magritte. J'ai surtout perçu chez cet homme aux mille visages une infinie solitude enfouie en lui.

— N'est-elle pas en chacun de nous ? Lors de sa dernière interview, il a dit : « J'ai constaté qu'en suivant mes pieds, je faisais moins de conneries que lorsque mes pieds suivaient ma tête. » Il a raison, nous avons souvent tendance à trop réfléchir. Parfois il faut suivre son instinct et agir. « On ne meurt pas de se casser la figure. On ne meurt pas d'humiliation. On meurt d'un couteau dans le dos », murmura-t-elle comme pour elle-même. C'est de Brel aussi.

Pourquoi cette phrase fit-elle un drôle d'écho en lui ? Il sentait Mathilde soucieuse. Comme si un sombre secret la rongeait.

59.

De retour chez lui, René Magritte raconta sa conversation avec Mathilde. Il n'aimait pas trop parler d'elle. Elle faisait partie de son jardin secret et il avait besoin de quelques clefs ensorcelées pour continuer à voir les étoiles dans le ciel de nuit. Cependant il avait peur pour elle. Il la sentait en danger. Et Georgette serait de bon conseil. Il cacha bien sûr ses sentiments troubles pour la jeune femme, se réfugiant dans la pensée de son ami Scutenaire : «Je mens pour ma vérité.»

— Que sais-tu de cette fille, René ?

Georgette connaissait son homme, sa tendance à s'emballer. Contrairement à lui, elle était du genre sceptique et préférait d'abord se méfier. Elle avait raison ! Elle avait acquis cette sagesse à force d'avoir été très souvent déçue par des gens en qui elle avait confiance, et qui attendaient qu'elle ait le dos tourné pour lui cracher dessus. La jalousie était le principal moteur de ces aigris. Une expression wallonne que répétait régulièrement son grand-père lui plaisait particulièrement : «Cause à m'cul, c'est m'cul que t'respond.» – «Cause à mon cul, c'est mon cul qui te répond.» Combien de fois n'avait-elle eu envie de lâcher cette phrase à tous ces sourires carnassiers, à ces imbéciles qui se nourrissaient de médisances ? Mais elle était polie. C'est ce qui lui avait plu chez son mari, ce côté mauvais garçon qui dit tout haut ce que tout le monde pense tout bas et qui fait ce qu'il a envie.

— René, continua-t-elle, renseigne-toi sur elle. C'est la meilleure façon de la protéger.

— Tu n'as pas tort.

— Déjà, appelle Jefke, donne-lui son nom et demande-lui de faire des recherches.

— Tu ne crois pas que c'est un peu indélicat envers elle, mon p'tit bibi ?

— Arrête avec tes scrupules. Un détective ne doit pas en avoir, sinon il est fichu.

J'aurais l'impression de soulever sa robe, pensa Magritte.

Cette idée ne lui parut pas désagréable…

Il appela donc Jefke, qui lui promit de fouiller dans la vie de Mathilde Willem.

Qu'allait-il découvrir sur cette fille ? René espérait des choses banales. Pourtant elle avait le regard trop profond pour avoir vécu dans une maison aux portes sans serrure. Et Georgette avait raison, on protège mieux ceux dont on connaît les secrets.

Le soir même, il fut fixé. Jefke le rappela : il avait mis son nez dans les archives et donné quelques coups de téléphone, les copains c'est fait pour ça.

Il apprit à René que Mathilde était orpheline et avait été élevée au couvent du Très-Saint-Sauveur d'Anderlecht, chez les « pets-de-nonne » comme il les appelait, ajoutant sur un ton sarcastique :

— Allez savoir pourquoi, ceux qui ont grandi à l'ombre des cornettes ne vont jamais à la messe…

— Et ses parents, que sont-ils devenus ? demanda Magritte.

— Rien sur eux. Inconnus au bataillon. Willem est le nom de la mère supérieure qui à l'époque adoptait ceux qui n'avaient aucune trace de leur famille, que leur prénom. Malheureusement, elle est décédée. Par contre, j'ai une info qui devrait t'intéresser…

Jefke aimait laisser des silences pour créer le suspense. René, ça l'énervait !

— Allez, accouche !

— D'accord, mais la prochaine fois, tu me laisses gagner au *vogelpik*.

— Si tu continues, c'est dans ton œil que je vais lancer ma fléchette, allez, crache ta Valda ! grogna Magritte.

Sentant son ami impatient, Jefke continua. Il avait voulu faire une touche d'humour, d'autant que la suite n'était pas drôle du tout.

— C'est une certaine sœur Louise qui s'est occupée de son éducation, et pas seulement de la sienne. Elle avait plusieurs orphelines sous sa chasuble, c'est le cas de le dire. Figure-toi que cette épouse du Christ a été flanquée à la porte du couvent et radiée parce qu'elle faisait des cochonneries avec les gamines. Elle s'amusait à les fouetter avec des tiges de roses pour leur faire expier leurs péchés. Et ensuite, elle enduisait de pommade les parties intimes de leur corps pour panser les blessures…

— C'est au couvent qu'ils t'ont raconté ça ?

— Bien sûr que non ! Tu penses bien, ils ne vont pas écorcher l'image vertueuse de leur religion. J'ai mes réseaux… Et attends, c'est pas fini !

Jefke laissa de nouveau planer un grand silence. René entortilla le fil du téléphone pour se calmer les nerfs.

— Parmi les gamines dont s'est occupée la sœur diabolique, il y avait Madeleine Dutilleul et Rosa Verbeek…

— QUOI ?

— Pas au même moment puisque Madeleine était plus âgée, mais elles étaient orphelines toutes les deux.

— C'est dingue comme coïncidence ! s'exclama Magritte.

— Oui et non. À cette époque d'après-guerre, il y avait beaucoup d'enfants orphelins. La sœur Louise s'appelle Maria Martin et vit à Namur, derrière l'église Saint-Loup. Je vais aller faire un petit tour par là demain. Tu m'accompagnes ?

— Non peut-être !

— Malheureusement, il y a prescription après toutes ces années, regretta Jefke. N'empêche que ça me démange de lui flanquer une caramelle !

L'idée de gifler une nonne perverse plaisait bien à Magritte. Surtout si elle avait fait du mal à Mathilde.

Voilà d'où vient son air triste.

60.

René et Jefke allèrent à Namur avec la voiture de police. Magritte avait envie que son ami mette la sirène comme dans les films, mais il refusa de jouer au cow-boy, ce bruit lui cassait les oreilles.

— Tu penses qu'elle sera chez elle, la vieille pie ? s'enquit René.

— Je l'ai appelée hier matin pour la prévenir de notre visite.

— Ah ? Et t'as dit que t'étais de la police ?

— Oui. Je l'ai sentie mal à l'aise. Elle m'a demandé pourquoi je voulais la rencontrer. Je lui ai dit qu'elle le saurait quand on se verrait.

— T'aimes bien flanquer la trouille aux gens, avoue, se marra René. Sinon, t'aurais pas fait policier…

— C'est vrai que ça ne me déplaît pas de secouer des vieilles prunes pourries qui se croient à l'abri dans leur jardin des supplices.

Jefke gara l'auto place Saint-Aubain, dans le vieux Namur, à côté de la rue de l'Ouvrage, où créchait la nonne déchue. Sa maison était à l'image de ce qu'avait imaginé René, austère et peu accueillante, avec sa façade en pierre grise, de la couleur des plumes de pigeon.

Le policier frappa à la porte et attendit.

— Elle va se demander qui je suis, fit Magritte.

— T'inquiète pas, je lui ai dit que tu étais mon assistant.

— J'ai pas le costume.

— Je préciserai que t'es stagiaire. Un vieux stagiaire, ajouta Jefke en rigolant.

— Je t'en foutrai, moi…

Pas de bruits de pas. Personne ne vint ouvrir.

— À mon avis, elle est sourde comme un politicien, railla René.

Jefke frappa à nouveau. Cinq minutes plus tard, toujours rien.

— Police ! cria-t-il.

Personne.

Jefke constata que la porte n'était pas fermée à clef.

Magritte suivit le policier et ils se retrouvèrent dans l'antre du diable. Car quelles vipères faut-il avoir dans le cerveau pour assouvir ses désirs malsains au nom d'un dieu quel qu'il soit, qui de là-haut devait être horrifié s'il existait ?

L'intérieur était lugubre. Ça puait le rance et l'eau croupie de bénitier. Les tentures étaient tirées. On aurait dit que tout était figé, que l'ex-nonne était partie précipitamment. Dans la cuisine, une tasse à moitié remplie de café paraissait collée à la table. Une assiette sale croupissait dans l'évier, martyrisée par les gouttes du robinet qui fuyait. Et au salon, un livre était ouvert sur le bras de fauteuil. Partant du principe « Dites-moi ce que vous lisez, je vous dirai qui vous êtes… », René lut le titre : *De l'inconvénient d'être né*, de Cioran. Une phrase était soulignée au crayon : *Sans la faculté d'oublier, notre passé pèserait d'un poids si lourd sur notre présent que nous n'aurions pas la force d'aborder un seul instant de plus, et encore moins d'y entrer. La vie ne paraît supportable qu'aux natures légères, à celles précisément qui ne se souviennent pas*[1].

1. Gallimard, 1973 ; Folio, 1987.

Magritte trouvait les idées d'Emil Cioran intéressantes, quoique souvent discutables. Cet auteur qui lui paraissait en « bonne santé » éprouvait cependant le besoin d'avoir l'air malade…

— Madame Martin ? se hasarda Jefke. Vous êtes là ?

Silence. Perché sur sa croix, le Christ semblait les observer en rigolant.

— M'a toujours énervé celui-là, avec son pagne, lâcha René. Je préfère l'air réjoui du Bouddha. Mais bon, un gars qui change l'eau en vin, on ne peut que le respecter.

Il suivit son copain, qui grimpait les escaliers. Poussa la porte de la salle de bains. Un bidet et un évier avec un savon et un gant de toilette sec sur le bord. La vieille nonne n'avait pas dû se laver depuis la veille. Ou peut-être davantage. *Pas étonnant,* pensa Magritte, *que ça pue le fromage de Herve.*

Personne dans la chambre non plus. Le lit était défait et René la soupçonnait d'être plutôt du genre à le faire à la mode des camps militaires.

— J'pige pas, ronchonna Jefke. Je lui avais pourtant bien dit qu'on venait à 16 heures pétantes.

— Elle a eu peur de la police et elle s'est barrée.

— Pourquoi aurait-elle fait ça ? Elle ignorait le but de ma visite.

— Elle sait ce qu'elle a fait. À force de te mentir, tu peux arriver à croire que tes actes inavouables sont le fruit de ton imagination. Le temps est pareil à une gomme. Et le jour où quelqu'un découvre le pot aux roses, tu te retrouves face à ton miroir. Là tu sais qu'il est cruel, que rien ne lui échappe, surtout pas la vérité.

— Oh zut, j'aurais pas dû la prévenir, regretta Jefke. C'est que j'avais pas envie de faire tout ce trajet pour trouver la porte close.

— Tu ne lui as pas parlé de Mathilde ? s'inquiéta René.

— Non. Au téléphone, avec les suspects, je vais à l'essentiel. Je préfère causer en tête à tête. Leurs réactions dévoilent souvent ce qu'ils cachent.

— Tu as raison, approuva René.

— Bon, on ne va pas attendre la vieille punaise. D'autant qu'on ne sait pas si elle reviendra. Elle est sûrement partie à Rome voir le pape pour avoir sa bénédiction...

Magritte ne dévoila pas le fond de sa pensée. Et si Mathilde était venue la voir, pas seulement pour avoir des renseignements sur ses origines, mais aussi pour lui dire qu'elle n'avait pas oublié ses sévices ? L'ancienne nonne avait peut-être dans l'idée de tuer Mathilde pour qu'elle ne puisse pas témoigner contre elle ? Même s'il y avait prescription après toutes ces années, il restait le déballage possible dans la presse... D'ailleurs, n'avait-elle pas assassiné ses autres « enfants martyrs », Madeleine et Rosa, pour ces mêmes raisons ? Et Roger Dutilleul, ne l'avait-elle pas contraint à se pendre sous la menace d'une arme parce qu'elle craignait que sa femme et sa maîtresse se soient confiées à lui ? Les religieuses ont souvent une bonne culture générale – la preuve, elle lisait Cioran – et il ne lui paraissait pas incongru qu'elle cite Brel, même s'il était mécréant. Certes, elle avait toujours un crucifix sur son mur, mais une araignée au plafond et Lucifer sous ses jupons.

— Attends, fit René, je voudrais vérifier un truc...

Il ouvrit les tiroirs de la commode, espérant y trouver des enveloppes bleues. Ils étaient vides ! Et dans la chambre, il n'y avait qu'un lit et une petite table simple sur laquelle était posée la Bible. Parce que oui, le diable aussi lit les psaumes...

Quand ils sortirent de la maison, ils croisèrent le facteur à vélo. Il descendit de sa bicyclette, fouilla dans sa besace et en extirpa une boîte de médicaments.

— Y a personne, fit Jefke.

— Impossible ! Mme Martin ne sort jamais. Voilà des années qu'elle vit cloîtrée, à croire que le couvent lui manque ! C'est moi qui lui apporte ses commissions. Et là, j'ai ses somnifères.

— Bah si ça vous amuse de frapper à sa porte, railla Jefke. C'est un passe-temps comme un autre. Allez, bonne journée.

Magritte pensa au film de Tay Garnett *Le facteur sonne toujours deux fois*, avec la sublime Lana Turner. Et il se dit que ce sont souvent les femmes qui incitent les hommes à tuer.

61.

René Magritte avait de plus en plus peur pour Mathilde. Où était passée cette nonne diabolique ? Plus il y réfléchissait, plus il la croyait capable de commettre des meurtres. Cette damnée n'avait eu aucun scrupule à abuser des fillettes. Elle avait très bien pu tuer Madeleine et Rosa, et maintenant elle allait s'en prendre à Mathilde. Il n'y avait pas de temps à perdre ! Il devait la prévenir d'être prudente.

Il mit son chapeau et sortit. Georgette était chez le coiffeur. Elle y allait principalement pour recueillir les potins du quartier.

René prit le tram et descendit à la gare du Midi, juste pour le plaisir de sentir flotter l'odeur du chocolat Côte d'or[1] sous l'effigie de Tintin, dont la maison d'édition était tout près. Ensuite il traversa le boulevard et marcha jusqu'à la rue Blaes. Le patron était seul derrière son comptoir.

— Vous êtes venu pour les pendules ou pour voir Mathilde ? demanda-t-il sur un ton sarcastique.

— Les deux, mentit Magritte.

1. En 2017, les chocolats belges Côte d'or ont été revendus à un groupe suisse et sont devenus industriels, privant ainsi Bruxelles de leur bonne odeur d'enfance.

— Eh bien, pour les pendules je peux vous aider, quant à mon employée, voilà deux jours que je ne l'ai pas vue ! J'ai essayé de l'appeler, elle ne répond pas. Je ne vous cache pas que je suis un peu inquiet. Elle est sans doute souffrante. Si c'était grave, un voisin m'aurait prévenu. Alors, je vous montre mon arrivage de pendules ?

Magritte était coincé ! Il ne voulait pas que l'antiquaire le soupçonne de draguer son personnel.

— C'est-à-dire que je recherche surtout une horloge de style Empire. J'ai dans l'idée de la peindre sur une balance[2]…

En demandant cela, il était certain que l'antiquaire n'en avait pas et qu'il pourrait filer. Raté !

— Ah, j'ai ce qu'il vous faut, mon cher ! pérora le patron, dont le sourire ressemblait à l'embouchure d'une tirelire.

René pensa à Georgette, qui ne manquerait pas de lui faire remarquer qu'on ne savait déjà plus où les mettre, même si elle aimait bien ça… Il pourrait argumenter en lui expliquant qu'il voulait la peindre. Il l'avait déjà fait dans *La Durée poignardée*, ce tableau où l'on voyait une locomotive surgir d'une cheminée avec une horloge posée dessus. Il s'était inspiré de l'intérieur de son mécène anglais, Edward James.

René Magritte, qui appréciait particulièrement le style Empire, ainsi que les bons romans d'espionnage et la sauce tomate, trouva une pendule qui lui tapa dans l'œil, mais elle coûtait assez cher. Il est vrai qu'il avait vendu un tableau récemment, précisément à ce mécène londonien, et qu'il pouvait se le permettre.

— Pouvez-vous me la garder ? demanda-t-il à l'antiquaire, je viendrai la prendre demain.

— Pas de problème, elle continuera à tuer le temps sans vous.

---

2. Ce projet de l'horloge sur une balance n'a pas abouti.

Près de la porte, une caisse sur laquelle était écrit «Cocoline» attira son attention et lui rappela son enfance. Son père, qui avait fait mille métiers, tels marchand, tailleur et assureur, avait entre autres vendu des savons et une margarine végétale de cette marque qui lui évoquait des îles. Gamin, René avait utilisé ces boîtes pour en faire des petits théâtres, inventant des histoires pour ses frères et ses copains. Oh, pas des récits gnangnans, non, plutôt des aventures de bandits ou de héros masqués, tels Fantômas ou Zigomar, dont il endossait le personnage dans la réalité pour grimper sur les toits et lancer des crottes sur les passants épouvantés ! Il avait toujours été plus attiré par les mauvaises graines, les rebelles à toute autorité comme lui, et son masque était son apparence bourgeoise. Ainsi, personne ne se méfiait…

La Cocoline, c'était à Châtelet. Puis ils avaient déménagé – chose courante chez les Magritte – pour venir s'installer au cœur de Bruxelles, où son père s'était lancé dans la fabrication de conserves et d'images porno… Cela avait-il inspiré Magritte, qui pendant longtemps avait peint des nus et ses premières affiches contre la syphilis ?

Cette bête caisse en bois fit surgir son père tel un diable hors de sa cachette. Léopold Magritte, avec son chapeau buse – qu'il sortait surtout pour le dimanche – et sa moustache frisée, «portait beau et était fort en gueule». Il passait pour un être égocentrique, tyrannique et jouisseur. Anticlérical, lecteur de *La Gazette de Charleroi*, il délaissait volontiers sa famille pour aller voir ailleurs. Sans doute René tenait-il de lui son côté anarchiste. Aussi ce rapport à l'argent qui lui servait pour vivre et pas à amasser un magot. Léopold avait fait deux fois fortune et tout flambé en faisant la noce avec ses maîtresses ou aux courses. Accro aux chevaux et aux jeux, il misait souvent sur les mauvais canassons. Heureusement pour

René, Georgette gérait leurs finances de façon intelligente, sans lui mettre la bride sur le cou.

Léopold n'était pas que ce type flambeur, coureur de jupons et hautain avec les autres. On ne peut pas non plus dire qu'il était un «bon père» dans le sens classique de l'image qu'on en a. Il avait des qualités et aimait ses fils. René se souvint de la fois où il recopiait un chromo, ce qui donna une scène de chevaux s'enfuyant d'une écurie en feu, qu'il peignit à l'huile sur un grand drap, et son père l'avait encouragé.

De lui, il tenait aussi son goût pour les prostituées, jusqu'au jour où il connut une «grave maladie d'amour» qui lui flanqua la trouille !

Léopold Magritte mourut d'une crise cardiaque, complètement ruiné. Et Jeanne, sa seconde épouse, autour de laquelle bourdonna le jeune René, termina ses jours dans une chambre de bonne. Triste, certes, cependant ils avaient quand même bien vécu !

Magritte prit la caisse de Cocoline et demanda à l'antiquaire de la lui garder avec l'horloge.

— Ça, c'est cadeau, annonça ce dernier en rangeant la caisse.

Pour lui, elle ne représentait rien. Pour Magritte, elle contenait tous ses rêves d'enfant et valait bien plus que l'horloge qui rongeait les heures. C'était son Rosebud, le dernier mot prononcé par Orson Welles campant un magnat de la presse dans *Citizen Kane*. Le nom du traîneau de son enfance... Les souvenirs, même si l'on n'aime pas la nostalgie ni les retours en arrière, ont cette vertu illusoire d'arrêter le temps.

62.

La peur lui nouait les tripes. Tout au long du chemin, Magritte s'imaginait mille choses. Arriverait-il à temps pour sauver Mathilde ? Il s'était attaché à cette fille, ça il l'avait caché à Georgette, et il ne supportait pas l'idée qu'il puisse lui arriver malheur comme aux deux autres. À son âge, cette saleté de nonne déchue avait encore une certaine énergie, dont celle de tuer. Les rides n'enlèvent pas la haine, qui, comme chacun sait, décuple les forces.

Il pensa à cette scène de la douche dans *Psychose*, d'Hitchcock, qu'il surnommait « Hichkoc ». Quand il manquait de tendresse pour les gens ou les choses, il prenait plaisir à massacrer leur nom. Pour lui, Hichkoc était un « imbécile de grand talent » et ce film le démontrait, car il lui avait fait passer « deux ou trois secondes extraordinaires ». Il reprochait au maître du suspense d'avoir cédé à la tentation de flatter le goût d'un public « sérieux » exigeant du cinéma une caricature, jugée comme étant l'expression d'une pensée profonde. Ce même public qui hausse les épaules en voyant les premiers films de Charlot ou de Fantômas et croit participer à la vie intellectuelle en écoutant les discours des spécialistes du cinéma.

Oui, il n'était pas tendre et il le savait. Il avait surtout trouvé que dans *Psychose* rien ne justifiait la scène où on voyait un homme presque à poil sur un lit, avec une femme en déshabillé, et cela dans le seul but de montrer cette image dénuée de vie.

René espérait que Mathilde ne se ferait pas surprendre par la nonne tenant un couteau de cuisine pour l'égorger ou le lui planter dans le cœur. Allait-elle cette fois encore s'amuser à une macabre mise en scène ? Considérait-elle ces crimes comme une offrande à Dieu pour qu'il l'aide à expier ses péchés ? Pourquoi avoir utilisé la poésie de Brel, qui se moquait de l'Église même s'il avait des copains curés ? Étant donné qu'elle avait été bannie de l'ordre religieux, la sœur Louise avait peut-être vu dans le chanteur une double vengeance…

Cette religieuse au cœur entouré de ronces n'était-elle pas plus proche du diable que du Bon Dieu ?

La voix de Jacques Brel chantait rien que pour lui : « Un jour, un jour le Diable vint sur terre, un jour, le Diable vint sur terre pour surveiller ses intérêts, il a tout vu le Diable, il a tout entendu et après avoir tout vu, après avoir tout entendu, il est retourné chez lui là-bas. »

Magritte accéléra le pas. Comme en état d'urgence. Il espérait ne pas arriver trop tard. Il ne le supporterait pas. Seulement voilà, il n'avait rien d'un sportif ni d'un coureur de fond, lui qui passait le plus clair de son temps assis sur une chaise à peindre sur son chevalet devant lequel roupillait Loulou. Là, il aurait aimé avoir des ailes, celles des colombes au corps de ciel qu'il dessinait et qui n'étaient pas vraiment des colombes, puisqu'elles n'en étaient que l'interprétation et ne volaient pas.

Pour lui, ce qui nous passionne dans une image devenait sans intérêt si ce que l'on voyait par l'image se rencontrait dans le réel.

Il arriva enfin devant la maison de Mathilde. Les rideaux étaient toujours tirés ; cela devait être son habitude puisque c'était déjà le cas lorsqu'il l'avait suivie.

Le ciel était plombé et il y avait de la lumière chez son vieux voisin du dessus. Une lueur bleutée de téléviseur, devant lequel il devait passer ses journées.

La demeure semblait silencieuse, austère, et faisait penser à celle qu'il avait enfermée à l'intérieur d'un arbre, dans son tableau *La Voix du sang*.

Il eut soudain, la vision d'une robe sans corps, à genoux sur un plancher, *une robe qui implore*[1].

Il frappa à la porte, le cœur battant.

1. Il en fera une gouache (1959-1960).

63.

Magritte resta un moment sur le seuil, tel un amoureux transi. Manquait plus que le bouquet et la scène serait parfaite, il semblerait tout droit sorti du *Soupirant*, de Pierre Étaix. Il aimait ce film, particulièrement la séquence où une jeune fille étrangère, invitée dans une famille bourgeoise en France, apprend le français. Elle lit un livre qu'elle tient dans la main, dont le titre est : *Le livre est sur la table*. Plus loin, il y a une table nue. Surgit le père de famille français, à qui elle dit : « Le livre est sur la table. » Tête du gars qui regarde la table d'un air ahuri. Magritte y voyait un clin d'œil à *Ceci n'est pas une pipe*. Où qu'il fût, à n'importe quel moment de la journée, même en plein déluge, il ne pouvait empêcher son imagination de galoper.

Il frappa de nouveau. Attendit un peu, puis appela :

— Mathiiilde !

Une tête apparut à l'étage du dessus, par la fenêtre entrouverte : celle d'un vieux bonhomme hirsute et rondouillard qui avait dû s'endormir devant sa télé.

— C'est pas la peine de crier, hein *meneer*, elle est pas là.

— Ah bon ? Parce que son patron m'a dit qu'il ne l'avait plus vue depuis deux jours. Il pense qu'elle est malade et il est inquiet. Je suis un ami…

— Ça m'étonnerait.
— Pourquoi ? demanda Magritte.
— J'ai jamais vu personne venir chez elle. Vous êtes le premier. Elle a pas d'amis. Comme ma mère. Sa devise c'était : « Pas d'amis, pas d'ennuis. »
— C'est logique, se moqua René.
— Alors vous êtes qui ?
— Son cousin. Je passais par là... J'habite à Knokke-le-Zoute et...
— Knokke-le-Zoute ! s'écria le vieux, comme si c'était le bout du monde.
Il ne devait pas souvent quitter son salon, celui-là ! Tout juste pour aller faire ses courses au coin de la rue, et encore... Magritte le soupçonnait de se faire livrer.
— Montez, vous prendrez bien un verre avec moi ?
— C'est que...
— Allez, c'est pas souvent que j'ai l'occasion de voir quelqu'un sur le pas de la porte, ici.
Magritte finit par accepter l'invitation. Peut-être apprendrait-il quelque chose d'intéressant à propos de Mathilde ?
— Mon entrée est par-derrière.
René contourna la maison et en profita pour jeter un coup d'œil au rez-de-chaussée. Toutes les tentures étaient tirées et impossible de voir quoi que ce soit. Pourquoi vivait-elle ainsi sans la lumière du jour ? Il n'était pourtant pas tard, on était en milieu d'après-midi.
Arrivé au premier étage, il frappa à la porte en bois vermoulu ornée d'une pancarte « Interdit aux colporteurs ». Le vieux lui ouvrit aussitôt, lui enjoignant de se frotter les pieds sur le paillasson en faux gazon.
Ça sentait le graillon et René eut un haut-le-cœur. Il sut de suite qu'il n'aurait pas dû monter. Ce type avait une tête de *serial killer*.
Arrête, René ! Tu finis par en voir partout...
Son hôte se présenta avec beaucoup d'élégance par un :
— *Dag meneer*, moi c'est Robert, comme les nichons, mais on m'appelle Bébert, et toi ?

— Nick. Nick Carter.

— Ça est une fois un drôle de nom ! T'es pas belge, toi ? fit-il d'un air déçu.

— Mon grand-père était américain.

— Ah, un Amerloque.

— Oui, enfin, ma mère était belge, se rattrapa Magritte. Elle est née à Charleroi.

— Ahhhh ! lâcha l'autre, soulagé de ne pas se retrouver avec un étranger. Entre et assieds-toi, je vais chercher une bière. J'ai de la Maes ! annonça-t-il comme si c'était du champagne.

René prit place dans un fauteuil qui sentait l'urine de chat, pourtant il n'en vit pas. Le vieux était-il incontinent ? Le décor était celui d'une autre époque, avec un papier peint affreux à grosses fleurs brunes, patinées par la nicotine, et un lustre dont les breloques couvertes de crasse et de toiles d'araignées ne brillaient plus depuis longtemps. Au mur une seule photo, celle d'une vieille grognon à la tronche de sorcière, qui franchement flanquait la trouille.

— Ma mère, expliqua Bébert. Une sainte femme.

— Ça se voit !

— Elle allait à la messe tous les jours. Elle s'est étouffée en avalant une hostie et couic !

— C'est dangereux d'aller à la messe, railla René.

— Puis j'aime pas le vin. *Awell* santé, lança le gros lard en cognant son verre contre celui de son invité.

Quelle aubaine ! Pour une fois, Bébert avait quelqu'un avec qui trinquer. Ce *meneer* à l'allure bourgeoise devait sûrement avoir du fric. Il l'avait reniflé de suite. Il lui aurait bien piqué sa montre à gousset… Il avait l'œil ! Un relent de sa jeunesse. Le vol, c'est comme le vélo, ça s'oublie pas. Figée dans son cadre, maman le fixait de son œil mauvais, lui rappelant que même depuis l'au-delà, elle le surveillait. Et quand il avait picolé, il voyait les flammes de l'enfer dans ses yeux, qui ressemblaient à deux boulets de charbon enfoncés dans leurs orbites.

64.

Georgette n'avait pas perdu son temps chez Michel, dit Mimiche, le coiffeur de ces dames. C'était un de ces « capiculteurs paysagistes » (c'était écrit sur sa vitrine) qui te rendaient plus moche en sortant qu'en entrant, mais qui avaient un tel art de persuasion, assurant de faire de toi une star, que tu y croyais dur comme fer. Jusqu'à ce que tu rentres chez toi…

Georgette était sortie du salon avec une choucroute à faire pâlir Marie-Antoinette. Persuadée d'être une reine à défaut d'une vedette de cinéma, elle allait finir décapitée par le couperet de son voisin, un ignare qui ne connaissait rien à la mode. En finissant son chef-d'œuvre par un dernier coup de peigne, Mimiche lui avait assuré qu'elle avait rajeuni de dix ans et qu'elle était sublime.

Elle avait hâte de se montrer à son mari et de voir sa réaction, espérant qu'il tomberait en pâmoison devant son icône. Elle n'allait pas être déçue !

En attendant, elle marcha fièrement dans la rue, avec l'impression d'être soudain devenue une dame de la haute, qu'on admire et qu'on envie. Mieux qu'une diva, une égérie que toutes les femmes voudraient imiter. Elle allait lancer une nouvelle mode, celle d'une choucroute sans saucisse.

Elle croisa Ferdinand, le facteur, qui pédalait comme un dératé, à croire qu'il était en tête de peloton sur le Tour de France ! Il stoppa net en la voyant et faillit passer par-dessus son guidon.

— Je… Je vous cherchais, souffla-t-il dans un râle d'agonisant. J'ai un cadeau pour Carmen.

Il fouilla dans sa besace et en sortit une petite boîte dorée.

— C'est quoi ? demanda Georgette, curieuse comme toutes les femmes.

— Une bague de fiançailles.

— Oooh ! C'est vous qui devez lui donner. Pas moi !

— J'ose pas. Je préfère que vous soyez ma messagère…

Ferdinand ne lui laissa pas le choix, il déposa l'écrin dans ses mains et enfourcha sa bicyclette tel un fier destrier s'envolant vers les nuages, le cœur plein d'espoir.

Georgette soupira. Elle connaissait Carmen. C'est pas une bague avec un caillou qui allait la faire craquer ! Fallait la décapotable qui va avec.

Arrivée devant chez elle, elle poussa la barrière blanche et aperçut son voisin en train de tailler sa haie.

Il la regarda et pouffa de rire ! *Quel con !* pensa Georgette.

— C'est quoi ce monticule sur vot' tête ? On dirait un mont-blanc. Vous savez, ces gâteaux aux marrons. Sauf que là, on n'a pas envie de le manger.

Et il repartit dans un fou rire qui agaça superbement Georgette. Qu'est-ce qu'il y connaissait, ce babouin, à l'art de la coiffure et à l'art tout court d'ailleurs ? Il habitait à côté du plus grand peintre de son époque et il pensait qu'il gribouillait des croûtes, selon ses dires, pour passer le temps. Au début, quand les Magritte avaient emménagé, Georgette avait eu la naïveté de l'inviter à prendre le café. Et quand il avait vu les peintures de René, il avait lâché :

— Ma femme peint aussi. C'est mieux que ces coloriages. Elle fait des beaux bateaux, vous devriez venir une fois voir. Elle peut vous donner des cours, si vous voulez…

Comme si ça ne suffisait pas, il avait ajouté :

— Et ça se vend, ces croûtes ?

Georgette avait répondu avec fierté :

— Bien sûr et même très cher ! René a un public de connaisseurs, il ne peint pas pour les touristes, lui !

Et pan ! Attrape ça !

Là-dessus, le voisin n'avait pu s'empêcher de surenchérir que tous les mauvais goûts sont dans la nature, ce qui avait rappelé à Magritte les réflexions peu subtiles de sa femme de ménage. Il s'était levé, sans aucun commentaire, et on avait entendu claquer la porte d'entrée. Georgette avait alors connu un grand moment de solitude en face du con qui pérorait. Elle avait hâte qu'il termine son café et ne lui avait pas demandé s'il en voulait un autre, sinon elle lui aurait mis une pincée de mort-aux-rats dedans. L'idée de la prison, plus que celle de tuer un crétin, l'avait freinée. Et on en était resté là.

Depuis, elle se contentait de faire semblant de ne pas le voir quand elle sortait ou rentrait chez elle. Pas de chance, il était toujours fourré dans son jardinet, été comme hiver, le sécateur à la main et une bouteille de bière dans la poche, sans doute lassé des voyages immobiles que lui offrait son épouse avec ses rafiots qui prennent l'eau.

Georgette poussa la porte et appela René. Pas de réponse. Loulou déboula et sauta sur ses jupes en aboyant. Il n'aimait pas rester tout seul. Et bien souvent, il marquait son mécontentement en pissant sur les coussins du canapé. Ah, elle aurait aimé que son mari soit là pour lui remonter le moral. Elle repensa à Carmen, qui lui disait souvent : « Faut prendre ça de qui ça vient. »

En tout cas, en dehors du fait que Mimiche lui avait remonté le moral mieux qu'un psy et pour moins cher, elle n'avait pas perdu son temps.

Elle avait appris que Rosa, la dernière victime, était une de ses fidèles clientes. La dernière fois qu'il l'avait vue, elle avait l'intention de rompre avec son amant, ayant appris un terrible secret qu'elle n'avait pas voulu révéler, et Dieu sait si le Mozart de la coiffure était habile pour tirer les vers du nez.

— Tout ce que je sais, avait confié Mimiche, c'est que ça concernait son passé.

Rosa avait été assassinée juste après.

Comme quoi l'on juge souvent futiles les préoccupations des femmes, or se vernir les ongles peut parfois piéger les plus futés renards.

65.

De plus en plus incommodé par l'odeur d'urine, René faillit faire une croix sur son envie d'en savoir davantage sur Mathilde, la « voisine du dessous » comme l'appelait Bébert. Ça n'allait pas être facile de se dépatouiller de ce crampon qui lui avait mis le grappin dessus, profitant de ce visiteur si rare pour combler sa solitude et surtout rompre son tête-à-tête avec la photo de sa « charmante » mère, qui ressemblait à la sanglante tenancière de l'« auberge rouge ». Magritte l'imaginait bien en train d'égorger ses hôtes pour les détrousser et ensuite les couper en rondelles avant de faire disparaître les morceaux dans le fourneau. Si l'on en jugeait l'histoire macabre de cette accueillante auberge ardéchoise située à Peyrebeille, où toute la famille avait mis la main à la pâte pour se débarrasser des clients[1], l'instinct criminel devait être héréditaire.

Deux bières plus tard, René, dont ce n'était pas l'habitude de picoler, s'était laissé aller, espérant chasser son

1. L'auberge rouge de Peyrebeille a vraiment existé et cette histoire macabre est authentique. Claude Autant-Lara en avait fait un film avec Françoise Rosay et Fernandel. Il y a des années, on pouvait encore visiter cette auberge sanglante, tenue par les descendants, qui franchement flanquaient la trouille !

malaise. Ce fut l'effet contraire et il commença à suer à grosses gouttes.

Il était temps de ne plus tourner autour du pot, d'en finir avec la politesse d'usage. Magritte savait qu'en fonçant direct dans le lard du gros, il en retirerait moins de renseignements qu'en y allant en finesse. Georgette lui avait appris à travailler la dentelle, lui dont Scutenaire disait : « La tyrannie enfantine de René, avec le sens très spécial du bizarre qu'il a déjà, effraie un personnel déboussolé tant par sa piété que par son irrespect incontrôlable. »

Il avait dû dompter le lion qui sommeillait en lui, tout en le sachant toujours tapi dans un coin de sa mémoire, prêt aux plus délirantes folies. Ce lion qui figurait dans son tableau intitulé *Nostalgie*, où on voyait un homme en noir de dos, les ailes repliées, accoudé à un pont.

Là, il estimait avoir passé assez de temps avec cet olibrius pour entrer dans le vif du sujet.

— Vous m'avez dit tantôt que Mathilde n'était pas chez elle.

— *Zeg* Nick Carter, tu peux me tutoyer hein *menneke*, maintenant qu'on a bu not' drache ensemble.

— Excusez-moi, j'ai du mal avec le tutoiement, mentit René, qui tutoyait ceux qu'il trouvait sympas et vouvoyait les autres, estimant que cela constituait une barrière invisible et infranchissable.

On se protège comme on peut des crétins.

— Ah c'est vrai, j'ai oublié que môssieur est américain et qu'il vient de Knokke-le-Zoute.

— C'est qu'il ne suffit pas de boire des bières ensemble pour se connaître.

— Voilà bien des chichis, sauf que de la part des étrangers rien ne m'étonne plus, décréta Bébert en jetant un coup d'œil complice au portrait de sa vieille bique de mère, qui devait sûrement être raciste. Quand on a du sang de cow-boy dans les veines, on n'est pas vraiment le fils de Manneken Pis, ajouta-t-il.

Histoire d'adoucir les barbelés qui se dressaient entre eux et d'inciter le gros lard à lui faire davantage de confidences sur sa voisine du dessous, René le brancha sur un sujet qui faisait l'unanimité chez les Belges : la mer du Nord.

— Il est vrai que je suis né à Knokke, mentit Magritte, et j'imagine que vous aimez la mer…

— Moi ? J'y suis jamais allé. Pas besoin. On la voit à la télé, sans le vent et la pluie, et surtout sans les touristes.

Et vlan, un coup dans l'eau !

— Donc, enchaîna René, vous m'avez dit que Mathilde était partie. Savez-vous où elle est allée ?

— Tout ce que je sais, c'est qu'elle est sortie avec sa valise avant-hier soir. Donc, j'imagine que c'est pas pour aller chercher des cuberdons au *bollewinkel* du coin, hein !

— Elle est peut-être gourmande et adore ces bonbons…

— Non, elle mange rien. Je le sais parce que quand elle s'est installée ici, je l'ai invitée à souper et elle a rien avalé. Elle m'a dit qu'elle avait été anorexique quand elle était plus jeune. Et moi j'aime bien les bonnes vaches laitières…

Oups ! la conversation déviait. Bien que cela le démangeât de répondre que pour manger chez lui, avec cette odeur d'urine, fallait vraiment être affamé, Magritte enchaîna direct sur Mathilde :

— Que savez-vous d'elle ?

— C'est un interrogatoire ?

— Non, non, je suis seulement inquiet pour ma cousine.

— Tu peux. Cette fille n'a pas toutes ses caricoles dans le même bol, si tu veux mon avis. Elle vit dans le noir, même quand elle ne bosse pas. Ses tentures sont toujours fermées. Quand elle est venue, elle m'a parlé de son amoureux, et j'ai compris que je n'avais pas mes chances.

Tu m'étonnes, qui voudrait d'un taré pareil ?

— Du coup, j'ai creusé un peu pour savoir si c'était du solide. Tu sais *menneke*, une fois qu'elles sont mariées, au bout de trois ou quatre ans, elles s'emmerdent et tombent dans tes bras comme des mouches. Après quand elles sont amoureuses, c'est la croix et la galère.

René appréciait le grand sens de la poésie avec laquelle le Bébert parlait d'amour…

— Eh ben, continua l'Apollinaire de comptoir, elle avait l'air vachement mordue. Un sérieux gros *boentje* pour son *peï*. Je sais pas qui c'est, mais il doit sacrément assurer parce qu'elle avait les yeux qui pétillaient pareils que la bière qui sort du fût.

— Vous l'avez déjà vu ?

— Ben non, jamais ! C'est ça qui est bizarre. Pourtant au début j'ai guetté, me suis planqué derrière mes rideaux qu'on aurait dit un gardien de phare avec la lumière du réverbère dans la rue. Rien de rien ! Elle rentrait et sortait toujours toute seule. Puis j'en ai eu ma claque. Jusqu'à avant-hier, où j'ai pensé que j'avais mes chances. D'habitude, elle ne fait pas de bruit, mais vu la façon dont elle a claqué la porte en sortant, ils devaient s'être disputés. J'espérais le voir dehors avec armes et bagages, bernique ! Et si elle l'avait séquestré ? Avec les femmes faut s'attendre à tout.

— Vous regardez trop de films policiers.

— Non, moi je ne regarde que les émissions de variétés.

J'aurais dû m'en douter, pensa René.

— Elle va peut-être le rejoindre chez lui, supposa-t-il, un peu déçu d'apprendre que sa Mathilde avait le cœur pris.

— Non, non, elle m'a dit qu'il habitait chez elle, même qu'elle a précisé qu'il n'aimait pas le bruit. Pour ça, je l'ai rassurée, ici c'est pas la java tous les soirs. Parfois elle tape avec son balai parce que ma télé va trop fort, oué à force de secouer mon chicon, je deviens sourd...

Et il se mit à rire d'un rire gras, content de sa réplique. Magritte ne broncha pas.

— Si elle est partie seule avec sa valise, comme vous l'affirmez, c'est que son amoureux est toujours en bas...

— Ça me paraît évident.

— Donc elle va revenir, conclut René, qui brûlait d'aller rencontrer ce mystérieux fiancé.

Et pourquoi pas, par la même occasion, lui flanquer son poing dans la tronche ? On ne se refait pas. Les mauvais garçons gardent toujours un lance-pierre dans la poche, même s'ils portent des costumes seyants.

66.

René fut soulagé de sortir vivant de l'appartement puant de Bébert et surtout d'échapper au regard diabolique de sa vieille mère, suspendue au mur pour l'éternité.

Le rez-de-chaussée était dans le noir absolu. Vu l'heure tardive, c'était normal. Il espérait que Georgette n'allait pas s'inquiéter.

Quand il arriva chez lui après avoir pris le tram, il faillit avoir un fou rire en voyant la tête de sa femme. Mais l'histoire de Mathilde le tracassait et il n'avait pas trop le cœur à s'amuser.

— Ben dis donc, on dirait la Pompadour ! Qu'est-ce que c'est que cette tour Eiffel sur ta tête, mon p'tit poulet ?

— Je suis allée chez mon coiffeur.

— Ça valait la peine ! Et j'imagine que t'as payé des ronds de chapeau pour cette merveille…

— Il me fait toujours un prix parce que je suis une fidèle cliente, pérora Georgette.

— C'est lui qui devrait payer, je trouve, pour massacrer ma femme.

— Tu n'aimes pas ?

— Si, si, tu peux aller dans la baraque des monstres à la foire du Midi, tu feras un tabac !

— Pfff… Tu n'y connais rien dans l'art de la coiffure. C'est très mode et c'est moi qui la lance à Bruxelles.

Mimiche me l'a assuré. Demain, toutes les femmes vont vouloir le même chignon.

— Ah ben si Mimiche l'a dit ! railla René, ne ratant pas une occasion de se moquer des gestes efféminés du coiffeur qui, le dimanche, se baladait à vélo dans les Marolles, avec une robe en vichy, se prenant pour Brigitte Bardot. Sauf qu'il avait des mollets de joueur de foot.

Vexée, Georgette disparut dans la cuisine. Son mari la suivit, prenant le chien à parti :

— T'as vu maman quel sale caractère elle a ? Elle ne supporte pas la critique.

Et Georgette répondit à la place de Loulou, avec une petite voix aiguë :

— Ma maman est la plus belle du monde et tu connais rien à la mode avec ton vieux chapeau boule que je vais bientôt aller pisser dedans, ça va pas rater.

Il arrivait parfois à Georgette et René de parler par chien interposé, surtout quand ils n'étaient pas d'accord.

Leur couple tenait depuis toutes ces années parce qu'ils avaient compris que l'humour était la meilleure manière de régler les conflits.

Georgette posa deux tasses sur la table en formica et ils se retrouvèrent autour de l'odeur réconfortante d'un bon café au lait.

René raconta sa visite chez Bébert le magnifique, séducteur né et prince de l'élégance. Il révéla à sa femme que Mathilde avait un amoureux que personne n'avait jamais vu et qu'elle était partie avec une valise.

— Tu es sûr qu'elle est bien partie ? demanda Georgette.

— Ben c'est ce que Bébert m'a raconté. Il l'a vue sortir avec.

— Il passe sa vie à l'espionner ou quoi ?

— Non, sauf que là, elle a claqué la porte.

— Elle l'a peut-être fait exprès pour attirer son attention. Et après elle a très bien pu aller enterrer la valise dans son jardin…

— Ça me paraît un peu tordu, objecta René.

— Mais possible…

— Oui, avoua-t-il.

— Tu devrais aller voir demain si la terre n'a pas été remuée autour de la maison.

Décidément, songea Magritte, *les femmes sont souvent plus embrouillées que les hommes.* Pourquoi Mathilde aurait-elle agi de la sorte ? Il supposait plutôt qu'elle était partie pour quelques jours. Avait-elle reçu des menaces et avait-elle eu peur ? Et si la nonne l'avait appâtée, comme elle l'avait fait avec ses autres victimes, pour l'attirer ailleurs et la tuer ? René n'était pas tranquille. Avait-elle parlé de son passé à son amoureux ? Était-il conscient du danger qu'elle courait ?

Il fallait que Magritte retourne chez Mathilde et réussisse à rencontrer celui qui avait capturé son cœur.

Demain soir. Pour pas attirer l'attention de l'autre truffe en haut.

Georgette lui raconta ce qu'elle avait appris chez son coiffeur chéri, à propos de Rosa.

— Quel secret avait-elle donc bien pu découvrir au sujet de Roger Dutilleul pour qu'elle ait envie de le quitter ? s'interrogea René.

— Quelque chose lié à son passé, supputa Georgette. À mon avis, pour qu'une femme ait envie de plaquer un homme, c'est qu'il a tué quelqu'un. Nous autres, il nous faut déjà beaucoup pour qu'on s'en aille, sauf si on s'ennuie.

— Et tu ne t'ennuies pas avec moi, mon p'tit bibi ?

— Sinon, je serais déjà partie depuis longtemps ! lui assura Georgette, qui avait toujours préféré les mauvais garçons aux banquiers.

Elle lui adressa un sourire enjôleur et défit sa choucroute, laissant tomber ses cheveux en cascades sur ses épaules. Comme si chaque boucle était un mot d'amour.

67.

Magritte attendit que le soir tombe pour aller chez Mathilde. Il voulait éviter d'attirer l'attention de ce gros beauf de Bébert. Était-elle rentrée ? Il se demandait à quoi pouvait bien ressembler cet homme dont elle était si éprise. D'emblée, il ne l'aima pas.

Il frappa à la porte, espérant que Bébert ne l'entende pas. À l'étage, les rideaux tirés laissaient filtrer une lumière bleue indiquant qu'il devait encore être vautré devant sa télé à cuver sa bière. Tant mieux !

Il frappa de nouveau. Rien. Il contourna la maison et, vu les châssis pourris de cette baraque mal entretenue, il n'eut qu'un coup d'épaule à donner pour pénétrer à l'intérieur et se retrouver dans la cuisine. Il évita de faire du bruit pour ne pas réveiller ou effrayer Mathilde si elle dormait. Il voulait juste savoir si elle allait bien et souhaitait de toutes ses forces la voir assoupie dans son lit, de préférence sans son fiancé.

Une bougie sur la table, à côté d'une boîte d'allumettes, attira son attention. Il préféra cette solution plutôt que la lampe de poche qu'il avait emportée. C'était plus discret. Il avait toujours aimé découvrir des antres secrets ou des greniers à la lueur de la flamme. Cela leur conférait un mystère qui le charmait.

C'est là qu'il découvrit un décor incroyable auquel il ne s'attendait pas ! Sur les murs étaient accrochés de grands portraits de Jacques Brel ! Bien sûr, Mathilde lui avait parlé de lui. *J'ai écouté et lu toutes ses interviews et je connais ses chansons par cœur. Il m'a aidée à traverser tous les orages.* Il était pourtant loin d'imaginer qu'elle l'aimait au point de prendre ses petits déjeuners avec lui.

Sa surprise fut bien plus grande encore lorsqu'il pénétra dans le salon. Il distingua l'ombre d'un homme assis dans un fauteuil, probablement assoupi car il ne broncha pas à l'arrivée de Magritte, bien embarrassé avec sa bougie à la main.

— Pardon, balbutia-t-il, ne sachant quoi dire d'autre. Je ne suis pas un cambrioleur, je voulais juste savoir si Mathilde va bien, comme elle ne répond pas… Je sais, continua-t-il en s'approchant de l'homme, c'est peu cavalier de ma part et je m'en excuse. Vous devez être son fiancé ?

L'homme ne réagit pas. Attendait-il le bon moment pour sauter à la gorge de cet intrus ? Magritte prit peur et faillit déguerpir à toute vitesse. Mais il resta figé sur place. Il avait déjà ressenti cet état de panique qui le paralysait au lieu de lui donner des ailes. Combien de fois avait-il rêvé qu'il se trouvait piégé par un monstre brandissant un grand couteau ! Et il restait là, incapable de faire le moindre mouvement pour détaler et avoir la vie sauve…

Il continua à parler, pour se justifier et briser ce silence qui l'oppressait et l'empêchait de respirer. Depuis longtemps, il avait des problèmes de gorge qui le rendaient fébrile et nerveux. Lorsqu'il stressait, ça revenait, et il avait l'impression de suffoquer. Les opérations n'avaient pas arrangé grand-chose.

— Vous savez, je ne veux pas de mal à Mathilde, juste savoir si elle va bien. Vous ne me répondez pas… Je comprends que vous soyez fâché ! Je suis un grossier merle de pénétrer ainsi chez vous, je suis désolé. Vous m'entendez ?

Et s'il était sourd comme un pot ? Il aurait au moins réagi à l'intrusion de son étrange visiteur. Ou peut-être dormait-il profondément ? Et s'il était mort ?

Magritte sentit un frisson le parcourir. La trouille d'être devant un cadavre était pire que celle de recevoir un coup. Il respira profondément et tenta de penser à autre chose, aux cahiers qu'il aimait colorier quand il était petit, par exemple. Ou à Filochard, le Pied Nickelé. Cette technique marchait parfois. Il parvint à faire quelques pas en avant et à approcher la flamme du visage de l'inconnu.

68.

Georgette tricotait en écoutant un feuilleton à l'eau de rose à la radio. Le tricot, ça la calmait. Elle n'avait pas peur pour son mari mais cette histoire la tracassait. Trop de zones troubles… Elle avait connu un commissaire de police, Léon[1], qui tricotait en cachette au bureau et ça l'aidait à dénouer ses intrigues. Il confectionnait des paletots pour son chien. Elle, elle se faisait des gilets parce que René n'aimait pas les pulls tricotés et Loulou, même pas la peine d'y penser ! Il les aurait déchiquetés.

Les démêlés amoureux de Rebecca et Raoul l'amenèrent à se remémorer la scène où elle avait donné le cadeau du facteur à sa femme de ménage. Carmen avait ouvert la boîte et pris la bague pour l'examiner à la lumière du lampadaire. D'un air de connaisseuse, elle avait dédaigneusement déclaré :

— C'est du *vlek* ! Ce caillou est un faux.

Puis elle avait ajouté :

— Qu'est-ce qu'il croit, ce *snul* de la pédale ? Qu'il va m'attraper avec ses cacailles ? Celui qui m'offrira un

1. Le commissaire Léon est le héros d'une de mes séries policières (éditions Pocket) et de mon film *Madame Édouard*, où il est incarné par Michel Blanc.

diamant, il aura ma main. Et encore ! L'autre je la garderai pour mes amants.

Elle empocha quand même la bague de fiançailles avec l'intention de la revendre. Y a pas de petits profits.

Georgette allait encore devoir mentir au facteur : « Vous connaissez Carmen, elle est timide... » Tu parles !

Soudain, le téléphone sonna. Elle se leva en pestant : « Zut jamais tranquille ! » C'était Jefke.

— Georgetteke, faut que je parle à René...

— Il est pas là.

— *Potferdek*, c'est pour une urgence.

— Je peux peut-être t'aider... Tu sais que je suis au courant de l'affaire Dutilleul.

— Oué, je sais. Tu l'aides à écrire son roman policier.

Georgette ne releva pas, devinant que son mari avait raconté cette carabistouille pour justifier son implication dans l'enquête.

— *Zeg*, continua-t-il, j'ai pensé à une chose qui ne m'avait pas frappé. Quand on est sortis de la maison de la sœur Louise avec René, on a croisé un facteur à qui on a dit qu'elle était pas là. Et il a répondu qu'elle ne sortait jamais. Que c'est lui qui faisait toujours ses courses. Mon instinct me souffle qu'il se passe un truc louche dans cette baraque. Tout était en plan, comme si elle avait dû s'enfuir. Or au couvent, c'est un peu pareil qu'à l'armée. On vous apprend la discipline. Elle ne serait pas partie sans ranger ses affaires. Sa tasse était restée sur la table. Y avait encore du café dedans. Et son lit était défait.

— Bah, parfois on perd ses bonnes habitudes, objecta Georgette, devenue une maniaque du rangement à cause de René, qui n'aimait pas voir traîner les choses.

Elle rêvait de casser ses gestes mécaniques et de se laisser aller de temps en temps à une vie de bohème. Parmi les amis écrivains de son mari, la plupart avaient avoué faire le ménage avant de se mettre à écrire. Un genre de toc, quoi.

— Je vais y retourner là, ce soir. Ça me démange. Je pense qu'on n'a pas bien fouillé la maison. On n'a pas été au grenier ni à la cave. J'avoue que j'me sens pas trop d'y aller seul.

— Je t'accompagne, décréta Georgette.

— Ah pas question ! S'il t'arrivait quelque chose, René me tuerait.

— Il ne m'arrivera rien. Tu me prends pour une faible femme ?

— Loin de moi cette idée ! Mais il faut reconnaître que les hommes sont plus costauds et…

— Nous on mord, on arrache les cheveux, et on frappe dans les bijoux de famille. Passe me prendre, je suis prête.

Elle raccrocha sans lui donner le temps de répliquer.

Georgette rangea son tricot et éteignit la radio. En fin de compte, elle s'en fichait de savoir si Rebecca allait épouser Raoul, elle avait quelque chose de plus passionnant qui l'attendait.

Elle laissa un mot laconique à René :

Je suis partie avec Jefke.
Grosse baise.
Ta Georgette
P.-S. : Loulou a mangé.

Elle sourit en le relisant. Un mot qui pouvait faire penser qu'elle avait fui avec son amant. Son mari ne serait pas dupe, il la connaissait trop bien. Puis franchement, Jefke c'était pas Belmondo !

69.

L'homme assis dans le salon de Mathilde était… Jacques Brel ! Ou du moins, son double en mannequin, avec un masque du chanteur sur le visage. René avait vu les mêmes au Palais des cotillons, rue du Lombard à Bruxelles. C'est là que les travestis allaient se fournir en paillettes et boas. Étrange quand même, de vivre avec cette chose qui, à la lueur de la bougie, avait un air effrayant. Magritte balada la flamme autour de lui et s'aperçut qu'ici aussi les murs étaient couverts de photos de Brel, dont certaines découpées dans des magazines. Brel avec sa cigarette et ses boutons de manchettes, ou suant à grosses gouttes devant son micro, ses longs bras ouverts comme s'il voulait étreindre le monde entier ; Brel avec sa guitare, au temps où il portait une moustache qui ne lui allait pas mais lui donnait un petit air de *latin lover* à la sauce belge ; Brel enfant aux côtés de son frère Pierre ; Brel en vacances à Knokke-le-Zoute – Magritte et lui auraient pu s'y croiser ! Et la plus belle de toutes, Brel à Montmartre, grimpant les marches de la butte, drapé dans son manteau beige, les mains cachées dans ses manches, en quête de l'inaccessible étoile. Paris ne fut pas tendre avec lui. Il finit cependant par reconnaître l'immense talent de cet artiste exceptionnel.

Un détail frappa soudain Magritte. Il n'y avait aucune photo de Brel avec sa femme, Miche, et ses filles. Ni avec qui que ce soit d'autre d'ailleurs. Sur toutes, il était seul.

René s'approcha de la bibliothèque qui ne contenait que des livres dédiés au chanteur. Près de la fenêtre, une armoire vitrée remplie de disques de lui. Et sur le tourne-disque posé sur un guéridon, *Mathilde.*

Il y avait quelque chose de malsain dans cette obsession pour Brel.

Il traversa le couloir et se dirigea vers la première porte. La salle de bains. Là aussi, les murs étaient constellés de photos de Brel – toujours aussi seul –, dont le regard profond le chamboula. On aurait dit qu'il était prisonnier de cet endroit. Une prison d'amour fou. Les pires, car on ne peut scier les barreaux puisqu'ils sont invisibles.

Comment un autre homme, en l'occurrence son amoureux, pouvait-il trouver sa place dans ce temple voué au culte du chanteur ?

Jamais René n'aurait imaginé que Mathilde, cette belle fille plutôt secrète, il est vrai, cachait une telle dévotion pour Brel. Souvent il avait constaté que les jeunes filles pouvaient être hystériques dès qu'il s'agissait de leur idole. C'était moins courant chez les garçons. Mais Mathilde n'était plus une gamine… Peut-être avait-elle eu besoin de compenser son manque d'amour quand elle était petite par une passion pour cet homme hors du commun ? ou par une soif éperdue de rêves, ceux que cette détraquée de bonne sœur lui avait volés ? René avait eu un aperçu de sa sensibilité lorsqu'il lui avait offert son tableau avec les larmes. Elle avait alors soulevé un coin de voile. Pourtant, il la soupçonnait d'en cacher bien d'autres.

Un fin rai de lumière filtrait sous la porte d'à côté. René la poussa doucement et entrevit un lit couvert de roses déchiquetées…

70.

Georgette remarqua que Jefke ne respectait pas le Code de la route.

— Tu viens de passer à l'orange, lui reprocha-t-elle, estimant qu'en tant que représentant de la loi, il avait le devoir de montrer l'exemple.

— Je suis daltonien. Après tout, quel flic mettrait un PV à un collègue, hein ?

— Y a des puristes !

— Pas à Namur. C'est la ville des *lumçons*. J'en ai jamais vu un qui se tuait à la tâche. Pour ça qu'on les compare à des escargots !

Georgette n'insista pas et se contenta d'admirer le cheval Bayard, chevauché par les quatre fils Aymon et qui semblait voler au-dessus de la Meuse, au pied de la citadelle où, gamine, elle allait parfois voir le moto-cross avec son oncle. Le vainqueur avait droit à une coupe bien sûr, mais aussi à l'hymne namurois, *Li bia bouquet*.

Jefke gara sa voiture de police sur une place réservée à la livraison, arguant du fait que c'était une urgence et que de toute façon, répéta-t-il comme pour s'en convaincre, on ne colle pas une cartache à un supérieur (il avait laissé son insigne sur le tableau de bord pour bien montrer à qui on avait affaire).

Georgette ne moufta pas. Elle frissonna en voyant la demeure de la nonne qui aurait ravi un réalisateur de films d'horreur. Des petites fenêtres sombres ressemblant à des bouches sèches, une « peau » grise de mourant et un toit pareil à une chape de plomb. Pas une seule fleur pour égayer cet antre de la momie.

Jefke frappa à la porte. Au bout de quelques minutes, il frappa plus fort et annonça : « Police, ouvrez ! » Rien. Il s'y attendait !

— Attends-moi ici, je reviens.

Il rappliqua avec un pied-de-biche qu'il était allé chercher dans sa voiture et entreprit de forcer la porte.

— C'est une infraction, tu n'as pas de mandat !

— S'il fallait attendre les autorisations, la moitié des affaires seraient irrésolues. Faut pas être plus bigot que saint Ignace, c'est pas ton mari qui me contredirait.

Georgette, ferme ton clapet, t'es pas mariée avec un ange...

Ils traversèrent un couloir lugubre et se retrouvèrent dans la cuisine austère, restée dans le même état que la première fois. Avec, chose surprenante qui confortait Jefke dans son idée d'un départ précipité, la tasse encore à moitié remplie de café sur la table. Petit détail, une légère couche de moisi avait recouvert le divin breuvage.

Ils s'avancèrent jusque dans le salon, où le livre sur le fauteuil était toujours ouvert. Georgette regarda la couverture et dit :

— Cioran ! Mon mari trouve que c'est un auteur ennuyeux et donneur de leçons. Il n'aime pas ça.

— Sais pas, je ne lis pas. À part les bouquins de ma mère, pour lui faire plaisir. Et ceux de mon père aussi. Ça fait déjà beaucoup à eux deux.

— Pas de chance ! Tu n'aimes pas lire et tes parents sont écrivains.

— Ouais. C'est pas de bol pour eux non plus, mais du moment qu'on s'aime, hein !

— C'est comme un coiffeur qui aurait un fils chauve, poursuivit Georgette, éprouvant le besoin de parler pour ne pas céder à la panique.

Cet endroit ne lui disait rien qui vaille. Elle sentait des mauvaises ondes et avait l'impression qu'un fantôme à l'haleine fétide lui soufflait dans le cou. Sa peur atteignit son apogée lorsqu'elle croisa le regard du Christ dans son cadre entouré de roses en plastique. Pourtant, elle portait toujours la croix de sa communion autour du cou, cadeau de sa grand-mère. Elle voyait dans Jésus quelqu'un de bienveillant. Par contre, là… Était-ce à force d'avoir côtoyé le diable sans être parvenu à lui faire pousser des ailes ?

Même en présence du pire des assassins, il aurait dû rester imperturbable, continuant à couver le mal avec amour, potion magique qui chasse les mauvais esprits, puisque nous sommes tous ses enfants. Malheureusement, il y a des irrécupérables… S'était-il ici épuisé à diffuser sa lumière sur des ténèbres sans faille ?

Georgette s'approcha du portrait et comprit ce qui la mettait si mal à l'aise : une araignée avait tissé sa toile autour de lui et pondu un œuf rond et blanc, pareil à un œil mort collé sur sa couronne d'épines.

Obnubilée par cette photo, elle ne s'était pas aperçue que Jefke avait disparu.

Elle entendit soudain un cri provenant de la cave. Figée devant le Christ, elle le supplia qu'il ne soit pas arrivé malheur à son ami. Mais les miracles n'existent que dans la Bible…

71.

René découvrit Mathilde assise dans un rocking-chair près de son lit, jonché de tiges de roses. Elle berçait un bébé dont il ne distinguait que la forme, enroulé dans une couverture. De sa voix douce, elle lui chantait :

— « Promenons-nous dans les bois
Tant que le loup n'y est pas. »

Mathilde ne parut pas remarquer la présence de Magritte et elle continua à chanter en serrant son petit contre elle :

— « Si le loup y était
Il nous mangerait… »

— Mathilde, c'est moi, René Magritte, dit-il d'un ton rassurant. Je suis passé chez le brocanteur. Voilà deux jours qu'il essaie de vous joindre. J'étais inquiet. J'espère que vous ne m'en voulez pas d'être entré chez vous comme un voleur…

Elle continua à chanter sans avoir l'air de l'entendre ni de remarquer sa présence.

— « Mais comme il n'y est pas
Il nous mangera pas… »

— Je ne savais pas que vous aviez un enfant. Comment s'appelle-t-il ?

— C'est une fille. Nina. Comme ma maman… Dis bonjour au monsieur !

Elle souleva un coin de la couverture et Magritte découvrit une poupée de chiffon sans yeux. Deux trous le fixaient.

Mathilde attrapa la main de son visiteur et lui offrit les deux boutons de nacre qu'elle venait visiblement d'arracher. Pourquoi voulait-elle que sa poupée soit aveugle ? Pour ne pas voir les horreurs du monde, la gueule du loup et les épines de roses, celles qui laissent sur la peau des traces de malheurs et rongent le cœur jusqu'à la déchirure.

Pour que sa poupée soit auprès d'elle, derrière le mur qu'elle avait construit afin de se protéger de la cruauté des humains. Dans cette bulle bleue où rien ne pouvait l'atteindre.

Pas même la mort que chantait Brel.

« La mort m'attend comme Carabosse
À l'incendie de nos noces
Pour mieux rire du temps qui passe
Mais qu'y a-t-il derrière la porte »

72.

Georgette descendit à la cave, où elle trouva Jefke pétrifié devant une vraie mise en scène de film d'horreur ! Pourtant il en avait déjà vu des cadavres, c'était son métier.

La nonne gisait sur la terre battue, entourée de tiges de roses, la bouche figée dans un rictus de douleur, ses yeux grands ouverts fixant le plafond, emprisonnée dans sa robe grise maculée de sang, les bras en croix. Sans mains.

Soudain, ses lèvres remuèrent… Georgette poussa un cri ! Un cafard surgit de la bouche sèche de sœur Louise et grimpa sur sa joue, puis disparut dans son oreille.

— Foutons l'camp d'ici, décréta Jefke. Je vais prévenir la police de Namur.

Georgette le suivit sans se faire prier. Il y a des cauchemars qui s'incrustent dans notre mémoire, bien plus indélébiles que des tatouages. De ces images pondues par le pire de ce que peut receler l'humanité malade, des vomissures de monstre au sourire d'enfant triste.

En quittant la « maison du diable », comme la surnommait Georgette, ils reprirent machinalement le chemin de la cuisine, celui par lequel ils étaient entrés. Et ils se retrouvèrent dans le jardin.

Là, Georgette buta sur une motte de terre fraîche.

— Jefke, viens une fois ici avec ta lampe de poche, on dirait qu'il y a quequ'chose.

Il éclaira l'endroit et ils virent qu'un carré de terre avait été remué. Jefke balada le faisceau de sa lampe autour de lui et remarqua une cabane à outils. Il s'y dirigea et trouva une bêche. Il ne dut pas creuser longtemps avant qu'elle fasse un bruit sourd.

Au bout de quelques minutes, il dégagea une valise.

Georgette se souvint de ce que lui avait raconté son mari, à la suite de sa visite chez le voisin de Mathilde.

Et si elle avait claqué la porte exprès pour qu'il l'entende ? Et qu'elle avait caché sa valise dans le jardin…

Sauf que c'était pas dans son jardin, mais dans celui de la nonne. Elle se trompait peut-être. Qu'est-ce qui prouvait que c'était bien la valise de la jeune femme ?

— Tiens la lampe et éclaire-moi, demanda Jefke.

Il n'eut aucune difficulté à ouvrir la valise, qui n'avait pas été fermée à clef.

À l'intérieur, une arme, un grand couteau maculé de sang séché et… les mains coupées de sœur Louise.

Avec un petit mot : *Ma mère, arrête tes prières, retourne en enfer…*

73.

Tandis que Mathilde continuait à chanter sa berceuse en serrant sa poupée contre elle, René eut le regard attiré par un carnet noir posé sur la table de chevet.

— Je peux ? demanda-t-il en se dirigeant vers le petit meuble.

— « Loup y es-tu ?
Que fais-tu ?
Entends-tu ?
Je mets ma chemise… »

Il prit le carnet et se mit à le lire, assis sur le lit. Il était devenu invisible. Dans le monde de Mathilde, il n'y avait qu'elle et sa poupée. Elle avait rejoint le grand amour de sa vie, Jacques Brel.

Ce qu'il allait découvrir, c'était la boîte de Pandore…

Je serai toujours cette petite fille perdue dans son gilet bleu trop grand pour elle, et sa robe blanche garnie de cerises dans lesquelles elle n'a jamais pu croquer.

Une petite fille perdue dans un monde sans pitié, confiée aux mains d'une sorcière au sourire qui ressemblait à celui du chat de Chester dans Alice au pays des Merveilles. *Un sourire faux, avec des dents qui se referment sur le cœur pour mieux le piéger et le déchiqueter. Même si ma mère n'avait pas le choix et que je lui ai pardonné, j'aurais préféré mourir auprès d'elle plutôt que de vivre ce que j'ai vécu avec cette horrible nonne de malheur que je hais pour l'éternité. Comment aurait-elle pu imaginer me jeter dans la gueule du loup, en me confiant à ces braves sœurs, amies du Bon Dieu si miséricordieux ? Tu parles… Il nous a tous bien eues.*

J'ai cessé de croire en lui parce qu'il ne m'a jamais entendue. Que de fois ne l'ai-je supplié de m'aider ? Je n'ai pas connu le paradis, j'ai connu l'enfer. Celui des petits oiseaux morts, tués par un chasseur. Il y a des carabines invisibles qui ne font aucun bruit. De celles qui vous tuent lentement…

Le vrai responsable de tous mes malheurs et de ceux de ma mère, c'est ce père qui nous a abandonnées, sans aucun remords, continuant à vivre heureux avec sa femme et sa maîtresse.

J'ai voulu lui faire payer ses crimes, parce que briser le bonheur des autres en est un. Je voulais qu'il ressente le chagrin de perdre ceux qu'on aime. La mort eût été pour lui un cadeau sans larmes.

Lorsque j'ai su qui il était, je l'ai suivi et j'ai imaginé un stratagème pour attirer sa femme dans mon piège. Madeleine… Elle portait le nom d'une des chansons de mon Amour. Le seul que j'aie jamais aimé dans cette vie : Brel, mon Dieu à moi qui m'a sauvée bien des fois. Puis, j'ai usé de la même ruse pour sa maîtresse, Rosa, rosa rosam… *Quelle jouissance de les voir plonger avec empressement et naïveté dans les bras d'un amoureux imaginaire. Bernées par des faux mots d'amour dans des enveloppes bleues, de la couleur du ciel. Les pauvres connes ! De savoir leur mari et amant cocu m'a remplie de joie.*

Ensuite, il me restait un détail à régler. Je suis allée chez celui qui m'avait oubliée dans le ventre de ma mère, celle qu'il avait laissée sur le trottoir… Et je lui ai dit qui j'étais et ce que j'avais fait. Le tout emballé avec un gros ruban ensanglanté. Je l'ai menacé avec l'arme que j'ai trouvée dans le tiroir du brocanteur. Je savais qu'il la cachait là. Et je l'ai obligé à se pendre. Dans la lettre il disait ses remords et qu'il avait préféré se suicider.

Je n'oublierai jamais ses supplications et son regard fourbe, ce faux cul m'appelait « sa petite fille chérie ». Je n'étais pour lui qu'un déchet dont il s'est débarrassé pour vivre en paix. Ses mots doux, un serment perfide pour avoir la vie sauve.

Il ne me restait plus qu'une seule tâche à accomplir avant de quitter cette planète pourrie. Aller punir cette sœur du diable et la priver de ses mains avec lesquelles elle nous avait toutes martyrisées au nom de nos péchés. Mais que sait un enfant de ces inventions religieuses pour maintenir les gens dans la peur ? Il ne se rend même pas compte de ce qu'est la mort…

Grand Jacques, ouvre tes bras, ta Mathilde est revenue…

74.

Tout ce que put dire Magritte en refermant le carnet noir, ce fut :

— Nom d'une pipe ! Mais c'est bien sûr !

Mathilde fut internée avec sa poupée. Elle ne parlait plus. Ne faisait que chanter sa berceuse préférée :

« Promenons-nous dans les bois.

Vite, vite, sauvons-nous

Sauvons-nous, vite, vite »

René et Georgette clôturèrent cette enquête en allant voir Brel, qui les avait invités à son concert à l'Ancienne Belgique.

René mit son chapeau boule et sa belle cravate lignée. Georgette, son chapeau cloche et sa robe en dentelles de Bruxelles.

Loulou attendit leur départ pour aller se vautrer dans le canapé, devant le chevalet, et s'ils ne rentraient pas avant que le croissant de lune apparaisse dans le ciel comme sur les tableaux de son maître, elle pisserait sur le coussin, promis juré !

Magritte et Georgette prirent le tram 33, prévoyant après le concert d'aller manger des frites chez Eugène.

Quand Brel entra en scène, le cœur de Georgette se mit à battre aussi fort que celui de cette gamine de douze ans ayant rencontré l'homme de sa vie au cinéma bleu. L'émotion efface le temps, nous ramène à l'essentiel : cette fragilité qui fait de nous des humains.

Le Grand Jacques ouvrait ses bras, pareils aux ailes de cette petite tourterelle que René et Georgette avaient trouvée, blessée, dans leur jardin. Elle était venue se blottir contre leur fenêtre comme pour leur demander de l'aide. Et ils l'avaient soignée avec amour. L'avaient appelée Isabelle. Elle allait mieux. Bientôt, elle pourrait s'envoler ! Mais ils la virent se coucher et un filet de sang sortit de son bec.

Elle mourut entre leurs mains. Ils eurent beaucoup de chagrin et l'enterrèrent dans leur jardin, enveloppée dans un foulard de Georgette, rempli de pétales de roses blanches.

Elle avait fini par s'envoler bien au-delà des nuages, là où n'existent ni la colère, ni la haine, ni le chagrin. À moins que les nuages soient gorgés de toutes les larmes de ceux qui nous ont quittés là-haut ? Juste pour nous rappeler qu'ils veillent sur nous et qu'ils nous attendent, comme « la pendule [...] au salon, qui dit "oui", qui dit "non"... »

Quand Brel chanta *Mathilde*, René essuya une larme. Il glissa la main dans sa poche et serra les petits boutons de nacre qu'il garderait toujours tel un trésor, pour ne pas oublier qu'on ne voit l'essentiel qu'avec des yeux d'enfant.

« Ma mère, voici le temps venu
D'aller prier pour mon salut
Mathilde est revenue
Amis, ne comptez plus sur moi
Je crache au ciel encore une fois
Ma belle Mathilde, puisque te v'là, te v'là ! »

FIN

Note de l'auteur

René Magritte m'accompagne depuis longtemps. Passionnée par sa peinture et son univers étrange, j'ai eu la chance de rencontrer sa femme, Georgette, il y a des années, et d'être allée dans leur maison de la rue des Mimosas à Schaerbeek – une des communes de Bruxelles –, celle-là même dont je parle dans ce roman. Il était malheureusement parti découvrir ce mystère du monde qui le passionnait tant.

Magritte, c'est une longue histoire d'amour… Il apparaît déjà dans mon thriller *Coco givrée*[1], dont l'intrigue est nouée autour de ses tableaux, et dans mon film *Madame Édouard*[2], truffé de références à l'« homme au chapeau boule ».

D'aucuns l'imaginent en sage petit-bourgeois peignant des choses qui contrastent avec son apparence. Mais justement, ne vous y fiez pas !

---

1. *Coco givrée,* Belfond, 2010, et Pocket, 2017. Prix de la ville de Limoges.

2. *Madame Édouard*, long-métrage que j'ai écrit et réalisé. Avec Didier Bourdon, Michel Blanc, Olivier Broche, Dominique Lavanant, Josiane Balasko, Annie Cordy, Bouli Lanners, Philippe Grand'Henry, Rufus, Andréa Ferréol, et mon fils Raphaël Dewaerseghers… Musique originale de Bénabar.

Fruit de longues recherches, cette série déjantée, pleine de suspense et truffée d'anecdotes vraies dès qu'il s'agit de personnes ayant existé, est à l'image de ce qui nous unit, Magritte et moi : notre Belgique natale. Toutes les réflexions de René Magritte sur la vie et la peinture sont de lui. Le reste sort de mon imagination. Y compris sa rencontre avec Brel, mon chanteur préféré, qui aurait pu avoir lieu, vu qu'ils fréquentaient les mêmes endroits. Et tout ce que dit le Grand Jacques est de lui.

Magritte était passionné d'histoires de détectives. Georgette et lui furent amoureux toute leur vie.

Petite anecdote amusante, pour ceux qui comme moi croient aux signes… Lorsque j'ai voulu regarder Brel en live chanter *Les Bonbons*, quand il parle de Germaine, la traduction sous-titrée en néerlandais est… Nadine !

Et signe poétique : pendant l'écriture de ce roman, une petite tourterelle qu'on nourrissait est venue à ma fenêtre. Elle me regardait d'un air si triste que j'ai su qu'elle avait quelque chose. Le chat du voisin, qui est un tueur, l'avait blessée. On l'a soignée. Elle allait mieux mais a fini par mourir. J'étais très triste ! On l'a enterrée dans le jardin avec des pétales de roses blanches. Au moment où j'ai écrit le mot « FIN » sur mon ordi installé sur une table dehors, un pétale blanc est venu se poser sur mon clavier…

Imaginer un homme dans le bleu des rêves
Sur la sombre poésie
De ces images déchirées
Par un maître d'école
Car *ceci n'est pas une pipe*
Mais une robe de mariée
Sortie par magie
D'un chapeau boule qui s'envole
Quand on n'a que l'amour
Pour unique parole

Petite bibliographie

René Magritte. Écrits complets, coll. dirigée par Bernard Noël, Flammarion, 2001.

René Magritte. Lettres à André Bosmans. 1958-1967, Seghers/Isy Brachot, 1990 (une mine !).

Bernard Noël, *Magritte*, Flammarion, 2008.

Michel Draguet, *Magritte*, Folio Gallimard, 2014.

Anne Durand, *René Magritte. Le double sens des images*, Édilivre-Aparis, 2016.

Bernard Marcadé, *Magritte*, Citadelles et Mazenod, 2016.

Martin Monestier, *Jacques Brel. Le livre du souvenir*, Tchou, 1979.

Jacques Roisin, *René Magritte. La première vie de l'homme au chapeau melon*, Impressions nouvelles, 2014.

Ainsi que toutes les interviews sur Magritte, Georgette et Brel. Un coup de cœur particulier pour le reportage « Une maison, un artiste », de Patrick Poivre d'Arvor, sur Brel.

Remerciements

Je remercie particulièrement mon ami avocat et écrivain Alain Berenboom, ainsi que Charly Herscovici et Charles Draguet, qui veillent sur Magritte et son musée, situé au cœur de Bruxelles, pour m'avoir permis de voyager avec lui dans mes intrigues.

Merci à la Fondation Brel pour avoir accepté que je parle de mon chanteur préféré.

Merci aussi à mon éditeur Glenn Tavennec, à mon agent et ami Patrick Leimgruber, tous deux des guides précieux.

Merci à ma chouette lectrice Nathalie Théry, pour sa sensibilité et son efficacité.

Merci à Gérard Collard, sans qui vous ne me liriez plus aujourd'hui.

Merci à mon ami André Stas, mon Dédé, qui partage avec moi ses souvenirs sur les surréalistes, amis de Magritte.

Merci à mon ami Jean Marchetti, pour ses nuages bleus.

Merci à mon ami Lou Deprijck, qui boit des coups à la santé de Magritte, au café Chez René sur la place de Lessines, où il est né, et contribue à garder sa mémoire vivace. Ça plane pour lui !

Merci à mon amie juge Anne Gruwez pour ses précieux conseils sur le plan juridique et à mon ami Arnaud Debrée pour ses connaissances cinématographiques.

Merci à mon Chilleke, gardien de mes écrits.

Merci à mon ami Sergio Vanderspiegel, mon précieux relecteur aux yeux de lynx.

Enfin merci à mon mec, mon amour et mon premier lecteur, pour sa patience et parce qu'il cuisine, repasse, s'occupe de la paperasse et fait tout pour me permettre d'écrire en paix !

Je dédie aussi ce livre, comme tous ceux que j'ai écrits, à mes fils, que j'adore plus que tout au monde.

Et à mon petit chien Léon – mon Loulou à moi – qui se cache sous mes jupes et me tient chaud quand j'écris.

Les éditions Robert Laffont et la collection « La Bête noire » remercient la Fondation Brel, à Bruxelles, ainsi que les différents éditeurs cités ci-dessous, pour les droits de reproduction d'extraits de chansons de Jacques Brel.

Pour la citation en quatrième de couverture :
C'était au temps où Bruxelles bruxellait
Titre de la chanson : *Bruxelles*
Auteur : Jacques Brel
Compositeurs : Jacques Brel et Gérard Jouannest

Les Vieux
Auteur : Jacques Brel
Compositeurs : Jacques Brel, Jean Corti et Gérard Jouannest

Ne me quitte pas
Auteur-compositeur : Jacques Brel

Bruxelles
Auteur : Jacques Brel
Compositeurs : Jacques Brel et Gérard Jouannest
© Éditions Jacques-Brel, Bruxelles (pour la Belgique et les Pays-Bas) et avec Universal Music Publishing France (pour le reste du monde), 1962

Le Dernier Repas
Auteur-compositeur : Jacques Brel
© Éditions Jacques-Brel, Bruxelles, 1964

Madeleine
Auteur : Jacques Brel
Compositeurs : Jacques Brel, Jean Corti et Gérard Jouannest
© Éditions Jacques-Brel, Bruxelles (pour la Belgique et les Pays-Bas) et avec Universal Music Publishing France (pour le reste du monde), 1962

Amsterdam
Auteur-compositeur : Jacques Brel
© Éditions Jacques-Brel, Bruxelles, 1964

Rosa
Auteur-compositeur : Jacques Brel
© Éditions Jacques-Brel, Bruxelles (pour l'Allemagne, la Belgique et les Pays-Bas) et Productions musicales Alleluia-Gérard Meys, Paris (pour le reste du monde), 1962

Le Diable
Auteur-compositeur : Jacques Brel
© Universal Music Publishing France
et Éditions Jacques-Brel, Bruxelles, 1954

La Mort
Auteur-compositeur : Jacques Brel

Mathilde
Auteur : Jacques Brel
Compositeur : Gérard Jouannest

PARUS DANS

LA BÊTE NOIRE

KATERINA AUTET

La Chute de la maison Whyte (Grand Prix des Enquêteurs 2020. Prix littéraire de la Renaissance française 2020)

CÉDRIC BANNEL

Baad (Prix du Meilleur polar des lecteurs de Points 2017)

Kaboul Express

JACQUES-OLIVIER BOSCO

Brutale

Coupable

RHYS BOWEN

Son Espionne royale

Tome 1, *Son Espionne royale mène l'enquête*

Tome 2, *Son Espionne royale et le mythe bavarois*

Tome 3, *Son Espionne royale et la partie de chasse*

Tome 4, *Son Espionne royale et la fiancée de Transylvanie*

Tome 5, *Son Espionne royale et le collier de la reine*

Tome 6, *Son Espionne royale et les douze crimes de Noël*

Tome 7, *Son Espionne royale et l'héritier australien*

FRANCK CALDERON, HERVÉ DE MORAS

Là où rien ne meurt

JULIA CHAPMAN
Les Détectives du Yorkshire
Tome 1, *Rendez-vous avec le crime*
Tome 2, *Rendez-vous avec le mal*
Tome 3, *Rendez-vous avec le mystère*
Tome 4, *Rendez-vous avec le poison*
Tome 5, *Rendez-vous avec le danger*
Tome 6, *Rendez-vous avec la ruse*

KAREN CLEVELAND
Toute la vérité

DANIEL COLE
Ragdoll
Tome 1, *Ragdoll* (Prix Griffe noire du polar de l'année 2017)
Tome 2, *L'Appât* (Prix Bête noire des libraires 2018)
Tome 3, *Les Loups*

SANDRONE DAZIERI
Tu tueras le Père
Tu tueras l'Ange
Tu tueras le Roi

LARA DEARMAN
La Griffe du diable
L'Île au ciel noir

INGRID DESJOURS
Les Fauves
La Prunelle de ses yeux

CLAIRE FAVAN
Serre-moi fort (Prix Griffe noire du meilleur polar français 2016)

Dompteur d'anges
Inexorable

Rebecca Fleet
L'Échange
La Seconde Épouse

Dominique Forma
Coups de vieux

Amy Gentry
Les Filles des autres
De si bonnes amies

Patrice Guirao
Le Bûcher de Moorea
Les Disparues de Pukatapu

L. S. Hilton
Maestra
Domina
Ultima

Ingar Johnsrud
Les Adeptes
Les Survivants

Elizabeth Key
Sept Mensonges

Mathieu Lecerf
La Part du démon

SARA LÖVESTAM
Chacun sa vérité (Grand Prix de littérature policière 2017, domaine étranger. Prix Nouvelles voix du polar 2018, roman étranger)
Ça ne coûte rien de demander
Libre comme l'air
Là où se trouve le cœur

FABIO MITCHELLI
Une forêt obscure
Le Tueur au miroir
Le Loup dans la bergerie

NICOLE NEUBAUER
Sous son toit

VINCENT ORTIS
Pour seul refuge (Grand Prix des Enquêteurs 2019)

GIN PHILLIPS
Le Zoo (Prix Transfuge du meilleur polar étranger 2017)

ANTOINE RENAND
L'Empathie (Prix des lecteurs Gouttes de Sang d'Encre 2019. Prix Nouvelles voix du polar 2020, roman français)
Fermer les yeux

FABRICE ROSE
Tel père, telle fille (Prix Bête noire des libraires 2020)

RYDAHL & KAZINSKI
La Mort d'une sirène

Romain Slocombe
La Trilogie des collabos
L'Affaire Léon Sadorski (Prix Libr'à Nous 2017, catégorie polar)
L'Étoile jaune de l'inspecteur Sadorski
Sadorski et l'Ange du péché
La Trilogie de la guerre civile
La Gestapo Sadorski

Thibaut Solano
Les Noyés du Clain

Ilaria Tuti
Sur le toit de l'enfer (Prix Bête noire des libraires 2019. Prix Nouvelles voix du polar 2020, roman étranger)
La Nymphe endormie

Harriet Tyce
Blood Orange

Annette Wieners
Cœur de lapin

MIXTE
Papier
FSC FSC® C003309

L'éditeur de cet ouvrage s'engage dans une démarche de certification FSC® qui contribue à la préservation des forêts pour les générations futures.

Pour en savoir plus :
www.editis.com/engagement-rse/

Imprimé en France par CPI
en janvier 2022

N° d'édition : 63825/03 – N° d'impression : 3047281

Canoros
Vehit
Canentes